U0578188

四楼的玻璃柱

张叶 著

北方联合出版传媒（集团）股份有限公司

万卷出版公司

第一章

一

　　马骁送客户走出工作室时，是初秋晴朗的午后。一阵盛夏般灼热的秋风，忽地吹了过来。客户法式衬衫的双叠袖袖口被灌了风，微微地鼓起。马骁一边瞟着客户今天佩戴的菱形银色拉丝纹袖扣，猜测着它的材质，一边不得不耐着性子回应客户对于工作室内不做隔断的夸赞。

　　"多余的交谈令人腻烦。但是与客户打交道就得知道他想要什么，害怕什么，什么会令他无法忍受，也就是发现他的弱点。发现了弱点，就可能在精神层面去控制他，让他以为可以相信我——不仅仅相信我做的东西好，更是信服我这个人。有时候，信服使人产生冲动，可以让一个人不由自主地把巨大的资源轻易地送到你手里。"马骁暗暗宽慰自己。初秋的空气真是清爽，可他却欣快不起来。

　　"其实，要是没经过你那一番心理分析的提示，这个最终设计也不会那么快就出来。你的名片上以后可以加上一条：心理咨询师。"客户的脸迎着不断吹来的风，说话时脸颊有些颤动。

　　"原来这才是你要说的，何必费时间夸什么没有隔断。"马骁心里没好气地想着，嘴上却说："我就是个做装置的，平时也用不上名片这么正式的东西。"他从客户面部肌肉的细微变化中感觉到了对方的顾虑，于是继续说，"将巨石推向山顶的西西弗斯，做这么一个雕塑完全是您自发的想法，我只是替您完成手工活儿的部分。我是个工匠。"

　　客户转过脸，注视高大健硕的马骁。这位不到三一岁的"工匠"，在年近四十岁的客户看来，是个懂得韬光养晦的年轻人。

　　风让马骁的短袖上衣贴身地勾勒出他胸脯饱满的轮廓。他的一只手随意地叉在腰间，手上的皮肤粗糙、干燥起屑。然而，那毕竟是一只手指修长、手掌宽大、指头的弧线十分漂亮的手。

客户的脸逐渐紧绷起来，他看着马骁的手说："你不仅仅是工匠，你替我说出了我心里想的。都是你亲口所说，却不是我自己说出来的。西西弗斯把巨石推到山顶，但是事情还没有完，巨石又滚落下来，他需要重来一遍、重来无数遍，可在这个过程中他是安全的。一个稳定的、将他束缚住的生活模式给了他一份安全感，虽然这有些无奈。"

"您忘了，巨石上要嵌入一块钟，这不是我说的。"

"对，一块钟。"客户说话的声调骤然提高了。

"西西弗斯、山顶、巨石、钟，这些想法全都属于您。还是那句话，我是个工匠。"

"你是艺术家。"客户把重音放在了最后一个字上。

"装置艺术家还是别的什么艺术家？"马骁眉毛下沉，偏了偏头，"对外的称谓是怎么回事，自己实际上又是怎么回事，很难说。"

"那你怎么看我，我对外的称谓？"客户说完，一边的肩膀耸了一下。

"创意总监，而且是那么有名的珠宝品牌的创意总监。"马骁歪了一下嘴。

"实际上呢？你跟我说句实话，就说你的感觉。"客户的声音忽然变轻了。

"感觉是最不清不楚的。不清楚的部分我不能随便说，清楚的是我有机会给您即将落成的旗舰店入口的正上方，那么醒目的位置，做一个雕塑。这是好事。"

听不到马骁的肺腑之言，客户虽不觉得意外，但也难免失望。他不说话了，脸一直绷着。

"而好事，对我来说不是拿来炫耀的。"马骁别有深意地看了看客户。

"你的活儿做得确实很细，心也细。"客户似笑非笑，面颊又颤动了一下。

"我肯定会严格遵守合同的，尤其是附加部分。"马骁垂下眼睛说。

什么内心，什么意义，什么设计，什么艺术，什么品牌，什么称谓。人们尽可能选择一些糟糕的、更糟糕的方式鼓噪以上这些词语所包含的内容。

客户头发和皮肤中散发出柠檬混着雨后青草的味道。马骁知道这味道来自优质的发蜡、护肤品、香水。但是马骁怀疑，这些物，这些人造之物，带给这位客户多大程度的优越感？相对于许多人来说，这位客户在社会中拥有一个优越的地位，那么外物的堆叠在这地位中又起到多大的作用？

　　在之前与客户一次次的交谈中，马骁皆遵循自己一贯的做法：察言观色，留心对方每一个微小的表情变化、吐字的轻重、肢体动作中一丝一毫的不协调，表达或隐瞒自己意图时使用到的任何新奇特别的词语。剩下的就是轻松一些的部分了：去观看物，观看那些无机物，它们是一目了然的。客户所使用的钱包、手表、手机、钥匙扣、签字笔、电脑、手提包、手提箱……然而对物的观看是没有尽头的，所以最终还是需要把注意力转移到人与物的关系上：人如何使用这些物以及人对物的态度。于是无机物与有机物又融合在了一起。一个人思想的复杂性被一些手段梳理后，即便这个人的潜意识中有多么混乱的东西在做着干扰，绝大部分情况下，也影响不了马骁的分析。这位意气风发的客户，内心深处是一位强迫症患者。他控制不了自己收集每一件标注着时间的证物：收据、账单、背景处有时钟的个人照片、手机里数不清的截图。马骁注意到这些之后，又在网上收集了一些关于客户的资料：令人佩服的学历背景、被父母严厉教育的童年及青春期、迷恋奇装异服并短暂地脱离家庭约束的大学时代……直到几年前，他的双亲遭遇了一次严重的车祸，在医院的重症监护室里饱受折磨后，于同一个星期之内先后去世了。

　　马骁在观看过客户接受媒体采访的大量视频和照片后做出了一套十分有把握的推测：虽然客户患上强迫症的始发时间是无法确定的，但他在双亲去世后强迫症严重爆发是显然的客观事实。他对父母的死感到深深的内疚，即便理智上他明白悲剧的发生与他没有直接因果关系，可他也无法摆脱一种紊乱的心态。那就是：他从很久以前就萌生了希望双亲忽然间从他生活中消失，或者直接点儿说，希望双亲"死掉"的可怕念头。总之，他希望父母再也不会约束他、管教他、要求他什么了。

　　"矛盾的爱恨与命运交织在一起产生的因果关系，像阿里阿德涅公主送给英雄忒修斯的彩线，给那位公主带来爱情的欢愉也带来被抛弃的哀伤。"马骁记得，他的助手陆一舟在某天晚上听完他对客户心理问题的大致描述后这样感慨道。

对马骁来说，那个晚上还是颇有些成就感的。他知道客户想要什么了。客户在痛苦的自责中，固执地认为双亲的意外与自己对他们长久的怨念有关。这份自责在强迫症患者身上被推向了一个极致：他日复一日地假设自己将被指控，指控他谋杀了血亲。他在自己的幻想中又吃惊于自己的残忍，即他竟然会想要谋杀自己的亲生父母——虽然这残忍也属于他幻想的一部分。他被自己所虚构出的冷酷人格惊吓到了。他焦虑，并且陷入更深的自责中。于是，幻想也进一步升级了，他不仅开始假设自己被指控谋杀父母，而且，还感觉自己处于随时会被莫名其妙地指控谋杀了一些他甚至完全不认识的人的危险境地中。他焦虑、担忧，他时刻需要提防外界对他的攻击，又要面对一直未能得到解决的自责感的问题。他，觉得自己有罪。而正是他深重的罪孽——长年累月渴望父母消失的冲动之心——使他落到如今的疯狂地步。他需要一种严苛的约束，让他倾尽所有力气对抗约束本身，从而不会去做任何他想象出的邪恶的事。并且，他需要时间来作证，证明他每时每刻都在做一个社会要求他的、他的父母曾经要求他的、正派的、体面的、优秀的人。

好吧，成了。马骁在得出有关客户心理问题完整的分析结论之后，只用不到一天的时间，就设计出了对方要求的作品——一件将放置在著名珠宝制造商那新开张的旗舰店大门口正上方的铜质雕塑。它功能性与装饰性兼备，既是时钟，又是古希腊审美的象征。它与店内售卖的那些昂贵的彩色石头与透明石头镶嵌的首饰交相呼应，它与这位名片上写着"设计总监"的男人的内心琴瑟相和。它会实现它所能够实现的一切可见的、不可见的目的。不，不能想得那么绝对，它实现了很多很多的目的，但不是一切。马骁及时更正了自己的想法。他又想到与客户签订的合同条款中的那些文字游戏，不知道其本质究竟是为了愚弄谁。不管愚弄谁，马骁只要绝口不提自己在这件雕塑的设计中所做出的真实贡献即可。正如他自己对客户所说，雕塑的设计，完全是客户自己的想法，他马骁只是按照那些想法，做了点儿手工活儿。欺骗、自欺，以及让别人以为所有欺骗的手段都得逞了，这属于马骁工作内容的一部分。

也许这已经是一套工作方法了，还挺科学的工作方法。为了那更重要的，为了走向他所要成就的更重要的事所必须实施的工作方法。

想到"更重要的事"，马骁忽然有一丝不安。

他是否与平庸靠得太近了？如果在做"更重要的事"之前不得不与平庸频繁地打交道，"那么……我担心最终……"马骁想着想着，感到头痛，他不想徒增自己的烦恼，强制自己立即停止在这个问题上的思考。

客户总算走了。平庸的人加上平庸的生活，是种和臆想的合并。看着客户远去的背影，马骁自觉心中没有嫉妒，没有愤恨，没有狂傲。同一个人，同一件事，对不同个体的重要性当然是不一样的。大部分人在马骁看来，就只是个"人"而已。只是个"人"，是个与他那"更重要的事"没有实质关联的人。这种态度有时会带给他消沉，虽然他总能及时将消沉的情绪化解，以便能迎接下一位客户，做下一件手工活儿，可他有时也希望能有某种意志给他一些更有力的东西。前景。这种意志将从他的前景中浮现，而不是背景。可万一前景是虚幻的呢？别想了，人不能放纵自己常常想这些看似深奥实则不需费什么劲的问题。马骁搓搓自己干燥的双手，转身走回工作室。

二

马骁的工作室其实是个工厂。最初，它可以被视为一个空的容器——内部空间很大，没有任何设施。马骁开始使用它之后，它依然是个庞大的容器，尽管它不可避免地不再那么空，可它与"丰富"一词之间总有沟壑。仿佛有人故意在这个容器里制造诡异而虚无的气氛似的。

"这里没有做任何墙体区隔，挺奇怪的。"董回音在与陆一舟走进马骁工作室的时候，用异常缓慢的语速评价道。

"对对对对，这里面没有房间，是让人觉得有点儿怪。"陆一舟连着点了四下头，应和着。陆一舟身量不高，黑而敦实，毛发浓密，头发有点儿天然的卷曲，方脸上一张大嘴。他笑起来的时候常有一股子憨直的劲儿，使他显得比二十八岁的真实年龄要小些。然而站在瘦削高挑的董回音旁边，陆一舟总想退出去两步。毕竟，她不过二十五岁，一副青春、矜贵的模样，令他不愿贴着她站。

"他……工作室的主人，故意这么做，让这里的内部结构不容易被人理解。"董回音闪着亮晶晶的眼睛。

"这，你肯定是知道的，因为这就是我正在想的。以前我埋怨过这里的装修，可他呢，他就只是扬着脖子看着高处，一副不容置疑的样儿。"陆一舟转了转眼珠。

"你也许没打算告诉我这些。"

"怎么会没想跟你说！而且说不说，你还是会知道的啊！"陆一舟说完，勉强地笑笑。

"我知道……我还知道他出去买烟了。"董回音边说边盯着陆一舟看。

"对，对。"陆一舟晃了晃脑袋。

董回音扫视着工作室，见工作室的中央空空荡荡，只有几个边角磨损严重的红色平绒方坐垫被丢在地上，其中一个坐垫上有明显的塌陷痕迹。

"他会坐在地上。"董回音望着那些坐垫。

"对，就他一个人坐，我是不坐的。"陆一舟回应道。

"他坐在这里，想各种问题的解决方法……"董回音犹豫地说。

"这个我就不知道了，也许他坐在这儿的时候什么都不想。"陆一舟心有快意，是因为意识到董回音凭自身的能力，对许多事并不能了解得更加深入。

他们的周围，各种设备与材料杂乱无序地堆放着。有些仪器董回音并不认识，而另一些东西是她能立即认出的：或新或旧的3D打印机、脏得变了色的绿底切割板、形状千奇百怪的木料、大块的彩色玻璃、不知是人造的还是天然的并不完整的动物骨骼标本。再仔细看看，又能发现一些算得上精致的玩意儿：似乎是用弹性树脂制作的白色地球仪，上面散布着一些彩色图钉；黄铜色的带锤目纹的金属盒，严丝合缝地闭着，不知道里面装的是什么，但有一股刺鼻的味道从里面渗出来；一个带绳纹的直筒深腹陶罐。

发现董回音的目光似乎落在了陶罐上，陆一舟便指着那陶罐说："这是模仿殷商时期的陶器做的，他们都说骁儿做的能以假乱真。"

"他们?"董回音瞥了瞥陆一舟。

"就是定做这罐子的那些个人。这个你也能知道吧?"

"可东西怎么还在这里?"董回音明知故问。

"你是知道的……"陆一舟哑巴了一下嘴，有些不满，觉得董回音好像在耍弄他。

"他把做得好的这个留下来自己收着，另外又做了一个给客户。"董回音的嘴角动了一下，仿佛想笑却又忍住了。

"你都是知道的，唉!"陆一舟说每一个字都像是在叹嗟。

意识到自己惹了别人不快，董回音没再吭声。她不断地眨眼睛。这个空间乱而不洁净，更谈不上任何舒适感。它的本身、它所包含的物，让董回音产生了被排斥的感觉，但又有另一种力在牵引她，令她无法离开。于是她与这个空间建立了一种关于物质与肉身的契约——她非要在这里不可，非要去感受它所传达出的体积感，并将这种感受过程视为这个空间里最重要的且唯一重要的事。同时，她务必屈从于这个场所中潜在的种种禁忌，虽然她还不知道那些禁忌具体是什么。

"因为这儿的挑高很高，不好好利用上面的空间还是有点儿亏，所以骁儿在西面的承重墙那边架起一层楼板，用压型钢板，这样就搭出了第二层，但这一层面积很小，只能放下一个人的工作台。骁儿平时自己在上面干活儿。他的工作台，别人不能随便靠近。"见董回音一直沉默，陆一舟竟有种说不清来由的振奋，越说越起劲。

董回音还是不吭声。

"没有楼梯。"陆一舟抬头望着只属于马骁的工作台继续说，"骁儿做了一把梯子，他觉得爬上爬下没什么不方便。"

"他怎么不设计一圈玻璃窗格把自己的工作台围起来？"董回音可算开口了。

"你觉得那样更好看？"

"那样的话，更能强调他在这个空间里不容侵犯的地位。"

"这个是你猜的？我没这么想过。骁儿也没这么说过。"

董回音不回答。她又选择闭口不谈了。她感觉站得挺久了，却找不到一处干净的地方休息。她看了看陆一舟，片刻，她便知道大部分来访的客人都是坐在眼下正被废料堆埋着的深巧克力色曲木快餐椅上。工作室里有三把这样的椅子，或者是两把，曾经可能有四把。她往一处墙角的方向移了两步，正想请陆一舟帮她找把椅子出来，却忽然又站定。她看到一个维特鲁威人的挂件，被风筝线拴着，垂挂在一面狭长的穿衣镜的上部。

董回音不由自主地向穿衣镜走去。

穿衣镜至少有两米高，由褐色胡桃木的边框支撑。董回音站在镜子前，看到自己苍白的长圆形脸庞的后面，一个男人的面容由远至近，逐渐清晰。这男人的脸，她是认识的，只是这是她第一次在现实中看他。这么说也不对，她正在镜中看他，而平面镜中呈现的是他的"像"，并不是他的实体。

马骁的脸越来越近，他头发短短的，鼻梁窄而挺，眉毛淡淡的，两只眼睛双眼皮的褶皱部分不太一样，一边比另一边明显宽了些。他有一张厚实的、轮廓分明的嘴。他面颊上的皮肤，是闪着光泽的淡棕色，于是他黯淡的黑眼圈和两条很深的抬头纹就削减不了他的神采了。

董回音看着镜中马骁的脸，看到对方也在打量镜中的她：从她涂着无色润唇膏的薄嘴唇，到她米白色过膝连衣裙的圆领口。从她乌黑的落肩直发，到与她的脸一样惨白无光的脖颈。从她涂着裸色指甲油的手指到她脚上的驼色尖头平底鞋。他对着镜子看她，看得她感到羞怯起来。她做不到回头反过去看他，只好与他一起面对镜子。

这令人屏息的多重凝视，让人无端地紧张。她的眼睛在镜中看起来很明亮，他的眼睛也是。

一旁的陆一舟感到自己被这静默的两人所冷落了，于是开口说："骁儿，这就是……"

"我知道。"马骁打断陆一舟，对着镜中的董回音说，"谢谢你跟一舟从英国大老远地过来一趟。我们工作室就那一辆二手雪佛兰，接你，你还坐得惯吧？"

听到马骁那几乎要得罪人的嘲讽口气，董回音不回应他。她皱着眉，鼓起勇气转过身，瞄了他几秒钟才说："你在想我能不能带来那件东西。你在想会不会是一副眼镜。"

"看来你的确能获取别人大脑中的一些图像。"马骁的脸上掠过喜忧参半的复杂表情。

"当然。而且，我不是和陆一舟串通好的。"董回音瞪起眼睛。

"很多事应该是一舟直接讲给你听的，而不是你靠自己的特殊方法知道的。比如，我用风筝线固定一个维特鲁威人的挂件，这样的细节是一舟喜欢的部分，因为他看细节，是看其中存在着什么巨大的戏剧张力。"马骁说着，从裤子口袋里掏出了烟和打火机。

董回音只觉得听得云里雾里的，她愣了愣，才对马骁说："等一下再抽，你先看看我带来的东西。"说完，她转头望向陆一舟。

"她包太沉，放车里了。我去取。"陆一舟反应很快，眨眼间就迈着大步离开了。

"其实，细节是随机，也是偶然。有没有戏剧张力，置身事外的人最不可能感觉得到。"马骁看着陆一舟的背影说。

三

　　伦敦市中心的霍尔本（Holborn）区，有一间私人博物馆。这间博物馆是由一位19世纪英国建筑师的私人住宅改建而成的。从外面看，这栋建筑只是一幢普通的四层砖楼，气势并不宏伟，尽管它显示出了节奏统一的古典建筑风格——水平方向感被高度强调，半圆拱的窗户及券柱式门廊的排列方式均严格对称。然而它还是太小了，它的正立面，从二层到顶层，每层只排开四扇窗。因此当你进入它的内部时，会震惊于它竟然能容纳超过三万件的艺术收藏品，这还不包括几千份中世纪手稿。

　　一个星期之前，陆一舟来到这间博物馆看一幅画。这是应一位客户的要求不得不出的一趟远门。对于这类耗时的差事，马骁总是避免亲力亲为。"我得省时间，省时间做更重要的事。"这句话是他的口头禅，陆一舟听过不下千次。就这单生意来说，马骁认为，制作客户所要求的东西，根本不需要任何人亲赴伦敦。然而，这位固执的客户一再坚持，认定了如果马骁的工作室没有人亲眼见过那幅画，某件东西是绝不可能被制作出来的。

　　争执也是费时间的。马骁非常清楚争执将会带给自己的害处，因此立即决定在争执中退让，以妥协的姿态换取客户暂时的满足。何况去伦敦的全部费用由客户来支付，马骁不需要浪费金钱。只是时间，他还是舍不得时间。尽管数学家和物理学家们在用方程式向人们证明时间并非是单向的，然而日常生活中他从未见到谁把时间逆着过。出于对时间的珍视，他到底还是派陆一舟去替他付出时间了。

　　一个时间，一个地点，一个事件以及事件中神秘的人物。陆一舟渴念的正是原生态的戏剧。因此，当陆一舟在博物馆顶层的过道里遇到董回音时，他为马骁感到遗憾，为自己感到庆幸。出席，成为事件的参与者且不去论结果，光是这过程就能让陆一舟兴致勃勃好一阵子。

"你看，多亏了后来20世纪的建筑师们对这里的内部进行了彻底的重新装修，他们将旋转式楼梯置于楼房的中心位置，这样房间与房间的关系变得更加开放和流动了。还有，不知道你有没有注意到我们头顶的那一小块玻璃天窗，玻璃天窗让自然光从顶部落到各层，创造出垂直的开放感。这都是扩大内部面积的方法。"博物馆的顶层，也就是四楼，董回音与陆一舟相遇仅仅几分钟，就对他说了一大通话。

那时，陆一舟看见穿着天蓝色底印着灰色叶形图案长袖连衣裙的董回音，看见她脚上的灰色尖头鞋与地面镶嵌画的蓝灰色调巧合般地搭配，看见她手上捧着的被翻开的活页笔记本上潦草的汉字与各种他认不出的古怪字母，他顿时觉得身上披的宽大格子衬衫和腋下夹着的一册薄薄的伦敦景点地图使得自己与这间私人博物馆格格不入。而他又想到此次伦敦之行的动机与目的，且不提他个人的意愿，而是马骁强加于他的那些责任，他就更加感到自身与这座将艺术与美作为神灵去敬畏的小小殿堂间的距离了。

关于他此行到底是为了什么，他思绪纷乱，脑海中不禁出现《第十二夜》中的场景：马伏里奥穿着黄色长袜去讨奥利维亚的欢心。他轻轻叹了口气。

"这里没有崇高和卑微，只有形构。形构就是方法。你看到的，都是形构，都是方法。"董回音这话说得突兀，却歪打正着地安慰到了陆一舟。

"有一幅画你可别错过了。"董回音望向四楼的一个房间，说完便往里走。陆一舟看着董回音纤巧的身影，不假思索地跟了上去。

他们走进一间贴着暗红色壁纸的藏画室，只见一幅巨大的画占了差不多一整面墙的面积。

"3.2米宽，2.05米高。"董回音盯着画，脱口而出，不知是不是说给陆一舟听的。

陆一舟感到讶异。太巧了，怎么会那么巧？自己正是为了这幅画而来的。他往画前凑了几步，渴望在画框旁边能找到介绍这幅画的只言片语。

"别找了，这里没有你想要的那种附在画框旁边的说明，那会破坏美感。

你在一楼的时候应该买一本《藏品观赏指南》，英文版的。"董回音走到与陆一舟并排的位置上对他说。

"那个……其实我看过，查着字典看的。"陆一舟摸摸自己的后脑勺。

"不过文字不如我们的眼睛重要。"董回音对着那幅画说。

陆一舟不由得也聚精会神，与董回音一同对着那幅画看了起来。

在那幅画上，一左一右两个人物占据了几乎整幅画的画面。两位15世纪的绅士，不，是国王，是君主。陆一舟回忆着客户提供的《藏品观赏指南》的扫描件中枯燥的介绍。明明出发之前已经和马骁讨论了三两次，以至于他胸有成竹，认为根本不需要把扫描件下载到手机里，没事再看它几遍了。明明他以为一个小时就可以打发掉任务，剩下的时间自己可以在伦敦城里好好地逛一逛，去看看据说在城南一个偏僻角落里的十字军骑士墓地。可到了这地方，进了这四层的小楼，他就感到紧张。他感到自己欠缺了什么至关重要的东西去观看这里的每一个物体。但是他又亢奋，亢奋是因为董回音这个人——这位他偶然认识的皮肤惨白、黑眼炯炯有神、仪态和谈吐都有些讲究的陌生女人。

"15世纪的一个春天，法国人和英国人把一位少女送上了火刑架。"董回音的声音温和，表情却格外庄严。

"对，是那个，英法百年战争。画右边这个国王是法国的查理七世，另一边，英国那边是……"陆一舟拧着眉毛，英国君主的名字他本来应比常人更加熟悉，莎士比亚写了多少关于历代英王的剧本啊！

"这幅画里没有英国国王。左边那个瘦高的、穿一身黑色貂皮大衣的人是勃垦第公爵，也就是'好人菲利浦'。这位少女，为法国人打仗，在勃垦第公国被俘，她没有等来查理的救助，等来的是出卖。她被祖国和勃垦第一同出卖给了英国。所以，画的底部，是属于那位少女的。一组奇怪的灰白色相间的条纹，看起来像是画家的玩笑，却是在向那位少女的死亡呈上最肃穆的敬意。"董回音的语气平缓，其中夹杂一丝不易察觉的哀伤。

这哀伤被陆一舟捕捉到了。

"真是惨，也真是妙。"陆一舟本来想继续跟董回音探讨关于画中谜一般的灰白色条纹，却不知怎么，无法再专注于对那幅画的思考，而是分了心，去体会董回音的哀伤。他随即想到《李尔王》里弄人对李尔说的话："那篱雀喂大了杜鹃鸟，自己的头也被它咬掉。"在戏剧学院上学的时候，只要有人在排练《李尔王》，他准要去看两眼。那情景，历历在目。

"你是学戏剧的？"

"你怎么知道？"陆一舟话一出口就后悔了，这种问题首先等于在直接给对方一个答案——你猜对了；再者，这又表现了自己的愚笨，愚笨到无法像对方一样从细枝末节入手做出一个精准的判断。

陆一舟再一寻思，更加纳闷起来：对方是凭哪一点判断出自己学习过戏剧？自己刚刚提到过什么剧名或剧作家吗？还是谈到了莎士比亚？不可能。不论是《第十二夜》还是《李尔王》，他都只是在心里想了一下而已。

"我们之于诸神，就如苍蝇之于顽童一般……"董回音见陆一舟一脸疑惑却不言语，便开口说了这么一句。

陆一舟心头一颤，这是《李尔王》中李尔的台词。

"我看过几页《李尔王》，好像是朱生豪翻译的。"董回音轻描淡写地说。

"你能知道我心里头在想什么？你是哪儿来的妖怪？"陆一舟强作镇静，嘴唇微微抖着开起董回音的玩笑。

"我能看见。"董回音不理会陆一舟的玩笑，言简意赅。她的口吻令人难以捉摸，听不出什么特别的语气，却又感觉很郑重。

"看见《李尔王》？看剧本？看演出？是，谁没看过几场莎士比亚呢……尤其我们正在英国，不谈莎士比亚才怪了。"陆一舟心头依然在打战，但嘴上强势了些。他认为董回音那揣度人心的能力只是偶然的好运，或者根本是在故弄玄虚，又或者董回音其实认识他陆一舟？他越想越头痛，忍不住伸手抓了几下自己的鬓角。

"你需要一件工具，用来观看四楼这幅最大的画作。有人要求你和你的同事做出这样一件工具。你们，打算怎么做呢？"董回音边说边向陆一舟挪近，近到她的鞋尖几乎要碰到陆一舟的鞋尖了。

"你认识我，还认识马……我同事？"陆一舟在惊惶中庆幸自己没有把马骁的全名说出来。他意识到与董回音交谈，很难取得优势，那么至少不要犯"言多必失"之类的错误。

"我刚刚认识你。也许还算不上认识，但是我能看见。"

"你这是……行为艺术。"陆一舟咧咧嘴，他一时无法接受眼前这个女人的惊人之处。

"带我去你工作的地方。我的意思是，我跟你回国。我能解决你们的问题。"董回音笃定地说。

陆一舟看着董回音没什么血色的脸上一双闪光的眸子，他想，他遇到的不是玩笑，也不是什么行为艺术，更像是阴谋。

如果是阴谋，真实的阴谋，那比戏剧中的阴谋刺激得多。他感到热血沸腾，一种离奇却强烈的愉悦感生发出来。他好像正被缪斯女神所拥抱，很温暖，很光明。他离自己梦寐以求的、不受现实条件所困的、永远用不着收光的理想舞台，是不是一下子近了？

四

董回音的乳白色羊皮手提包里显然塞了太多的东西，已经把柔软的羊皮面撑得变了形。

她一只手伸进包里，脸上露出一点儿欣快的表情，对马骁说："你想不到我会拿出什么。"

马骁观察着董回音手背上的几块青色瘢痕，用手抚着下巴，不说话。

陆一舟则笑呵呵地附和道："期待，期待。"

"对了，你们不需要支付我任何报酬来换取这件东西。"董回音面颊上扬，嘴角却下垂。

"你不可能什么都不要。我看最好还是先说明了你想要什么。"马骁露出睥睨的眼神。

董回音闭了一下眼睛，像是在暗暗下着决心，想想才说："让我留下来，当个实习生。时间……就到年底怎么样?"

"那这就是交易了，你凭什么觉得这件东西值得我把你留下?"马骁冷冰冰地问。

董回音又想了想，慢慢地说："我给你一样东西，你直接交给客户，然后客户满意了，按合同付给你酬劳。你想想，你节省了多少时间? 类似的事在将来还会不断发生，因为我的存在。帮你提高效率，就是我带给你的利好。"

马骁的眼睑抬高，心里一股不屑。他笑了一下，说："首先，你这件东西是否能让客户满意我不知道。第二，将来在我与客户的合作中你是否能起到你所说的作用，我更不知道。第三，节省时间，节省我的时间去做什么?"他说到这里，忽然停顿了，好像失去了思路，或者想起件别的事似的。

陆一舟杵在一旁听着，只觉得马骁的话实在缺少人情味，于是插话道："那个，其实吧，我们得有足够的勇气，去黑暗的街道上溜达，然后去找……

星星的光。"

"席勒写的吗?"董回音瞧了一眼陆一舟。

"对对对,不过我记不清楚台词了,也记不清楚是哪出戏里面的。"陆一舟低下头,呢喃着。

"马骁,我能这么叫你吧?"董回音又扭头去瞧马骁,并用一种带着示弱的眼神看他,"我帮你省了时间,你就可以去做一些更重要的事了,不是吗?"

马骁的脸上刹那间掠过几分惊愕,他立刻收起没来由的不安,漫不经心地反问:"有什么重要的事?"

"你……你可能不想让人知道。"董回音犹疑着说,自己也不能确定。

马骁沉默了,根本不看董回音。

"回音,要不,先给我们看看那件东西。"陆一舟却在这有些尴尬的气氛中单纯地企盼着,他盯着董回音一直伸进包里僵着不动的那条胳臂,盯着她从包里拿出什么。

一根透明玻璃材质的圆柱形长棍。它长不过董回音的前臂,粗不过董回音的手腕。

"就这个?"陆一舟掩饰不住惊讶与失望,喊了起来。

董回音没有理会陆一舟,只是轻轻地把玻璃柱递向马骁。

马骁却没有接。

"用它去看那幅画。"董回音说。马骁的抗拒没能彻底地挫败她,她依然坚持将玻璃柱递向他。

"其实没有这个也能看画。"马骁的目光落在玻璃柱上。他的声音极其低沉,却充满了底气。

董回音握着玻璃柱的那只手,缓缓地垂落。她求助般地望向陆一舟。

"那个,骁儿……"陆一舟用手按着自己的上唇,一时间不知该站在谁的立场说些什么。

马骁哼了一声,带着一点儿轻蔑和烦躁的表情看着董回音,之后便吩咐陆一舟关灯并打开投影仪,将一幅画投影在一处空白的墙面上。他走到墙边,踢开地上那些乱七八糟的杂物。

"这就是伦敦的那幅画，一比一的比例。客户要求我们必须亲自去一趟伦敦，其实没有必要。"马骁靠墙站着说。

"不过我要是没去，也不会遇到回音。"陆一舟在黑暗中嘻嘻笑了一声。

"马骁，你所认为某件事应该具有的意义与那件事的结果必须匹配吗？不匹配，不见得不好。"董回音说完，使劲吸了吸气。

马骁却立即回道："不论你怎么往高了说，有的事对我就是没有意义。一舟，你过来。"

陆一舟见马骁这么不给董回音面子，不自在地咳嗽了一声，然后走到马骁身边。

"就从你现在站的位置，看这幅画。"马骁拍拍陆一舟的后脖子。

陆一舟别过脸，同时念叨起来："这么看，真是别扭。在伦敦，当我看原作的时候，我就觉得别扭。"然而过了快十秒，当陆一舟用侧视的视点费力地看着投影在墙上的画，又想着如何让自己的脖子舒服一些的时候，他忽然愣住了。

"看到了吧？"马骁问陆一舟。

"是！"陆一舟惊呼起来。

"画底部的那些条纹其实是什么？"马骁诱导着陆一舟说出答案。

"一个骷髅头！"陆一舟叹道。他随即又想起了什么，说："这事儿怎么博物馆出的那本书上没写？真是的！"

"不告诉你才是他们真正要做的事，设置障碍是最常见的手段，他们贩卖谜语，勾引你们不断跑到那里去，自己找谜底。"马骁说着，走向面对着墙面投影的董回音。

"这幅画叫《圣女贞德》，寻找贞德在画中的位置，是一个非常明显的障碍。如果有人希望人们找不到贞德出现在哪儿，那么障碍本身都不会轻易给出。告诉你障碍的落点，其实已经给了你一半谜底。"董回音纹丝不动地站着。说完，她举起了手里的玻璃柱。

"你想证明玻璃柱有用吗？那要看对谁来说它有用。"马骁说完，从董回音身旁走掉，准备把灯打开。

"等一下，你不想看看透过这根玻璃柱，我们如何能够看到一个完整的头骨出现在这幅画上吗？"董回音追了马骁两步。

"你非要较真儿吗？"马骁停下来，暂且不去开灯，而用分明有些责怪的口吻理论起来，"咱们就别这么耽误时间了。首先我们不是来谈艺术作品的，这幅画中所有细节，比如说画中人穿的毛皮大衣，被画家画得怎么光亮；还有粉色缎子礼服，画得怎么逼真，以至于让人都想触摸；还有背景的绿色窗帘，上面的褶皱部分处理得怎么细致，这都不在我们的讨论范围内。我们就说我们面临的问题，也就是这幅画里最古怪的内容，那就是，当任何一个看画的人站在这幅画的正前方时都会遭遇的一个问题——画底部的那些奇怪条纹到底是什么东西？什么意思？好，想要解决这个问题就是那么简单，换个位置看就行了。走到画的侧面，左侧还是右侧都可以，然后往下看，就会发现那些条纹立马变成了一个人类的头骨。如果你非要深究这里面有什么含义，我就说一个现成的给你：头骨代表死亡，这是大部分人都能领会的。这幅画叫《圣女贞德》，而贞德死了，还死得很冤、很惨。头骨可以象征贞德被人害死的命运。头骨指代了贞德。头骨可以被视为贞德。可怜吗？她没有被画成一个体面的活人。但她到底还是被人称为圣女，不是吗？到现在都是，人们叫她圣女。她是个在一切荣华富贵、利益纷争面前摆出神圣姿态的历史人物，就这样。"

马骁说完，把灯打开。工作室里恢复了明亮，于是，董回音能够看清马骁脸上又冷静又安详的表情。这表情令董回音都不太相信马骁刚刚说话的口气是严厉的。

"可是你的客户呢？你不能不顾客户的要求。客户要求一件能看清楚画中头骨的东西，也就是这根玻璃柱。我给你带来了玻璃柱，这个你否认不了。"董回音意识到自己的话里带着怨气，她暗暗说服自己，接下来再与马骁说话，一定要有所收敛，要做到尽可能地平静。

然而这好像很难。

"我从来没有期待过你这么一个人出现。"马骁又走了几步，关掉了投影仪。

"是吗？陆一舟应该告诉过你关于我的事——我的能力。你有没有期待我的出现，嘴上说的不算，你怎么想的才是真的。"董回音话说得很快，手里的玻璃柱差一点儿滑落。

"你可就这么看着我呢，你看到我心里想什么？"马骁那毫无热情的样子一点儿没有变化。

"你是在期待……"董回音眼睛睁得大大的，话却说得轻飘飘。

马骁嘴唇紧闭，一言不发。

"那个，骁儿，咱们可能等到了戈多。戈多终于来啦！救兵终于来啦！"陆一舟感到董回音和马骁都压着几分恼怒，以为插科打诨能够调和僵局。

听见陆一舟说话，董回音赶紧看了看他，一下子有了信心，又对着马骁说："陆一舟念的是贝克特的作品《等待戈多》中的台词，里面有一个角色叫弗拉基米尔。我没看过这个剧本，也没看过这个戏的演出，我是看到了陆一舟大脑中闪过的图像，图像中有剧本，剧本上有字，于是我看到了剧中人的名字。"

"那怎么了？"马骁迈迈步子，离董回音又远了些，"你不需要进一步证明什么。向我证明，真的没有必要。客户要的东西，就算你不带给我，我也能做出来。一根玻璃柱而已，花不了多少时间。"

马骁悠长地呼气，好像是在提醒董回音，她所能给予他的，无论是时间还是别的什么，都可以被忽略不计。

"你别忘了，你刚才说过，我给你的这件东西是否能让客户满意你不知道。你现在又说，你也能做出一根玻璃柱。你等于是在认可我带来的东西是客户需要的！"董回音急了，一只脚跺了一下地面。

"那又怎么样？"马骁挺直了胸，看了董回音一眼又看向别处。

"你得承认一些事实！"董回音提高了嗓门。

"我可以承认。但我不答应你留在工作室。"马骁仍然无动于衷。

董回音咬咬牙，平复了一下心情，声调柔和了一些："万一，你的客户对你做的玻璃柱不满意呢？"

"这不需要你来操心。如果你真的这么替我操心，又是为什么呢？没有人会无缘无故地对人好。"马骁忽然微笑了。

董回音被那阴冷的微笑制服了似的，渐渐低下头去，看着自己手中的玻璃柱。

"你说，我在想什么？既然你能看到，那你何不试着告诉陆一舟我在想什么呢？"马骁见董回音蔫蔫的，他想雪上加霜，便平静地给她出题。"这题目应该不难吧？"他又加了一句。

"你故意的。你不真实。"董回音斜着眼睛瞟了几眼马骁说。

陆一舟还在一旁琢磨，这时候说点儿什么合适，却见董回音晃荡着瘦弱的身子，气冲冲地踏着碎步，要离开工作室。他赶紧追了上去。

马骁气定神闲，自己点了支烟抽起来。

五

董回音走了。

陆一舟在工作室里，对着口吐烟雾的马骁，忍不住大口倾吐出心中的不解：“骁儿，这怎么回事？她完全是被你气跑的，你这么做对咱们也没什么好呀，不是吗？再说了，对一个姑娘，你这态度有点儿太过了。”看见别人做了不公道的事，陆一舟的心就狂跳起来，他咬咬牙，继续说，“你别觉得我跟她是串通好了来坑你的，我以我未来做不成任何一台戏这么要命的事来保证，我真的没跟她串通。况且，我们坑你什么？人家有的是钱，愿意屈尊到这儿来学习几个月，咱们难道非得将她拒之门外？再说了，她一个在英国读艺术史的博士生，跟你这么一个对外好歹算是个装置艺术家的人，你们在一起，她能给你点儿灵感嘛！有可能你们以后就长期合作了呢！你使劲把她往外推开，这算什么呀？”

马骁手中的一支烟要抽完了，他随手在地上找了个磕破了角的木盒子充当烟灰缸。他把烟蒂利索地按灭在盒子的正中心，随后，又点了第二支烟。

“一舟，说台词吧。这个时候我不想听别的。你那些台词，跟我念念。”马骁嘴里咬着烟，含混不清地说。

“您敢于驱逐他，却不能离开他。拉辛的《费德尔》，第三幕，第一场。”

“这是个什么样的故事？”

“讲的是求而不得的爱情。”

“求而不得正是爱情的精髓。爱情，就那么回事。算了，还是少讲。”

“噢！”陆一舟脖子一抻，恍然大悟似的，“你怕董回音是来讨爱情的？”他抬头向空中扫视着，像是在用这个动作表明爱情在这个空间里根本不存在。

“嗯，爱情我不要。女人要不就是要我的时间，要不就是要我的人，我两者都不想给。”马骁说完，将一口烟深深吸进肺里。

"但你别忘了，她确实很有钱，又典雅、有学识。这样的姑娘……"陆一舟咧开大嘴，笑着不说话了。

"什么钱、学识、典雅，这都有待考证。"马骁又迅速地抽完了一支烟。

"她是董真北的独生女。董真北，就是那个'万能钟'啤酒的创始人。董真北的啤酒作为一个商业传奇已经被媒体吹得没边了。这意味着什么？钱！骁儿，至少，让她帮咱们买一台德国产数控机床啊！"陆一舟半开玩笑地说。

"得了，你把人都想得太简单了。"

"万能钟"，是最近几年被人所熟知的精酿啤酒品牌。"万能钟"有门店，大部分门店开设在南方。首都现在只有一家店，但据说很快将有第二家、第三家。从首都机场出来一路往南，一个小时不到的车程就能找到那家"万能钟"。"万能钟"提供网络在线订购，足不出户就能喝到号称能与比利时修道院啤酒媲美的精酿啤酒。

这都是"万能钟"官网上的宣传文字。陆一舟在伦敦遇到董回音的当天就在与马骁通电话时兴奋地讲着与董回音的相遇，顺便提到她的身世。

"她主动跟你说自己很有钱？"马骁当时在电话里警觉地问。

"人家没说自己很有钱，这多俗气啊！她只是提了几句自己的父亲。"

"'万能钟'啤酒的广告咱们都见过。你觉得她没骗你？"

"她怎么可能骗我？不可能，不可能。"陆一舟在电话那边呵呵地笑。他被这从天而降的机缘冲昏了头，不想去做过度的辨析。

这通电话之后，马骁立即开始在网上查找关于董回音以及她的父亲董真北的信息。

"万能钟"的广告有一段时间铺天盖地。从写字楼和住宅楼电梯间的LED屏幕到手机上的地图应用软件被打开时的插播视频，都在重复"万能钟"那段编写得十分冗长的广告词："你以为啤酒从1839年开始？其实，一切从公元前1505年开始……"

马骁看"万能钟"的广告时倒也不觉得无聊，他还想，董真北从商之前那大半辈子中学历史老师的工作经历可算派上用场了。马骁又推测，这广告词的底稿应该是董真北自己写的。从公元前埃及法老图特摩西斯三世古墓的墙壁上描绘酿酒程序的壁画，到比利时山区的隐修院中五位酿酒的修士如何将啤酒的发酵视为神圣仪式的一个环节，"万能钟"的广告词试图在字里行间宣扬一种不仅仅是为了勾起消费欲的人文情怀。从那段广告里能听到董真北本人的声音。当他谈到20世纪90年代中期，生物化学家们终于对酵解的整个新陈代谢途径了如指掌时，他的声音富含一种年轻人的激情与耿直。而当他谈到一个新的方程式奇迹般地出现——它使复杂且不稳定的酵解过程在数学的方法下变得可视时，他又深沉地笑了笑，说："在方程式和计算机的带领下，我们只需要两个轴，接着就可以看到一组组对称的曲线组合成了一个个19世纪英式木质小座钟的形状……"

嗯，小座钟的形状。那些圆圆的钟形顶部让大部分不明就里的人感到一种奇趣，产生了去尝一尝"万能钟"啤酒的好奇心。很好，这值得学习。马骁看完"万能钟"的广告，心里竟感到被震慑，不由得钦佩起董真北来。

至于那些社交网络上的小道消息、匿名网友发出的真假难辨的爆料，马骁先是认为它们一文不值，而后却又觉得不妨一看。舆论的指向，本身也意味着些什么。那么就将它们也归纳到前期材料的收集过程中来吧。

董真北故去的妻子曾是西南一带一支省级地质科考队的队员。20世纪90年代，这支科考队的主要课题是二叠纪碱性玄武岩的分布。

历史老师与地质学家，马骁视这桩婚姻为一种近乎完美的组合。对经验的思考加上对表象世界的科学处理手段，这会使人不断应付外物，再反过来不断重新认识自身。之后，判断力将得到巨大的提高。理性的判断能力在社会生活中何其重要，马骁琢磨着，虽然误判不可避免，但对认识和求知的懈怠，会置人于混沌的深渊——那么时间便会大量被浪费，人会离自己真正想做的事越来越遥远。

他想多了，回到董真北的婚姻上来，这完美的组合却好景不长：那位攀山越岭的女地质学家在生下董回音之后就去世了。难产？产后并发症？马骁没有查到这件事的真相。网上流传着一种说法：二十多年前的一次科考行动之后，回来的科学家们在短期内相继去世。董回音的母亲，是唯一一个在科考回来之后还能怀孕生子的。她到底是怀着身孕去参加科考的还是科考结束后才怀上了董回音的？马骁查不到答案。

　　网络上那些内容大同小异的文章，无非都是用精心修饰过的辞藻描述董真北在经历丧妻之痛后如何发生阶段性失语、如何辞职、如何闭关、如何以私塾式的方式教育女儿……直到他的女儿董回音到了应接受九年义务制教育的年岁，他才逐渐开始与社会有了正常接触。之后便是他苦心钻研啤酒酿造直至创业成功的佳话：酵母、酵母、酵母，一个个独立生活的细胞在与其他的物质碰撞后选择了振荡；振荡、振荡、振荡，一种节奏感强烈的化学反应，给了一个男人重建人生的希望。在网络写手们制造出的半真半假的光辉中，董真北是一个视金钱为粪土的富人，也是个疯子般的创业天才。

　　至于董回音，相比她的父亲就乏善可陈了。马骁寻思着她这个人，不以为意。这个女孩，不过是坐享父亲的财富。她不需要学那些便于找到高薪工作的专业。她本科在国内学美术史，之后去英国留学，继续学美术史，拿了硕士学位，接着读博士。她似乎不玩任何社交媒体。关于她的信息，少之又少。

　　"骁儿，你还需要知道她的什么？她的兴趣爱好？她跟谁谈过恋爱？那都没用。有用的是，她是董真北的女儿。把她留下来，让她给你买台机器，你正缺的机器，不合适吗？钱对她又不是问题。你看，网上还有她和她爸的照片呢，就是她，错不了。"陆一舟注意到，马骁对着笔记本电脑显示屏上五花八门的资讯，额头上两条抬头纹都皱起来了，于是想劝劝他别太钻牛角尖了。

　　"这个时代我们还能相信网上的照片？"马骁哼了一声。

　　"那你还非得翻开人家手机看照片才信吗？"

　　"照片其实也无所谓。我如果需要她的钱，她是不是董真北的女儿不是唯一重要的事，只要还有别的事能说明她有钱就行了。"

　　"她在酒店住的是行政套房，这个能说明了吧？"陆一舟笑呵呵地说。

　　"我不想要她的钱。"马骁盯着电脑屏幕上董回音的照片，语气果断。

　　"她本人就这个样子，你也见过了。她的照片没问题。她就是这样，有点儿亚健康。"陆一舟指着电脑。

马骁没吭声。

"她真的有钱。"陆一舟忍不住强调着。

"我说了，她的钱我不要。"

"就你傲，就你牛，就你自尊心不能被践踏？"陆一舟腮帮子上的肌肉一颤一颤，"你跟钱就这么有仇？从我认识你开始，你就这样。你不愿走近路，却说时间最贵，这不矛盾吗？你这么折腾自己是给谁看呢？你是恨自己呢，还是恨谁呢？"

"行了，今天你的工作结束了，早点儿休息。"马骁看也没看陆一舟，冷冷地发话。

"好啊，让我下班我还不乐意吗！你不要的钱，我要。"陆一舟晃晃脑袋。

马骁扭头看向陆一舟，见对方一副得意忘形的样子，他觉得不可理喻，但也不想就钱的事多聊，索性转回头，继续看电脑。

陆一舟却想对马骁说教几句，他冥思了一会儿，说："有的人财源滚滚，虽然比旁人走运一些，但也不是真正有福。《美狄亚》的台词写得好啊！你我都懂，他们有钱人有其他的烦心事，比没钱更难受的事。大家都不好过，这才公平。"

马骁不搭理陆一舟这番情绪化的仇富言论。

"我一会儿就去找董回音，去她住的豪华套房，让她从她那高级钱包里把从高级渠道得来的钱交给我。什么高级的人物，以后都不过是我舞台上的配角。"陆一舟说话的口吻听着像是在下一个郑重的决心。

荒诞。荒诞感在弥漫，忽然间不再受人为的控制，在马骁的工作室里胡作非为。荒诞感肆意流窜，一会儿攻击马骁的心房，一会儿又从他的耳道钻进钻出。

"一舟，你听我说……"马骁站起身，面对陆一舟。

"怎么啦，想明白了？让人家帮着买台机器？"陆一舟挤了挤眼睛。

"不是机器，不是。我问你，她真的能够看到——或者换个词，捕捉——她真的能捕捉到别人大脑中的图像？你确定吗？"马骁的神色特别严峻。

"确定。我想的好些个东西她都直接说出来了，不可能有那么多巧合。"陆一舟使劲地点点头。

"但是她看不到我的。"马骁从陆一舟身前后退了几步。

"是吗?"

"是。"马骁挺直了腰。

"那是为什么?"

"你可以去问问她为什么，既然你一会儿还要去找她，挣她的钱。"马骁歪嘴笑了笑，他不再关注陆一舟，而是望向工作室里那个维特鲁威人的挂件——它被风筝线拴着，垂挂在一面狭长的穿衣镜的上部。

"圆中人，一个理想的人，一个端正的人……不对，是一个被艺术家造出来的人……也不对，不是被艺术家造出来的，那是被谁呢? 总之，是被造出来的智慧、勇敢、强大的人。不危及别人也不受危害的人。"马骁默念道。他觉得那个维特鲁威人像活人一般在审视他。他心有不安，生出一种古怪而模糊的愤怒感，其中又有被按捺的寂寞。真烦恼。最后，他只有不再看那个挂件，更不去想与那挂件有关的人和事。

六

　　酒店大堂光洁的地板映出来往的人影，也反射着水晶吊灯发出的黄光。一台被暗红色绒布盖住的三角钢琴被冷落在大堂咖啡厅的入口处。咖啡厅里，有侍者正为满手戴着刻花银戒指的漂亮男孩倒酒。大概是白葡萄酒。男孩嗅了嗅杯口，一脸嫌弃，将酒杯推到一边去了。

　　前台的工作人员用流利但口音奇怪的英语为三两个拖着箱子的顾客办理入住手续。一位头发油亮的男顾客大概无法忍受过程的无聊，向正打印押金收据的年轻女孩扯开嗓门搭讪，离着10米远都能听到他笨嘴拙舌地夸女孩的身材。

　　"都是些人间罪恶。一个个，都在享受别人的服从。"陆一舟站在酒店大堂，看见什么都感觉不舒坦。人在任何时候都想要得到点儿权力感。可他呢，与权力感挂钩的那些东西，他怎么都够不着。马骁明知他的痛苦，却也吝于施予，这多少导致他直到现在都做不了一台属于自己的戏剧。活到这地步，还有什么能阻止他来找董回音？想到这里，他心怀坚定，昂着头，在前台领了一张董回音专门留给他的房卡。他阔步走进电梯，按下顶层——二十一层的按键。

　　董回音住的套房进门是一个窄小的玄关，浅柚木矮柜上有咖啡机和被排放整齐的一包包零食：饼干、巧克力和坚果仁。廉价的袋泡茶茶包也被郑重其事地码放在涂了金漆的铁质小餐盘上。

　　陆一舟接着往里走，见到一扇门，便打开进去，没想到进了衣帽间。他望着衣架上董回音的一件件衣裙：鹅黄底色上有棕色草叶花纹的长袖连衣裙，袖口处有一排带珍珠光泽并镶金边的白色扣子；非常浅的粉色的丝质吊带连衣长裙，圆领口处有细密的蕾丝，连衣裙外披着一件淡蓝色的轻薄的针织开衫；淡橘色的无袖连衣裙，上面有不规则的青色条纹装饰，青色条纹与淡橘色底之间没有清晰的分界线，两种颜色相互渗透。

有柑橘的香气从这些衣裙上挥发出来，真好闻。陆一舟使劲张开鼻孔，尽情地吸进那香气，顺便用手机拍了一张衣帽间的照片。

"一个人其实也就生活在一个很小的圈子中，小到他会控制不住自己，把自身生活的全部细节当作宇宙的标准。"董回音像个幽灵一样，忽地出现在衣帽间的门口。

"啊！"陆一舟被吓了一跳，马上又为自己驻足于一个女人的衣衫前太久，还用手机拍了照片感到不好意思，他的耳根红了起来。

董回音倒是没有一点儿不悦，她将衣帽间旁边的小卫生间指给陆一舟看，暗示他那是给访客用的，然后带他穿过客厅，拐进卧室，再穿过卧室和一个小化妆间，走进敞亮的浴室。

在浴室柔和的灯光下，陆一舟看清楚了董回音：她披着一件深蓝色没有任何纹饰的宽大睡袍；脸和脖颈的肤色与他印象中的无异，是惨白的；手背上一块块瘀青真是刺眼。

有水流的声音。陆一舟循声望去，只见董回音身后的浴缸里水已放满，一簇簇泡沫几乎要溢出浴缸，水龙头的开关没有被拧紧。陆一舟自作聪明，赶忙上去关了水龙头。

等陆一舟再看董回音时，只见她背对着他，褪去身上的睡袍。睡袍落在地上。陆一舟一惊，下意识地想要上前将睡袍拾起再披回她身上，却发现脱去睡袍的她还穿了一条素白色的罩裙。他之前从未见过这样的衣物，正如他之前从未见过董回音这样的人。那件罩裙是中长袖的，袖口刚过董回音的手肘。裙摆上打了很多褶子，裙摆长及董回音的小腿。罩裙的质地透薄，他能看到罩裙下她瘦骨嶙峋的身子，特别是那对突出的肩胛骨。但他不敢多看，脑中空茫茫的，不知这时该说什么话、做什么动作，只好瞪着眼睛盯住一块被擦得发光的浴室地砖。与他相反，董回音从容得令人害怕，一瞬之间，她已经穿着罩裙躺进浴缸里了。

"印度棉。"董回音对失神的陆一舟说。说完，她从浴缸旁边的架子上扯下一块毛巾，折了两折，垫在自己的后脖子下，头靠在浴缸的边沿。

"印度棉……"陆一舟机械地重复着董回音的话。

"印度棉穿在身上，感觉像什么都没穿。"董回音解释道。

"哦，是吗……"陆一舟脑子里乱七八糟，一时间连拜访董回音的目的都想不起来。

"你为什么愿意来？是不是因为，你带我去工作室的路上我跟你说过，只要你来找我，和我聊天，我会按小时付你钱？我会的，按照在英国看的那些心理医生的平均收费标准。"董回音把自己的半张脸都浸入泡沫里。

"这个……"陆一舟尴尬地挠挠涨红的腮帮子说，"你说你试过好多心理医生，觉得他们也没什么大本事，我没理解错吧？所以呢，付给医生的钱确实不如付给我。也不是说非得是我，就是，不如付钱给别人试试。跟真能听懂你话的人聊聊，兴许比在医生那儿待两个小时管用。这是你的想法，我没记错吧？至于我……说实话，我想挣钱，不过我也有良心，要是不能帮到你，我是不会占你便宜的。"陆一舟蹲在浴缸前，一只手搁在浴缸边冰凉的大理石纹台面上。

"你这种坦白挺好的。但你是不是还有什么话憋着没说？"董回音看着陆一舟。她重新垫了垫脖子下的毛巾。

"你又看到我在想什么了？"陆一舟拍拍自己的额头。

"我看到了舞台。你总是在想舞台。还有，亚里士多德的雕像，那是亚里士多德吗？你在想亚里士多德？"

"我不喜欢他。"

"为什么？"

"亚里士多德强调戏剧中的行动，一个戏剧行动是一个完整的整体。人物，是为行动而生的。人物的性格，是为了行动去表现的。行动被排在第一位。可我不信。麦克白的野心，奥赛罗的猜疑，被深深印在人心灵上的那些力量，好的力量、恶的力量，这些才是第一位。人物，永远的人物，人物是第一位的，对我来说就是这样。哪怕没有行动，只要观察并复写出一个人物，我就拥有了舞台。"陆一舟说得兴致盎然，说出了飞沫。

"我是你的人物吗?"董回音轻轻问。

"当然,但是配角还是主角,还不知道。"

"那马骁呢?他是主角吗?"董回音的声音响了一些。

"也许是。"陆一舟咂巴了一下嘴。

"你跟我说说,你们怎么认识的。"

"这个跟你说过了。"

"再说一遍,再说一遍。"董回音孩子般任性地要求。她从浴缸中伸出一只手,在陆一舟眼前挥了挥。

"行吧。就是那年,骁儿的工作室还很小。他有两台3D打印机,给人打印点儿稀奇古怪的玩意儿。他靠这个做起了营生。所以说,那时候他就是个提供3D打印服务的,哪里是什么装置艺术家啊!"

"森林中有两条路,他走对了路,一路走到了艺术家的位置上。"

"嗯,罗伯特·弗罗斯特的诗,我也喜欢……也不知道如果他选了另一条路会怎样。"

谈话变得漫长。董回音建议陆一舟去化妆间搬一个圆凳到浴缸边。陆一舟照着做了。浴缸里的水变凉了,董回音却浑然不觉似的,依然穿着罩裙泡在里面。陆一舟坐在圆凳上,说话的嗓门越来越大,口气越来越轻松。

"当时我跟着那个蛮不讲理的戏剧制作人,还有一个连台口位置都搞不准的舞美设计师,闯到骁儿的3D打印店,指着那个圆里面的人,就那个挂件,让他必须卖给我们!"

"是维特鲁威人。"董回音更正道。

"对,就是一个圆圈里有个人嘛,简称圆中人。我们问骁儿,加钱,卖不卖?卖给我们,你这东西就有机会在舞台上当道具使,比放在这儿没人看强。"

"可他就是不卖,还当着你们的面把那个维特鲁威人挂件给摔碎了。"董回音眼睛闪闪的,帮陆一舟回忆往事。

"是啊,他那个执拗啊,那个不服啊!他觉得我们特可笑,买个象征完美的东西当舞台道具。我们觉得他更可笑,做个象征完美的东西留着自己看。"

"你们都不可笑。不过，东西是马骁做的，他不想卖给你们，就是可以不卖。"

"我们是真的可笑。骁儿摔那个圆中人的时候，嘴里喊着，说什么'你们眼瞎啦，我做的这个东西根本不完美'。"陆一舟笑笑接着说，"也就是从那时候开始，我打算跟他干了。我觉得他有一股子劲头，能成事。"

"那你的戏呢，不做了？"

"做，以后做。那些制作人啊，导演啊，觉得我的剧本不好。我先想办法弄钱，到时候再做。"

"为什么他们不喜欢你的剧本？因为你没根据亚里士多德说的那些写吗？"

"是吧……这都不用看我大脑中闪过的画面，猜都能猜中。谁都能猜中。"陆一舟调侃着自己，开始叹气。

"我问你，亚里士多德他写过剧本吗？"

"没有。"

"那你还想他的那套干吗？你可以找一套别的方法，跟亚里士多德不同的。"董回音双手在水中拍打了几下。

"可不是嘛！"陆一舟快活地借题发挥起来，"你看过的那些心理医生，他们病了吗？他们病过吗？你不也得找下一个心理医生？今天我就成了心理医生，对不对？你看看我有没有用，也看看我有没有病。"

董回音笑出了声，在浴缸里手脚并用撩起水花。

陆一舟不顾自己被水花溅到，只是静静地看着董回音。她这开心的样子是不多见的。

两个人你一言，我一语，又说了些不轻不重的话。

绕了几个圈子，陆一舟到底忍不住，问了明知不妥的问题："那个……你是真觉得自己活不了多久吗？"

"应该是的。"董回音话说得慢悠悠，显得哀伤，"科考队的人，在那次科考回来之后，在短短几年的时间里，一个接一个地去世。他们死的时候都还年轻，年纪最大的也不到四十岁。我妈在生下我的第二周就去世了，但她的死亡与分娩无关。她是由于体内电解质骤然失衡，一些元素迅速丢失，引发了急性肾衰竭。我自己，从青春期开始，就因为无缘无故的电解质失衡需要不停去医院输液。"

"也许你不该反复回顾这件事。心理医生劝过你吗？"陆一舟话音刚落就后悔了，这问题太蠢。

"心理医生？他们只关心活着并付钱给他们的人，不过，如果死人能付钱的话，他们也会关心的。"董回音再次将自己的大半个脸浸入水里。

"真没想到，你比我还愤世嫉俗。"

"如果我爸没有那么恨我的话，也许我能好一点儿。"

"他恨你？"

"对。他希望我死掉最好。我能看到他想什么，他巴不得我早点儿死。其实他再等几年，或者更短的时间，我不知什么时候也就死了。"董回音用一只手捂住脸。

"别瞎说。这个吧，咱们得相信现代医学。至于你爸的问题……你妈生下你之后就……他心里肯定有个坎儿还没过去。这里面的纠结，马骁也许能帮你分析分析。"陆一舟拍了一下自己的腿，他为自己这多余的真诚感到意外。

"他能分析？因为他自学了心理学的课程吗？现在谁都能乱分析一通原生家庭的问题。"董回音偏过头，绷起脸。

"你不能否认科学的方法，是不是？骁儿他在网上学了一年的心理学课程，也看了不少书。他要不是在这方面懂得多，也拿不下那么多客户。"陆一舟说完，又后悔了。今天错话说得真多。他可不想显得自己没用，而相比之下马骁却对董回音更加重要。

"我重视科学的方法，特别重视。不过马骁……他……算了。"董回音有气无力地说。

"什么算了？别算了，你说，放心说。"

"马骁病过。他病了，他的大脑病了。"董回音一字一句，说得极慢。

"他大脑怎么了？"

"我看不清他，他对自己所想的事进行了太多隐藏，甚至，伪造。"

"我们谁不是有所隐藏呢？"陆一舟揉了一下眼睛。

"他不是有所隐藏。他几乎……他就像是会写剧本的亚里士多德。我没想到，费劲接近的是这么个人。他这样的人能有多好？"董回音口气里满是讥讽。她没意识到自己说漏了什么，或许，她也不在乎。

"你是冲着骁儿来的？"陆一舟眉毛都挑了起来。他极力思索董回音话里的意味，忽然悟到了什么一般，又问她，"你真是冲着他来的？"

董回音不回答。

她越不回答，他越恼，于是也不顾她黯然的表情，急着继续问："你在伦敦遇到我，通过我看到了他这么个人的存在，觉得他这个人好？你觉得他能解决你什么问题？是什么问题呢？你缺钱吗？肯定不缺。你缺爱？对，你是缺爱的。"他知道这么说伤人，可就是忍不住要说。

"我不缺爱。"董回音脸色变得严肃。

"不管怎么说，你想要接近骁儿。唉，他长得是比我帅。"陆一舟抿抿嘴。

"我是要接近他，但我不缺……不缺什么爱。"董回音垂下眼帘，抚摸着自己的后脖颈，"我想知道他怎样做事，怎样生活，怎样解决每一个问题。他是个参照物，是个样本。透过他，我将完善我自己。我的那种特别的能力，我怎么更好地运用它，怎么用它去做事并且做成事。人好像都是试验品，我会有这种感觉，我们一不小心就沦为实验的样本。如果只能这样，我希望由我自己来研究自己。"董回音一口气说完这么多，喘气都虚了。她蜷缩在浴缸里，有些生硬地说，"谢谢你听我说话。钱，你收着吧。就在一进门放咖啡机的那个柜子上，有一个长方形牛皮纸信封，里面是现金。"

直到陆一舟安静地离开了浴室，董回音又听见远远传来开门、关门的声音，她才从浴缸里站起来。她全身湿漉漉地走到洗手台前，打开水龙头，一遍又一遍地洗着脸，好像一种无力的宣泄。浴室内只有水声，浴室外空荡荡的房间里，则一切归于沉寂。卧室的大床上散落着几支笔和一个巴掌大的湖蓝色硬皮记事本。本子被打开，上面歪歪扭扭写着一句话："在浩瀚的宇宙中，一定存在着我正寻找的那个完整的方法论。"

七

马骁盘腿坐在工作室中央的一块红色坐垫上。工作室的一扇窗开着，窗帘正被风吹得鼓起。窗外的夜色他看不到，只听见仿佛是小鸟在扑腾着翅膀的声音。

他扫视对面的墙壁，看见墙边一个镶嵌着假宝石的高脚玻璃杯，这应该是之前为某个客户制作的样品，一个残次的样品。那位客户为了庆祝新公司的成立，要举办一场宴会。宴会上需要十二只镶宝石的高脚玻璃杯，供十二位尊贵的赴宴者使用。这种小活儿，马骁平常接了不少。他翻翻欧洲文艺复兴中期的艺术品画册，找几个样本，从中取一些元素，用一两个晚上把设计图完成，再交给他熟悉的小工厂去制作实物。好了，成了。

当客户对最终完成的玻璃杯表示满意的时候，马骁想象过接下来在客户即将举办的宴会上，人们举杯的样子：他们互相客套，假装沉醉，故作乐不知返状。即便他们看出来玻璃杯上的每一颗宝石都是假的，也会夸它是高档货。

他又瞥到一个打开的木制小箱子——又一个被废弃的残次品。它被设计出来装一瓶酒。定制酒的这位客户，她的职业是化妆师。她自称从不算计小钱，逛街买东西根本不看价签。第一次来马骁工作室时，她没待多久就伸出胳膊搂住马骁的脖子，跟他说，自己是个日日夜夜与脂粉打交道的享乐主义者。她那花哨的筒形提包里，手机不停地响着，她只好不断接电话，在对话中催促别人也被别人催促。她说她的生活就是奔走于各个喧嚣的社交场所，为她的客户们描眉画眼，遮盖那些人脸上的每一块瑕疵。当她自己一个人、不需要惦记工作的时候，她也做不到真正地去休息。她喝那些让喉咙和胃有烧灼感的烈酒。她喝这些酒不是因为它们好喝，恰恰是因为它们不好喝。她把这些酒一杯杯灌下去，之后产生的生理上的不适能够暂时替换掉她生活中经历的难受。她喝了酒，可以欢笑，可以高歌，甚至相信自己的生活颇有些尊严。然而在她不喝酒的时候，这些好的感觉便没有了。缺了酒，她的心情总是差得要命。

马骁曾花过几分钟去思考女客户的困境。他想，她是在对物质的需要和享受中失去了自己。不论她拥有什么财产或是个人修养，她还是失去了她自身。她实际上又穷又贫瘠。一个有创造性的、真的对这个世界感兴趣，即对这个世界不断提问并尝试做出回答的人，才是富有者。而女客户的现状，使他感到厌恶。

厌恶归厌恶，工作归工作。他为女客户制作了一个纯粹是哄她开心的装置：他从一部网络电视剧里截下一个片段，以此制作了一个视频文件。视频中一位五官精美如米开朗基罗的大卫雕像般的男演员，表情暧昧、目光斜睨地吐出一句话："别喝多了，我心疼。"

这位男演员是女客户迷恋的众多男人中的一个。男演员是女客户的客户，他们之间的关系究竟如何，马骁不感兴趣，他只想着怎么把这件装置尽快完成：他把视频文件传到一个人们所熟知的视频网站上，再用二维码生成器把视频的网页链接生成一个二维码。最后，他给女客户呈上一个桃木盒，盒盖上转印了女客户的一张大头照并刻了她的名字。盒子里是一瓶粉色的起泡酒。起泡酒的瓶身上印着一个二维码。女客户用自己的手机扫一扫二维码，那段视频就会浮现在手机屏幕上，男演员的声音也即刻传来："别喝多了，我心疼。"

这欠缺真情实感的伎俩使女客户开口大笑过。她是不是由衷地开怀，她能高兴多久，对马骁来说是无所谓的。他只需要记得将起泡酒给女客户时，说一句"生日快乐"，因为整个装置是为女客户设计的生日礼物。他其实也花了大概不到一分钟的时间想过，是不是该再敬业一些，将"生日快乐"这句话也植入那个视频？然而他舍不得花时间再加工了。锦上添花，没有必要。

没有必要。那么多事都没有必要。眼前的物、这些意象，排着队从他的记忆中走过。最有必要去处理的是关于记忆的问题。

记忆。记忆建立在诸多不精准的观察的基础上。记忆是粗略的、模糊的、不清晰的。即便有些清清楚楚的片段出现，你也该警告自己那是假象，真正的记忆，还是不清晰的。因为我们的感受是不稳定的，所以记忆不会是让往事复现，而是伴随着不稳定的感受让往事新生。记忆因此包含着创造的潜力。记忆，就是创造的过程。当我们回忆某人某事时，我们也在重新组合事件的各个部分以及人物的各个细节。我们把这些碎片加以组织，带着主观倾向将碎片综合，将它们汇总到思想的一个个焦点之中。

那么就可以说，记忆其实都是假的。或者说，如果你想让记忆是假的，你是可以做到的。你能够使自己的记忆全部都是假的。

更进一步，如果我们对自己再苛刻一些，进行适当的自我训练，那么我们在每个当下的感受也可以是假的。我们可以故意将快乐和痛苦混淆，主动放弃寻找快乐与痛苦之间那条边界的执着。同理，我们也可以不去贪恋我们所喜爱的，也不去厌恶我们所不喜爱的。因为喜爱与不喜爱的界限也可以被人为地模糊掉。然后，此刻的我们，便无法被人看清。

董回音那能够看到别人大脑中浮现出的画面的能力，刺激到了马骁，使他势必整理自己对于"记忆"这回事的态度。大脑中的画面就像水中的月亮，仅仅是个显像，与事物的真相相距甚远，尤其当董回音想要获取他马骁脑中的视像，那么好吧，他是假装开放的，随意她来获取什么，但实际上他是那么严丝合缝地关闭了自己，让她难以得到关于他真实生活经验的画面。

不过，董回音如果想要了解他，那又是为了什么呢？她不会看不出他表面的冷酷与骄傲，当她发现他的内心是混乱一片，对她又有什么益处呢？他认为自己对董回音来说，是秘密之中的秘密，而董回音不可能拥有解密的钥匙。他是泡影，是连出席也可以被视为缺席的一团虚妄，是有用和无用之间的一层隔膜。这么一想，他就好像董回音带来的那根玻璃柱：有也可以，没有也可以。有或者没有，都不影响人观看伦敦那所私人博物馆四楼的画作。

但是有人就是要那根玻璃柱啊！竟有这样的人！真的有这样的人吗？马骁想着，点了一支烟。他不自觉地又望向那个维特鲁威人的挂件。他想象自己被看着，一直以来都被看着。他虚构世界中的轴心是不是关于一种注视？模糊，他大脑里模模糊糊。他一口接着一口，狠命地吸着烟。吸完一支，又吸一支……

八

自从与马骁不欢而散之后，董回音把自己关在酒店里待了将近一个星期。她整天恍恍惚惚的，也没再叫陆一舟过来聊天。白天大部分时候，她把"请勿打扰"的牌子在门口挂好，让自己与世隔绝。她或者倒在大床边的扶手沙发椅里，或者站起来伫立窗前，望着远处一排排高楼，觉得乏味又沮丧。

她的一只中号行李箱在客厅的茶几边摊开，那根玻璃柱就与一些书籍堆放在箱子里。她有时踱步到客厅，目光久久地在玻璃柱上流连，仿佛这样就会发生什么非同寻常的事似的。

她不感觉到饿，完全不想去餐厅。有几个晚上，她会打电话叫一份厨师沙拉或一份鸡蛋三明治。这些单调的食物，她没有一次吃完过，每次都剩下大半，之后她就得怀着罪恶感把剩下的食物在盘子里码齐，在夜深人静的时候把餐盘推到房间门口。

她睡不着觉，常常整晚都坐在床边翻书。她把两条腿从床边耷拉下去，用脚找到拖鞋，再把拖鞋踢掉，再用脚找回来穿上。夜的宁静徒增她心头的纷乱，于是那些书，看来看去，不论上面的文字还是图片都慰藉不了她焦躁的心。

由于缺乏睡眠和正常的饮食，她总感到精疲力尽。她有时平躺在床上，伸出手，盯着自己的指甲看。指甲的边缘，裸色的指甲油有被磕碰的痕迹，不仔细看是看不出来的。然而这些痕迹在她眼里被放大了，她由此想象着一些不曾发生过的情形：比如有谁抚摸她的手指和指甲，边端详她的指甲边说些宽慰人的话；比如狂风骤起，她的印度棉罩裙被吹到了别人怀中。多么遥不可及的场景啊，让人越企盼就越绝望。真实的生活冷冷清清，她就像一只蜘蛛，无声无息地在暗处织网。

到了周末，陆一舟忽然给她打电话，告诉她，马骁请她去工作室一趟。

她蜷在床上接的电话。接完电话，她腾的一下从床上立起身，接着感到昏了头一般，只觉得天旋地转。她急匆匆地冲澡，吹头发。也许是过于激动的缘故，她房间里中央空调的温度明明被调得适宜，她却不停地打寒战。她的心怦怦直跳，为自己化妆：描细细的咖啡色眼线，勾唇线，涂淡橘色的口红。

想了又想，她套上粉色吊带长裙，配淡蓝色的开衫，穿了双象牙色的穆勒拖鞋，拎着同是象牙色的手提包出门了。出门前，她不忘把那根玻璃柱放到手提包里。

到了马骁的工作室，她先是闻到一股油炸食物的气味，接着看见迎接她的陆一舟油亮的大嘴，她才意识到这是晚餐时间。当然，她自己是不觉得饿的。陆一舟指了指工作室一角堆放的外卖餐盒，问她要不要吃点儿东西，她礼貌而迅速地拒绝了。她四下望着，只想找到马骁的身影。

马骁从他的工作台上顺着梯子慢慢地下来。他没有马上跟董回音说话，而是找出一本大开本的画册，再拉了把椅子，自己坐了下来，翻画册。

陆一舟见状，赶紧为董回音也拉了一把椅子，请她坐在马骁对面。

"您今晚很漂亮。"陆一舟见董回音一丝不苟的装扮，不禁夸了一句。

她对陆一舟用了"您"这个字眼感到拒斥和尴尬，是不是因为自己给过他钱，他就要这样对她说话了？算了，随他吧！她脑子里像有几股气流在打旋，没精力去嘲责陆一舟，哪怕只是在心里面。她对陆一舟说着"谢谢"，眼睛却在看马骁。见马骁一直不说话，她感到战战兢兢，觉得他越发地令人敬畏。

"你读着美术史的博士，怎么能回来待那么长时间？"马骁突然地问了董回音这么一句。他没有看她，而是继续低头翻画册。

"我请假了。"董回音因为紧张，噎了一下才回答。

"请了多长时间的假？"

"一个学期。"

"英国的一个学期，那是到年底了。"

"是到明年年初。"

"你用什么理由能请一个学期的假？"

"家事。我爸身体不好。"

听她这样回答，马骁不再翻画册，一只手的手掌压在书页上。他抬头看着董回音，表情漠然地说："那你应该在你爸身边，而不是在这里。"

"他主要是……精神的问题。"董回音迟疑着说。而后，她又加上一句："看见我，他会更难受。"

"所以，你等于是骗了学校。你让他们认为，你因家事需要请假。他们给了你假期，你却不回家。"马骁毫不留情地揭她的短。

"我想给你那根玻璃柱，我还想跟你学习，学工作室里的事。"董回音勉勉强强地避开马骁的批判，半闭着眼。

"学习？"他露出一丝刻薄的笑，"不如这样，你先帮我解答一个问题，既然你是学美术史的。"他把手里的画册塞给董回音，指着翻开那页上的图画。

那是一幅画的局部放大图。图中，一个穿紫色长裙的女人腰上有一条银灰色的金属链子，链子上刻着一排字母。

"告诉我这是什么，是腰带吗？"马骁的指尖落在画中女人的腰链上。

她知道他这是在考她，并不感到生气，反而一下子振作起来。她就怕他不考她呢！她凝神看图，眼睛一亮，唇边浮上一丝笑意，对他说："这幅画应该在西班牙，在马德里的普拉多博物馆，我见过原画，非常大。"

"我问的是腰带。"马骁用手指点着画中的链子。

"这是文艺复兴时期意大利贵族妇女常用的一种腰带，一般用镍制作，镀银或者镀金。画中这一条明显是镀银的。"由于自信，董回音的紧张霎时间消散了。她说话的声音有力，靠得也离马骁近了一些。

"腰带上的字母呢？这些字母是什么意思？"马骁不为所动似的，依然面无表情。

"这些……应该是拉丁文。"董回音很是惊讶，她没想到马骁会问出这么生僻的问题。

"所以你看不懂?"马骁斜了她一眼。

"我看得懂,"董回音的口吻强势起来,"它们的书法方式特别,这是哥特体书法,所以不好辨认,比如这个看起来像大写字母B的字母,其实是大写字母E,但是哥特体让它看着根本不像E。"

"那腰带上的一串字母连起来是什么意思?"马骁一点儿也没被她折服,继续发问。

"只是名字,是戴腰带的女人的名字。画中我们只能看到半截腰带,另外半截很可能刻着她丈夫的名字。我跟你说了,这幅画我见过。从这个女人的头饰能判断出她是一位已婚的贵族妇女,那么她的腰带应该刻着她与她丈夫的名字。当时的意大利贵族,就是这样向工匠定制配饰的。名字、家族徽章,都会出现在……"

"好了,我知道了。"马骁干脆地打断董回音。

陆一舟对马骁的粗鲁感到蹊跷,又替他抱歉,赶紧就董回音的学识夸了她几句。只是董回音并不因陆一舟单薄的夸奖而感觉好一些。她僵坐在椅子上,一脸的不知所措。

马骁点了支烟,自顾自抽起来。

"你很喜欢研究几百年前的人怎么穿衣服?"马骁忽然问董回音。他的眼睛眯起,有种挑衅的神态。

"对,我欣赏五百年前意大利的服饰文化。"董回音认真地答道,声音有些发颤,她不知自己怎么得罪马骁了。

"那你讲讲,你喜欢的服饰文化。"马骁看看她,眼神里有那么一点儿好奇。

也不知是不是幻觉,她感到他变得和蔼了一些,毕竟,他给了她显示自己所长的机会。她眉宇间有一丝欢欣,开始给他讲缝着孔雀羽毛的头巾、深红色的天鹅绒罩衫、阿拉伯商人运到热那亚的染料。

马骁一言不发,继续抽着烟,连看也不再看她一眼。几分钟过去,他始终冷着个脸。她的幻想就这么被他的沉默压下去了。

"要不，我先走了。"她突兀地说出这话，是想获得一份她完全没有把握的挽留。

"行。"他从牙缝里挤出一个字。

"我把玻璃柱留给你。"她在绝望中站起，想要打开自己的手提包。

"不用了。"他上前一步，用手压在她的手上，止住她的动作。

那个瞬间，她几乎想握住他的手。当然，她没有勇气这样做。马骁很快也就拿开自己的手，他站得直直的，吐出一口烟，对她说："你就别继续骗人了。"

董回音咬了一下嘴唇，努力想做出一副全然不懂他在说什么的表情。

"那个要我们制作一件东西来看画的客户，是你请的人。这就是个圈套。你让人找到工作室，说要做件东西，迫使我们去伦敦，这样你就能设计一次偶遇。那之后呢，你又跟过来，告诉我们，你能解决问题。其实问题从来没存在过，没有人需要这根玻璃柱。"马骁的目光漫不经心地掠过董回音。他的脸上透着老成。他的口气没有特别愤怒，只是充满了轻蔑。

董回音欲言又止，到底还是没一句争辩。

"骁儿，这个，你怎么能肯定？会不会想错了？"陆一舟倒是显得很激动，瞪着眼睛问马骁。

"一舟，我让你拍她衣帽间的照片就是为了确定这件事。她请的那位客户，来找我的时候从手机相册里调出来伦敦那幅画的照片，我无意中看到了相册里其他的照片，很多画的照片。"

"哦……你眼睛尖。可是这能说明什么？"陆一舟十分地不解。

"客户手机相册里存的那些画，大概都是董博士发过去的吧？这个所谓的客户，是董博士花多少钱雇的？还是他是董博士的熟人，免费帮忙？是熟人的话，又是哪一种熟人呢？男朋友吗？总之，那些画大部分是文艺复兴时期意大利贵族妇女的肖像画。"马骁在说"博士"这个词时咬字很重，分明是在奚落董回音。

"可那又怎么了？"陆一舟愣愣地望着马骁，又望了望董回音，只见董回音坐回了椅子上，不自然地耸肩。

"董博士穿衣的颜色搭配和那些肖像画中的人身上穿的非常相似。应该说，配色是一模一样的。"马骁又吐了一口烟。

由于马骁一直抽烟，他与董回音之间的空气越来越浑浊。工作室的灯光是暗淡的，只有几盏壁灯被打开。昏暗之中，董回音轻轻站起来，走向那个有褐色胡桃木边框的穿衣镜。

"我的衣服，的确是按照画里人的穿着来搭配的，这是个人偏好。那个假装成客户的人……是我认识的人，不过不是什么男朋友，我是花了钱请他帮忙的。"董回音看着穿衣镜中的自己，以一种旷达的口吻承认了。

"什么？您真的设计了一个局？这是为什么啊！"陆一舟喊了起来。

"为了在他……在马骁面前证明我能看见别人看不见的东西，为了我们的合作。"董回音转过身，盯着马骁。

"你现在证明了你是个说谎的人，你觉得我们怎么合作？"马骁迎上她的目光，歪了一下嘴角。

"我以为你会亲自去伦敦。当你看到那幅画、听到一段悲伤的历史，你会联想到自身的经历。而我，会看到你的经历，看到其中很重要的那些部分。结果你没去，你让陆一舟去了。但即便是这样，通过陆一舟，我也间接地了解了你的一些事。你去还是不去，我都要来。我肯定是要来找你的，因为我真的能看见别人在想什么。只是，我竟看不清你的事。"董回音喟然长叹，然而她眼中仍有激情。她扭了一下身，望了望穿衣镜上方的维特鲁威人挂件，说："虽然我现在看不清你的事，可我们还是可以合作。我能帮你看你的那些客户的事。通过我，你会更了解你的客户，这样你就能更快地做出他们需要的东西，这样你就能省时间，不是吗？"

"骁儿，她说得在理。"陆一舟点着头，想为董回音解围。

"什么省时间？这个，用不着说了。"马骁的声音低沉而坚定。

"你的时间应该去做更有意义的事。"董回音不想罢休。

"这与你无关。"马骁斩钉截铁地说。

"你……意大利……"董回音口齿不清地嘟囔了一句什么，忽然抱起胳膊，脸色异常苍白，一下子蹲了下去。

陆一舟见状，慌忙地跑过去扶起她，同时对马骁喊了起来："我跟你说过她身体不好，这可不是装的！"

"她只是经常饿着自己，营养不良罢了，她手上的瘀青是因为经常在医院输葡萄糖吧！"马骁手里夹着烟平静地说。

"你怎么这时候了还是一点儿感情也没有！你真是……"陆一舟大声斥责道。

马骁果断截住他的话："你看不下去，就送她回酒店，反正你们两个沆瀣一气。"

陆一舟搀着董回音走了。

马骁走到穿衣镜前，把镜子上维特鲁威人的挂件摆摆正。往日的生活、平日的生活、未来的生活，这之间有没有形成千万条沟壑？意识，什么是意识，是理性的判断还是掺杂了个人兴趣的偏袒？他不是没心没肝，也会担心自己又狂又浑。只是关于回忆，他的回忆可以是黑黢黢一片，或者相反——五光十色，但不管怎样，最好都不要有过于真切的细节。

九

　　董回音彻底地休息了三天。这三天里，她绝大部分时间只在床上躺着。有时下床，是为了上个洗手间，爬回床上时，再喝几口水。偶尔，她会从玄关的矮柜上找片饼干来吃。

　　她也忘了要在门口挂"请勿打扰"的牌子，或者说，她全然不在意这类小事了。

　　于是酒店的保洁员每天都免不了几次敲门询问是否要做夜床或清理垃圾桶，她总是木然地摇摇头，只问对方要几瓶矿泉水，连浴室的毛巾都不要求更换。她这三天甚至都没怎么洗过脸。

　　那晚陆一舟把她送回酒店后，她歪着脑袋靠在沙发上，目光呆呆地望向客厅的地毯，气若游丝，向陆一舟做了一通虚伪的保证：保证自己会按时吃饭且暂时不再琢磨马骁是否还会以任何一种方式接受她。

　　陆一舟走之前，在酒店提供的便签本上即兴写了首短诗给她，她当时看也懒得看，觉得旁人对她内心真正的苦楚一无所知。

　　然而，她蔫了三天，第三天晚上当她怎样都睡不着，孤独地企盼着从天而降的什么神助时，她把那首诗翻了出来，指望能从字里行间找出一点儿安慰。

　　"我隐约看见浴池里有钱币折成的船，瘦骨嶙峋的她，在向魔鬼的世界转账……"

　　魔鬼的世界？她笑了。她首先嘲笑这首小诗中的比喻运用得平庸，继而又笑陆一舟用了"魔鬼"这个词是一种轻率的判定。一个人凭什么觉得自己如同魔鬼？或者，一个人凭什么觉得自己仿佛处在一个充满了恶魔的世界？当然，感觉总在一瞬间生出，因此它往往无法不主观、不武断。可谁都难免凭感觉行事，因为感觉是我们触碰世界最简单的方式。感觉也永远与理性认知并存：一瞬间的感受与研究性的逐步理解之间的关系是非常微妙的，它们似乎彼此依赖。她这些年以学院派的方式去观察艺术品时就意识到：通过层层分析和推敲最终得出的一些结论，实际上早在首次接触某件艺术品的瞬间就被掌握了，之后所做的，无非是在验证那些瞬间感知到的存在——比如一种设计方式，比如一种创作理念，它们皆被小心翼翼地验证出来，它们是存在的，并且它们的存在是多么合理。哎，那么谁正如魔鬼般地活着，她是否能感觉到呢？她感觉到了，不仅如此，她还感觉到像魔鬼般在生活的人不只制造痛苦，他们自己也痛苦，还比大多数人要痛苦得多。那么她对这些感觉要进行验证吗？是的，她要这么做，她本来就打算这么做。也许这就是她活着的方式：验证，验证，验证。在验证中，她也就获得了某种新的理论。关于什么的理论？关于人的那些令别人痛苦、令自己也痛苦的行为的理论。人。关于人。总是关于人。人的种种，既需要被抨击也需要被捍卫。想到这里，她马上从床上跳起来，先看看时间：凌晨三点。她要吃东西，还要吃得丰盛。没有办法，这个时间酒店能提供的餐点就剩她吃腻了的那两三样。于是她开始翻书，并唰唰唰地手写下读书笔记，这样使自己镇静地熬到天亮。

刚隔窗见到一丝朝阳的光，她就开始梳洗，还化了淡妆。之后，她去行政层的餐厅用了几乎一个小时吃早餐。她吃了白煮蛋和水碱面包，还拿了两份用麦片、水果和酸奶搅拌在一起的"瑞士酸奶麦片"。她一边吃，一边在心里不断质疑酒店将这种食物称为"瑞士酸奶麦片"的依据是什么。同时，她欣喜地感到一股思考的力量。很好，力量有了。吃完早餐，她联系了陆一舟，约他今天在酒店见面。

下午，天色还很明亮的时候，她见到了陆一舟。在套房的客厅里，她穿了件领口镶珠链的黑色无袖连衣裙，挺直了腰杆端坐在沙发上。她为陆一舟叫了一壶伯爵红茶和一份果盘，自己只喝水。陆一舟见她的样子和打扮，猜测今天的谈话不会是闲散的，于是有点儿紧张地绕着客厅的写字台转了几圈，一边转，一边问候她身体如何、休息得怎么样。她对客套话无心回应，只是请陆一舟快到沙发上坐好。

待陆一舟坐到她的一侧，开始喝茶的时候，她一脸正色，对他讲起了历史，关于科学的历史。

她眼中有种咄咄逼人的自信。她像一位正在讲解基础知识的中学理科老师，尽可能地在翔实和简练中寻找一种平衡。她话语中带着些生动及趣味，为陆一舟讲19世纪的科学家们怎么在电磁学方面进行独创性研究。她讲静电力、运动的电荷产生磁场、电磁信号的运动速度与光速的关系，等等。陆一舟对于这些做不出什么机敏的反应，一直讷讷地听，听着听着感到了困倦。为了提神，他大声咀嚼起果盘里那些比较生脆的水果，尤其是梨。

见陆一舟有滋有味地吃东西，她沉默了那么一会儿，喝了半杯水，然后又开始讲起人的大脑，讲起在日常生活中人类大脑如何获取并储存信息。

"我们就讲图像信息，这是因为大部分被获取的信息，是眼睛所看到的。"她盯着自己手中的水杯。

"好，好，看图是您的专长。"陆一舟用手背擦了一下嘴说。她庄严的神情，让他不得不多敬她几分。

"我说的其实是每个人都不断经历的事：比如人们看到一个杯子，比如我手里的这个白色陶瓷马克杯，杯身一侧有把手。这个图像信息经过我们的视神经传导，进入位于我们后脑部位的初级视皮层，然后经过大脑中一系列区域，向大脑前额区传递，其实就是在向一些更高级的视觉区域传递，一直传递到内侧颞叶——海马区。海马区，是与记忆功能有关的区域。于是，这个杯子成为我记忆中的杯子。而在这个传递过程中，大脑里以亿为单位计算的数不清的神经元在活动着。我说'活动着'，意思是无数个神经元在发放电脉冲。你明白吗？在放电。"她放下手里的水杯，挥动了一下双手。

陆一舟竭力让自己能跟上董回音的思维，他将后背完全靠在沙发上，凝神想了想，说："您在铺垫，为了解释您为什么能看到别人脑海中的视觉信息。"

"你说是铺垫也可以。我是想先说普遍性，而我自己是例外，也就是特殊性。但特殊性总是基于一些普遍性的规律产生的。"

陆一舟揉着自己的太阳穴，念叨起来："您体内那些什么……电解质有问题，而我们这些普遍的大多数，我们这些人，我们的大脑每天都在放电。当然，您的大脑应该也是的。然后，您手里就像有一根电线一样能接通别人的大脑，是这么个意思吗？"

"别说什么电线，你应该看点儿跟戏剧、文学、艺术都无关的书，掌握更多的词汇，这样才能写出更多的比喻。我现在告诉你一个词，微电极。微电极比我们的头发还细。目前科技的发展已经能实现将微电极植入人脑中，已经有医生在治疗癫痫病人时这么做了，为的是记录病人大脑中一小群神经元的活动情况，对，一小群，也只能记录一小群神经元发放的电脉冲。因为大脑里的神经元实在太多了。"

陆一舟不知怎么接话，她所讲的这一大通，他暂时消化不了。

她见他没及时反应，感到一些失落和挫败，便不言语了。她套着黑色软缎拖鞋的双脚神经质地上翘，又落下，又上翘。

"没事，您继续说，我听得明白。"陆一舟尴尬地笑了笑。

"我想我说的，还是比不上剧本里写的那些故事有趣。我本来还想说磁场，还有特定的磁场变化能够触发多么强烈的大脑反应。算了。不管怎样，你一直听，你付给我时间，我付钱。"她没看陆一舟，低下头自嘲般地哼气。

"如果您非要说我对您的事不感兴趣，那我也可以说，您对我也不是很感兴趣，您是对马骁感兴趣。"陆一舟听她谈到钱，忍不住挑衅她两句。

她倒也不反驳，只抬头盯着陆一舟。

"您是不是在通过我的大脑活动，寻找关于马骁的各种线索呢？"陆一舟并不躲避，也直视着她。

"那你呢？你对马骁这个人的曾经，或者说，秘密，感兴趣吗？你……想知道他的秘密吗？"她缓缓地问。

"并不是每一个秘密都令人好奇。因为秘密这东西太多了，不稀少。谁还没几个秘密呢？星星啊，收起你们的火焰！不要让光亮照见我的黑暗深幽的欲望。"陆一舟仰头背诵起《麦克白》中的台词。

"麦克白说的。"她反应很快。

"您是自己看过剧本，还是从我的大脑活动中发现的？"

"我没看过剧本。"她坦白道。

"那我，还有很多人，甚至所有人，在您面前岂不是都没秘密了？可是我记着您说过看不清马骁在想什么，那又怎么知道他的秘密呢？还是说，您之前撒了个谎，其实您能看清他在想什么？"陆一舟说到这里，一下子来了精神，身子前倾，往董回音那边凑了凑。

她只是笑笑，神情有些自豪，转眼却又冒出点儿凄凉。

她此刻的笑，对陆一舟来说显得有种不可言喻的诱惑。这诱惑使他心血来潮，可又一时间受用不起。他屏着呼吸，静静地看着她。

"马骁，他不能面对一件事，因此他不惜毁掉自己的记忆。也许，是所有的记忆。对，所有的。每一个当下，立马变成过去，化作记忆。而他，他不停地反抗正常的大脑活动。他对当下的想法、对随时生成的记忆迅速地进行加工。他想活在幻觉里，可能这样才能舒服些吧……"她说着，不自觉地扯了扯自己的发梢，"而他不能面对的那件事，是关于一个女人的，关于一个离开了他的女人。"

"噢！我有过这种猜测。"陆一舟故作镇定地说，然而忍不住兴奋，他在沙发上扭着身子，连续换了三个姿势。

"关于马骁的秘密，你是不是觉得没那么有意思？"她问，"因为你看了那么多戏剧，会感到类似的情节太多了，千篇一律。"

"情节的相似，这没办法，模式就那么些，不过人物可以翻新。"

"也是，对你来说人物最重要。"她撇撇嘴。

"骁儿的事其实还是很有意思的，而且我们都等于是在参与他的事，这就更有意思了。我今天回去告不告诉他你跟我说的？我可能会一五一十地告诉他，也可能瞒着他，还有别的可能，然后会产生很多种效果。而您又能知道别人脑子里那么多事，您能知道秘密，所以产生的效果就更多了。"陆一舟双手合拢，大嘴一咧，笑出一声，"观众是傻子，演员是疯子，导演是骗子，台上台下，我们都在做戏。傻子、疯子、骗子，来来回回，变来变去。"

董回音表情复杂地看着茶几上的水杯，片刻之后，忽然问陆一舟："刚才你说的台词，《麦克白》里的，下一句是什么?"

"眼睛啊，看着这双手吧，凡它做出的你都要敢于面对！"陆一舟眉飞色舞，语调轻快。

"怎么敢于面对……"她用极低的声音重复给自己听。

陆一舟却听清楚了董回音低语中的每一个字，便问她："谁不敢?"

她不回答，只是勉强地笑了一下。

第二章

一

　　早晨，阳光斜照在工作室的玻璃转角窗上，反光晃到了陆一舟的眼睛。他走到工作室门口，没有马上进去，心里挺犯难：与董回音的谈话他要向马骁全盘托出吗？玻璃窗的反光越是熠熠生辉，越晃得他烦躁。他不禁想，谁没些糟心的过去，谁能无视那些糟心的过去？可人对于过去，即便最苦的日子，也得有些留恋不是吗？因为那里面总有谁动过感情。这么一想，谁要是对自己的过去死不认账，简直是一种无可救药的流氓行径。他于是心怀着愤慨，加上一些使他自我感觉良好的正义心，神情决然地走进工作室。

　　与马骁说话的时候，陆一舟声音挺大，没什么支吾，尽可能地把头两天董回音对他说的那些不可思议的话转述出来。只是关于19世纪科学发展史的部分，他记不住。

　　"什么电磁学，那些我忘得差不多了，实话说。"陆一舟跟马骁复述得口都干了，他不停地抿嘴。

　　"我觉得关于大脑神经元你也只能说清楚一小部分。"马骁推断道。他觉得陆一舟的转述中多是些无头无尾的妄谈，缺乏确切的信息。

　　"你不觉得这姑娘喜欢你吗？不然不会对你的过去那么上心。你又遇到好事了。"陆一舟语气里除了妒忌还有掩饰不住的幸灾乐祸，可他神情中又怪异地浮现出些许悲伤。

　　马骁看着陆一舟那张表情别别扭扭的脸，问道："我过去的事，你相信她说的？"

　　"这个……"陆一舟顿了一下，心头陡然涌上一股柔情，扬着头回答，"我愿意相信她说的。"

　　"比起相信我，你是不是更倾向于相信她？"

　　陆一舟听出马骁话中的弦外之音，反问回去："你觉得我和她是同谋？"

"你可以随时和某人成为同谋，你是不会觉得自己选错了边儿的，因为忠诚这东西，不太重要。我们对自己都做不到忠诚。"马骁说完，把一张手边的废纸团成球，扔在地上。

"选不选错边儿，只要不是一个人就行了。我不喜欢一个人。"陆一舟咧咧嘴。

马骁冷着脸，摇了摇头。

"没人喜欢一个人。"得不到赞同，陆一舟忍不住又补充道，"有时候我们被迫成为一个人了，其实那些时候我们也不算是一个人，我们还是想观看其他人或者被其他人观看。只要怀着这样的想法，我们就不能算是自己一个人待着，我们其实永远在热闹中活着。这不是自我安慰，真不是。"

马骁默默无语，没有表情。

陆一舟对他的沉默有点儿生气，接着说："也许你想的是，你巴不得清净，你讨厌热闹。其实这种想法才是自我安慰，不对，是骗自己。我们都想被人观看。"

"我一点儿都不奇怪你会这么说。"马骁哼了一声，"你天天想着做戏。"

"你这么说不对。"陆一舟急着驳他，脸都红了，"就因为我是个想做舞台剧的人，就因为我渴望观众，所以我就非得强调人需要被观看？不是这样的。想被观看，是符合大部分人心态的事，不管你做哪一行，我们都想被观看。最好的证明，就是我们对于不想被看到的那些事所采取的方法。"陆一舟对自己的发言很是满意，笑了一声。可他听着自己的笑声，竟听出了阴损。他又想，自己会不会说出了太残忍的话，以至于伤了和气？于是他止住了。

马骁忽然紧盯着刚才被扔到地上的废纸团，走过去将它踢得离自己更远一些。

陆一舟见总也撬不动马骁的嘴，寻思了一下，咬了咬牙，说："还记得定做铁螃蟹的那个客户吗？"他双手夸张地挥舞起来。

马骁似有若无地应了一声。

"还记得你怎么笑那个客户吗？他是个开海鲜馆子的，挺有钱，咱们都觉得他好阔气啊！你那时候笑他要花二十多万为自己的馆子做一个巨大的螃蟹，金属大螃蟹。用那人自己的话说，是什么来着？哦，要看着闪闪亮亮，听着叮咣作响。你暗地里笑他的表述，你笑他粗鄙，你笑他土。我也跟着笑，跟着起哄。我当时以为你不会接这个单子。你那么清高，会给一个海鲜馆子做个金属大螃蟹？螃蟹的钳子要能活动，要能张牙舞爪……总之，这可不像你会接的活儿。可是你接了，你做了那么一个螃蟹。那个客户，把这螃蟹安在了一个大商场的楼顶上，因为他的海鲜馆子在那个商场的最高一层。说到这儿，我想起来另一件事了，咱们当时也为那件事笑了半天——那个客户为了安装大螃蟹，专门租了个吊车，把螃蟹吊上去。然后，客户还给咱们发视频，拍的就是吊车怎么吊起那大螃蟹来的。客户觉得，这可太壮观了，太精彩了，太博人眼球了。而你呢？你看了那视频，笑过之后，专门找客户谈了一次。你跟他说……"陆一舟忽然停了下来，他之前说话太急促，此时喘起了粗气。

马骁的脸色不太好，眉毛拧了又拧，他完全不看陆一舟。

"骁儿。"陆一舟唤了一声，马骁仍不看他，仿佛在无声地否认他刚刚说的一切。

"骁儿，骁儿！"陆一舟却很执着，又叫了他两声，他还是不理不睬。

陆一舟不管马骁的反应，心一横，继续往下说："你跟那个客户谈的是，希望他不要告诉别人这金属大螃蟹是你工作室做的。你希望他在任何公开场合，任何社交媒体上，都别透露这大螃蟹是马骁做的，你希望他不要跟别人提起你这个人，你这个设计师，你这个……"陆一舟转了转眼珠，斟酌自己接下来的用词。

"我这个工人。"马骁看向陆一舟，直截了当地接了他的话茬。

"对，你这个工人。"总算得到了回应，陆一舟抓住机会不放，赶紧把心怀的往事不停地往外诉说，"结果对方还恭维你呢，他说你是大艺术家，怎么会是工人呢！可你坚持说，你不是艺术家。"

"什么艺术家？"马骁的口气很严厉，"跟那些人，扯什么艺术家。"说完，他瞪了陆一舟一眼。

"是啊，跟那些人……"陆一舟的嘴还咧着笑，眼里却是无奈，头也逐渐低了下去。

"以后别说这些了。"马骁板着脸，嘴角抽动了几下。

"别提哪些？别提艺术家还是别提你不想被观看？"陆一舟忽地抬起头，他的表情像刚从冥想中回过神，"观看，还是观看这件事，我们都想被观看，无一幸免。而且，我们希望生活的某些部分被观看到，某些部分不被观看到。或者说，不是生活内容的问题，而是被谁看的问题。我们想被谁看，又不想被谁看？更多的时候，我们寻思的，是我们想被他们看的那些人。这些人，有时候涉及一两个人、几个人，有时候涉及好些人，有时候涉及非常多的人。比如我，我就想被非常多的人观看，而那些人是谁？他们是谁都可以。他们就是一群我不知道姓名的人，但是我想获得他们的目光。我想让他们看我，看我的生活内容某些闪光的部分。我的生活内容蕴含了我最为认可的艺术表达，包括我理想中的戏呈现出来是什么效果。我想让他们看，想让那些我不认识的，或者随便我认不认识的人们来看。"

马骁微微侧转过头，不屑地摆摆手，说："你觉得，你现在是个艺术家吗？关于你的戏剧，你至今做成了什么？你想让人看什么？看你什么都没做、什么都没做成吗？"

"什么都没做成？"被马骁攻击了几句，陆一舟像个木头人一般，身子僵住了。忽然，他露出一种瘆人的笑容，说："你否认不了观看这件事。我什么都没做成，都还希望有人看我，有人关注我，有人在乎我的理想！你肯定也希望有人看你……我知道你希望谁看你。"

马骁没作声，双手半握起了拳。

陆一舟脸上还挂着那种可怕的笑，接着说："你希望一个人看你，就是那个女人，董回音说的那个女人。你希望那女人看你的工作室如何如何地成功了，你希望她看到你实现了那么那么多。但是，你不想她看到你给人做了个螃蟹！"

马骁的表情异常冷淡。他垂着眼，思索了一会儿，不急不慢地问："董回音花钱让你跟我说这些吗？"

"什么？"陆一舟愣了一下。

"是董回音告诉你，用这些话可以刺激我吗？她想要什么？"

"什么呀……"陆一舟一脸迷茫。

"你，还有董回音，都没那么聪明。主要是董回音，她太自作聪明。她是看了一些书，学了些东西，但是她能做的也不多。"马骁没看陆一舟，而是看着之前被自己踢开的那团废纸说道。

"骁儿，我刚刚说的是我自己的想法！关于观看的想法，不是从董回音那里听来的。你在低估我！"陆一舟气冲冲地用手叩着自己的胸口。他的脖子都有些红了，他甚至产生了受辱的感觉。

"是，观看与被观看，这些应该是戏剧家的想法。"马骁的语气尽管平缓，却字字在讽刺陆一舟。

"就你损。"陆一舟思绪混乱，找不出一句有力的话来伤马骁。况且，刚刚他那么激动地发表自己的见地时，总有一种悲伤不断地出现并扰乱他的表达。他气馁了，顺着马骁的目光，他也望向那团废纸。

"谁都想被观看，不被看，怎么活下去？"陆一舟对着那团废纸愣愣地说。

"一舟，你也别想得那么绝对。"马骁的口气忽然轻柔起来。

两人都没再作声。

"但是，别人的目光，就是像空气那么重要啊！"陆一舟在心中叹道。他此时真想要一声理解或一声赞同。人人都在做着一些希望被关注的事，这几乎等同于常识的道理，此刻为何得不到一句直接的认同？人为什么这么喜欢否认常理？还是他陆一舟认识的人都出了问题？还是说，人、越来越多的人，都在加入一个狂欢的队伍中。这个队伍中的每个人都举着一面旗，旗很小，因为它是给自己看的，旗上写着两个字：否认。在无数个否认中，人们得到泡沫般的欢愉。这种欢愉随时会破碎，不过没关系，一个泡沫破了，还可以马上制造第二个。泡沫多了，欢愉就能持久吗？陆一舟心里的疑问与悲哀交织。他承认，自己目前的生活是痛苦的。然而，想到马骁和董回音也不见得比他活得不痛苦，他又稍稍地感到宽心了。

二

　　石灰华，又称孔石，是由碳酸钙形成的石材，表面有许多微型孔洞。马骁为别人做过一个以石灰华为主料的盥洗台。像杜尚的小便池，这个盥洗台不是用来使用的，而是作为艺术品用来展出的。哪个毫无新意的艺术投机者让他做了这么一个盥洗台？他当时为什么接了这个活儿？谁要是问马骁这类问题，他会说他不记得了。

　　马克笔、马克笔喷枪、彩色铅笔……这些是马骁设计一个锥形水壶时用过的绘图工具。有段时间，他为了对自己进行设计思维训练，会随时将任何一张纸、一面墙、一个可画图的平面利用起来，手绘设计草图。他对自己的绘画基础很自信，也正是扎实的绘画基础使他曾经那么偏爱手绘草图。勾线、上色、运用高光和阴影来增加物体的逼真感。以及，注意视觉的焦点、注意透视等，曾几何时，他脑中充满了这些。透视，透视是最关键的。他觉得自己对透视的理解比那些一直依赖数字化绘图，不打开电脑中的绘图软件就不知如何表达一个创意的所谓设计师们要深刻多了。透视不是一套规则，而是一种你必须掌握并且利用它来颠覆某些规则的工具。然而后来，他手绘草图的次数越来越少，那太费时间了。一台平板电脑能让他在任何时候都可以构思一个产品并对其进行概念演示。至于那个锥形水壶，似乎是非常久以前的事了。水壶给了谁，水壶此刻在哪里？如果有人问他，他会说他不知道。

　　“我不知道。我忘记了。”当有人试图将某件作品、某件产品与马骁联系起来时，他频繁地这样回答。他不管那些东西是精巧还是粗糙，是被人喜欢还是被人批评还是令人毫无感觉，他都希望别人不要总是提起他。一种对自己所做过的东西的厌恶感总是盘踞在他心头。可是，难道他真的就这么不想被人提起吗？难道他不渴望出名吗？当陆一舟告诉他，董回音对他的过去有所了解时，他感到恐惧吗？当陆一舟指出，他与其他人无异，也需要被关注时，他需要反思吗？

与陆一舟的那次对话之后，马骁默默地为自己列出各式各样的问题。但这些问题不是用来进行自我批判的。他尚不打算对自己任何一种已成系统的行为模式进行纠正。他问自己这些问题，不是为了正面回答它们，而是为了用这些问题来警告自己。

"我不能被动摇。"他想。

一个习惯的培养需要克服多么巨大的困难，因此，当一个习惯最终形成时，怎么能轻易改变呢？怎么舍得改变呢？绘图习惯、观看习惯、思维习惯、记忆习惯、回忆的习惯、删除回忆的习惯、模糊回忆的习惯、修改回忆的习惯。他也许可以放弃其他的习惯，但关于回忆的习惯，他可不打算让步。

有天晚上，他一个人在工作室对着电脑，打开一个个文件夹，扫视一张张图片。每一个文件夹都关乎他主要的生活内容——工作。干活儿，干活儿，不断地干活儿。他这么勤奋，是要挣钱。挣的钱，基本上用来添置工作所需要的设备。挣钱多了，有所富余的时候，钱还可以用来买时间。买时间，让别人做那些没意思的手工活儿，自己只出设计稿。买时间，连设计稿都不用画，让别人画，自己只出个概念……他真想要时间啊，想要属于他自己的时间。有了那些时间，他就可以做更重要的事了，而不是耗在这些抑制他灵感的"工作"上。对，更重要的事。只是那更重要的事，与陆一舟无关，与董回音也无关，与他周围的这些人都无关。所以他从未想过诉说，关于那更重要的事。

可是，董回音出现了。这个女人似乎看破了他所珍视的习惯，也知道他渴望有时间去做更重要的事……真的吗？她真的知道那么多吗？不见得。她最多知道一点点，或者她只是想要吓唬他。那么，他怕董回音吗？有一些吧，还是有一些的。因为她所做的，不像是来帮他，更像是来攻击他。他觉得她像要揭下他一层皮似的。她为什么要攻击他？她想从他这里得到什么？她……要他难堪。对，她要他暴露出一些耻辱。之后呢？他暴露出的那些东西对她有何处？用来给人看。对，用来让人知晓他生活内容中不得不忍受的浅薄、低劣、艰难，用来让人知道他过得不好，用来让人知道他没有实现多大成就。

谁希望知道这些？他知道是谁，但也可以告诉自己，他不知道，他忘了。

他如鲠在喉，耳边有嗡嗡的杂音。他想抽支烟，手指却不听使唤。他对着电脑，却什么都入不了他的眼。他整个身子越来越僵，耳鸣总也不消失，嗡嗡声逐渐转化为低沉而悠长的吼声。为什么他感到如此沉重？不久前的场景，遥远的回忆，想象的事和亲身经历的事，聚拢在一起，在他心里拨亮了一个火堆。

习惯，不要放弃习惯。他蹙起眉，攥紧双手。关于回忆的习惯，不要放弃！认知心理学家们的理论给过他信心不是吗！想想那些理论，想想那些学术概念：焦虑症、创伤后应激障碍、动机性遗忘、自传体记忆……某些有关记忆的神经生物学研究甚至在鼓励那些渴望刻意扭曲自己记忆的人们——首先你要理解，为了让你的大脑还能正常运作，你必须遗忘。遗忘是一种使人类在进化过程中能够在瞬息万变的环境中生存下来的本领。你必须学会将自己的大脑像打扫房间一样进行定期清理，将旧的信息清除，这样才能为新的信息留出空间。然而，遗忘这个能力并不像计算机程序一样那么可控，它有时是那么难以被执行，特别是当我们对一件事的所有细节的记忆过于深刻时，所有细节，都会被记得一清二楚。那怎么办呢？试着篡改一些对你造成强烈刺激的事件的旁枝末节吧！不改掉细节，你就会继续被它们纠缠，你就无法从事件中抽身。改掉它们，改掉它们，改掉它们！直到它们被改得面目全非，你自己都认不出它们的原貌了。

这也是创作，这才是创作！他虽不甘心承认，可事实就是如此：对以往经验的重建仿佛比他做出的那些设计——锥形水壶、玻璃酒杯、西西弗斯的雕像——都要值得骄傲。他将自己的生活当作故事，肆无忌惮地插入想象和虚构的成分。而且，他对于将事实的细节分散后再进行千奇百怪的重组这"工作"做得越来越得心应手。也许还得谢谢陆一舟，陆一舟不厌其烦地向他讲述那些被视为经典的悲剧、喜剧、荒诞剧、先锋剧、表现主义戏剧、存在主义戏剧，这的确对马骁审查、批评和优化自己的过往有所助益。可是，就像伦勃朗在自己人生的不同阶段所画的自画像，这些画像不仅是为自己看的，还是为他人看的。人们凭借这些画像对伦勃朗的相貌、生活历程，甚至人格给出评判。是啊，谁都想被观看。伦勃朗想必也乐于他的自画像被一代代人鉴赏。陆一舟的话他不是不赞同，而是觉得，他的赞同，不值得在那场对话中给出，因为只有他自己才理解他那隐秘的要务——利用篡改记忆做出对个人生活的再解释。巨大的想象力像激流般冲击着真实记忆，再渗入真实之中。想象，成为他再现记忆的一个必要因素。他断定大部分人一旦发现了他再现记忆的手段，都难免从道德层面上对他进行指责。

算了，就让那些不理解他的人们继续不理解，让那些看不清他的人们继续看不清吧！他才不指望这些人能在某天为他喝彩。所以，无所谓了，让那些认为他活得不堪的人窃笑吧……等一下，某些人，一旦确定了他并没有成为一个所谓意气风发的艺术家，会不会撇撇嘴，甚至带着把玩别人痛苦的心满意足大步地走开呢？想到这里，他哼了口气，点上一支烟。

有人是否会走开？走开，不走开，到底走不走开？这类疑问中包含了对未来有意识的期盼。马骁望着自己吐出的烟雾，感到愤懑，甚至有恨。这不是由于一种不确定性的出现所导致的恼火，不确定性是常态，他每天都在面对各种不确定性。他恨那被预期的结果背后有计划的行动。如果有谁想确定他在艰窘中度日——无论内心的艰窘还是艺术上的艰窘——然后昂首离去，这就是挑衅，卑鄙的挑衅。

他无法镇定，身上好似背着看不见的累赘，心头一沉再沉。恨的灼烧中竟又冒出某些带着柔情的暖意。这是怎么回事？女人，是因为他想到了女人吗？他摇摇头，想要把关于女人的念头都甩开似的。然而，董回音苍白的脸一闪而过。

女人。董回音这样的女人最可恶。想来，她闯进他的生活，就是为了证实他正在以多么不如意的状态活着。这种证实并非易事，需要一些机灵、一些才智、一些特殊的能力。也许，就是董回音所拥有的那种能力。董回音真的拥有那么非凡的能力吗？他但愿她的能力其实是弱小的、有漏洞的、随时可能失效的。可他现在不能再拒绝面对董回音具有特殊能力的事实了，因为他假设了有人由于想要获取他尚无真正艺术成就的证据，而让董回音不择手段地接近他。他这样假设了，他就要应战。

　　他停止了抽烟。昔日的某某，不清不楚，是混沌中的幻影，可居然让他生出丝丝渴念，这让他更恼怒了。他恼怒于自己不仅念旧，且念旧时心也跟着变软。心软的人，往往会受到廉价的同情。他不要什么同情。他既然能对抗自己，也就能对抗别人，他能做到对抗，他要把董回音留下来。既然你或者你们要来挑战，那就做好战败的准备吧。哪一方更有优势尚不能确定，只是，接下来的日子，谁都不可能过得风平浪静了。

三

当陆一舟打电话告诉董回音，马骁同意她留在工作室了，董回音只是轻轻地"噢"了一声，没说什么特别的话。这让陆一舟不禁纳闷起来，怕是自己没把话说到位，于是他拿着手机大声说："骁儿什么条件都没提，他说您随时都可以来工作室。"

"那我……这就去工作室。"她开始在房间里踱步。她那淡然的反应下面，藏着的是紧张与激动。

"不过啊，那个，今天他不在。"陆一舟慢吞吞地说。

"是吗?"她佯装镇定，轻轻地问。

"是。不过话说回来，他那么快拿定主意让您留下，说明您很厉害，让谁都无法拒绝。"

陆一舟的那种客气和热情，让她一时不但没觉得造作，反而生起对他的依赖。她声称自己不急于见马骁——她希望在别人看来，她之前十二分在意的事，现在已经觉得不怎么样了。

"咱们可以见面聊聊。不过您别误会啊，不算什么心理治疗! 那个，那个，跟钱没关系。"陆一舟打起了磕巴。

她没多想，立马答应了。只是，她心里还有些憋闷，于是建议找个工作室以外的地方。

傍晚的时候，董回音找了家咖啡馆，位置离马骁的工作室不远。她请陆一舟去那里见她。

那间咖啡馆由于室内设计讲究"与大自然结合"的情调而颇有些名气，里面总是坐满了人。陆一舟意外于董回音会选择这样人多的场所。他到达咖啡馆时，见董回音已经站在里面等他。她穿着长及脚踝的墨绿色直筒裙，上衣是比裙子深一个色度的墨绿色短袖针织衫。咖啡馆里的人实在多，他们不得不等了二十几分钟，才有一张小圆桌旁的座位空出来。董回音总是默不作声，她似乎怀着极大的耐心，安静地观察着周围。

他们坐下来之后，董回音劝陆一舟不要点咖啡。她自己喝气泡水，建议陆一舟喝果汁或者冷牛奶。

"咖啡师今天心情不好，他被老板骂过。咖啡师……他也骂了别人，好像是怪新来的服务生反应太慢。"董回音凑到陆一舟耳边说，说完，立即挪开身子，在自己的座位上坐好，对陆一舟淡淡地笑。

她的体恤，让陆一舟舒坦，于是听她的话选了冷牛奶。他们在嘈杂的环境里谈论着咖啡馆的装修。这里最大的特色是用细木条钉成波浪形的天花板。光是这别致的天花板，就吸引了多少人来这里拍照啊！他们看到频频有人举起手机对着天花板。董回音一张苍白的脸环顾四周，陆一舟觉得有某种比文雅、优柔更重的气息从那张脸中流散出来，他记不起自己是否见过她这副表情。

在陆一舟看来，董回音大部分时候举止自如，特别是当她侃侃而谈时，她谈得不乏激动，而她的激动中会透出单纯，单纯中又有种精到。也许是因为她谈的都是自己精通的问题吧。然而，不论她精通于什么，究竟还算是个天真的人。她当然会有复杂的考虑，她仗着自己对别人的了解，设计了一场或几场相遇。但陆一舟觉得，她即使是在设计别人的时候都难免天真。他搞不懂这是为什么，心里嘀咕：坐拥财富的人，会像她这样吗？还是自己没有能力看出她的狡诈？

"木板条饰面，到处都是木板条。设计师利用木板条来诠释大自然与人文活动的关系。"董回音望着陆一舟身后一位正举着手机拍照的男孩说。

"人文活动？这里有什么真正的人文活动？"陆一舟不以为然地笑了。

董回音也笑了。陆一舟仔细看她的表情，觉得其中有悲有喜，他不甚明白。人声越来越响，让陆一舟头痛。咖啡馆的环境真令他难受，如果是早几年，他也许会即刻融入这样的环境里，糊里糊涂地享受其中的乐趣，可现在，他在这里喝一杯冷牛奶都像在糟蹋时光。

他小心地请求董回音同他出去散步，或者直接去工作室转转。马骁今天虽然不在，但是有不少资料她可以看。

"他很可能是想着，既然您也没特别急着见他，那他今天不守着工作室也无妨。"陆一舟这么说，为的是尽量使董回音不会因为马骁不在工作室而感到不高兴。唉！他怎么就这么介意她高不高兴呢！陆一舟感到头更痛了，他郁闷地想：真是有钱能使鬼推磨。她这种有钱的姑娘，三两下就笼络住他了。唉！

董回音注意到陆一舟全身不自在，顺应了他的要求，跟他去咖啡馆外走走路。一走到外面，陆一舟觉得环境立马清静了，毕竟不用再看到人挤着人，听到人群嗡嗡营营的嘈杂声。

两人慢悠悠散起步来。董回音的黑色乐福鞋踩在地上发出嗒嗒的声音。陆一舟低着头，看到董回音鞋子上银色的环状金属搭扣闪闪发光，那搭扣不大不小，精致而古朴。陆一舟看着看着，脑海中浮现出他要照马骁的吩咐跟董回音说的事。这下，他可算从刚才的迷糊中苏醒了。

"马骁想让我看给客户的设计方案……"还没等陆一舟开口，董回音已根据他脑中的影像先发了话。

"对，对，所以说，他这人还是挺痛快的，只要他做决定了，之后的事就比较干脆。"

"那他决定让我在工作室待多久？"

"时间他倒是没给个准数，但您以后进出工作室都是自由的。"

"他对我有任何要求吗？"董回音刚问出口，却又说，"你不用回答……"

她沉默了，忽然停住脚步，一动也不动。

"怎么啦？"陆一舟看到她的双眼中有哀怨，脸上显出峻刻的表情，嘴唇微微地抖。他默想着，她这是怎么了。然而，她很快恢复了常态，重新迈开步子。

他们又继续往前走。

"马骁要做一个瓶子，对吧？"她平静地问。

"没错，是个瓶子。这个客户啊，是老客户了，让骁儿做过两回东西了。"

"嗯，两次。一次是做药盒，另一次，还是做药盒。"她说完，又停住了脚步。过了几秒，她开口问："马骁觉得我在他的工作上，帮不帮得上忙？"

董回音的确有这个疑问。她虽能看到陆一舟脑海中断断续续的画面，但她听不到声音，更不能直接碰触他的心思。

"他呀……"陆一舟咂巴一下嘴，说了实话，"他担心您一个学美术史的，对绘画的了解远远超过对工艺品的了解。"

"工艺品？挂毯、刺绣、贵金属制品……甚至装饰手稿，这些都算工艺品。的确，曾经的西方艺术史学家们对绘画褒扬的同时边缘化了其他艺术品种。但情况早就变了。现在，文艺复兴早期的一顶天鹅绒帽子、一枚珍珠领针都可以成为研究题目，它们都是视觉遗产，它们传递给眼睛的信息唤起我们对遥远时代的精神共鸣。"

之后，董回音又不说话了，她好像一下子又陷入了某种忧郁中。陆一舟也不言语，他还在回味董回音谈论工艺品时显耀出的才具。良久，董回音扯着自己的发梢，缓缓地开了口，问及有关那位老客户的事。

"其实啊，您关于工艺品的见解，说说那个多好……"陆一舟望着董回音透着哀愁的眉眼，先把客户的事搁到了一边，赶紧夸她，"显摆博学多才是好事，值得显摆。"

陆一舟的鼓励对董回音没什么用，她看起来依然心事重重。她的不愉快，好像瘟神，那股情绪不断地传到陆一舟心里。他觉得这时即使有绵绵情话也宽慰不了她。情话。陆一舟不知自己为何要想到情话，然而他转眼间又领会了什么，赶紧问董回音："您觉得骁儿……不待见您？"

董回音眼睛眨了又眨，不说话。

"他要是不待见您怎么会同意您留下呢？可毕竟玻璃柱子的事造成了些误会，这心里的别扭不是一两天就能解开的。"陆一舟劝道。

"咱们还是继续说客户的事吧！"董回音避开关于马骁的话题。她尽量站直了，鞋尖机械地在地面上打着拍子，就像在附和一首曲子。其实，并没有任何音乐声。音乐声。想到音乐，她就浑身不舒服，同时暗中斥责自己的神经质，不满于自己经不起一点儿磕绊。不就是被马骁拒绝吗？不是的，马骁没有拒绝她，他同意她留下了。可是马骁拒绝与她见面啊！也不是的，马骁只是今天不与她见面。但她感觉不到马骁是否有几分迫切要在不久之后见她，只是这一点就足以让她难受。她被困在一种说不清道不明的欲望中，犹如一个囚犯。

陆一舟发觉一提马骁，董回音就沉下脸，于是开始念叨关于客户的种种：那位当律师的女客户的确有一些品位，出手也大方。她让马骁做过一个圆形黄铜药盒，盒盖上有浮雕，刻着花卉。她还让马骁做过一个伪装成粉饼盒的药盒，盒子是银色的，表面有细密的植物图案。

"噢，这位女客户喜欢植物。"董回音一边听一边想。然而她被情绪所扰，对陆一舟说的一切都生出偏见。她想，一个人强调自己生活中缺不了植物的意象，无非是想将所谓的对自然的热爱昭示于众。这就像她刚刚光顾的那间咖啡馆里陶醉于一个充满了木板饰面的空间的人们，他们不是真的爱自然。如果是真的，那何不放下手中的电子设备，直接跑到树林里待上一个月？她这样想着，轻轻咬着牙，感到有诅咒上天的恨意。虚伪，无尽的虚伪，她真受不了。

"连做一个药盒都要把它设计成别样，让人看不出那是药盒，人为什么要这么做？"她直接把心里话说了出来。

陆一舟一直注意着董回音那张苦脸，感到她天真之下堆积着的敌意。但这敌意是种相对坦白的敌意，就这么从她的眼角眉梢漾了出来，这使他觉得她还是天真的，他因此对她心怀的敌意也表示理解。

"是啊，人为什么要这么做？"他顺着她的话说。

董回音强迫自己收敛起个人情绪，尽量客观地看待那位客人要定做一个瓶子的要求。然而，关于瓶子的事，她听着也来气。

"客户想做一个瓶子，瓶子上要有植物的图案。她喜欢花花草草嘛……"陆一舟说着，不敢笑，也不敢太严肃。

"什么瓶子？说到底还不是装药的容器？她要一个容器，这个容器的外形怎样都改变不了它的本质，它的本质就是个药盒。"董回音板着脸，语速飞快。

"是，对，她这次还是用它来装药的，这个她跟我和骁儿都说了。"

"我知道。你正在回想她以前去工作室找马骁的情景，你也在场。她不高不矮，不美不丑……也不是，客观点儿说，她是个好看的人。她……年纪似乎比我大不了多少。她穿白色一字领上衣，配浅色窄腿裤。她见过马骁一次、两次、几次……她的衣服都差不多，是时下流行的样子。她的头发短短的，刘海烫过，不太适合她的脸形……她说话的时候……她说话的时候，马骁假惺惺地微笑着聆听。马骁的那种微笑，说明了这个客户只不过是千千万万普通人中的一个。"董回音说到最后，声音大得使她自己都感到吃惊。她慌了，住了嘴，不停地眨眼睛。

陆一舟对董回音的激动也感到惊异。见她不吭声了，他便也配合着，不说话。

"她……还喜欢涂淡粉色的指甲油。"董回音忽然又冒出这么一句。

"指甲油？我脑子里连她的指甲油颜色都显示出来了？是啊，可不是嘛。"陆一舟点着头，又看了看董回音的指甲。她的指甲剪得短，上面薄薄地涂了一层裸色的指甲油。

逮住这么个细节，陆一舟顺势恭维她说："您品位更好，那绝对是……总之您用不着跟她比……"

"我为什么要跟她比？我跟她比了吗？"董回音气冲冲地打断陆一舟。很快，她又为自己的失态道歉，试图心平气和地谈话。

董回音不再绕着弯子攻击女客户，而是淡淡地谈论起女客户的职业，谈论律师工作的辛苦。她还谈起法律，说起任何犯罪者在某个层面上都能找回清白这个假设。陆一舟则提了《安提戈涅》。一个话题只要让他联想起什么戏剧中的典故，他肯定是忍不住要啰唆的。

安提戈涅的故事董回音本就有所了解：古希腊忒拜城的国王克瑞翁，下令禁止埋葬在战乱中死去的投敌者波吕涅科斯。波吕涅科斯的妹妹安提戈涅不忍哥哥被暴尸，宁可冒犯国王的命令也要将波吕涅科斯埋葬。

不过她还是耐心听完了陆一舟对整个剧情的讲述。

"安提戈涅知道自己触犯了忒拜城的律法，违法者面临的是死刑，而她宁死也不屈从。"陆一舟做了个有力的手势，像是握着什么权杖，又说，"她认为她行的是天道。安葬自己的亲人，这是符合天条的。当天条与人法相矛盾时，她就要反抗人法。"

"将自己置身于危险之中的反抗是不明智的，是愚蠢的。"董回音不假思索地说。

"啊，您竟然会这么想！我觉得您做事的劲头很像安提戈涅，特别执着。"

"我在执着的同时会尽可能去规避风险，只是你忽视了我的审慎，你只看到大胆。说回安提戈涅，她的愚蠢在于，在自由选择权和生命之间，她选择前者。可是生命都没有了，之后再无任何权利可言。"

"没想到您会这么理解。她可是以自己的牺牲来唤醒世人对天道的重视啊！"陆一舟叹道。

"天道要求人罔顾自己的生命吗？自然律不是这样的。你说的是戏剧，戏剧总是在夸张。真正的自然律不是这样的。"董回音说着批判的话，语调却缺乏力度。

"'让我和我的愚蠢担当这可怕的风险吧，充其量是光荣地死。'这是安提戈涅说的。光荣，您不看重光荣吗？"陆一舟向董回音靠近了些，急切地盼望她的回答。

"什么是光荣？"董回音笑着问，笑中透着悲辛，"死去的人很容易获得光荣的称谓。但是那些活着而背负骂名的人呢？活着比死去要难。选择了难，这不是一种伟大吗？这比不上光荣地死？我要想选择死，早就可以死掉，也许，也能被视为光荣。但是死太容易……"董回音的声音越发细小。

听到董回音这样随意地谈论自己的生死，陆一舟有些不快，绷着脸说："我不会当您是在说真的，只当您是心里有气，口不择言，开始胡说了。"

两个人赌气似的，互相不再搭理，却又默契地相伴而行，往马骁工作室的方向走去。

"一舟，因为就要开始为马骁工作了，我想做好准备。其实截获别人大脑中的图像信息这件事，需要非常冷静和镇定。"快走到工作室的时候，董回音主动对陆一舟说。

她开始向他坦言，告诉他自己在人群中总是感到焦灼甚至困苦，因为她被迫知道许多人的许多事，而其中大部分是她不想看到的。然而她要认真尽责地为马骁工作，即便马骁尚未提出对她的要求，她也将严格地要求自己。那么，她要克服那种被迫了解别人时产生的焦躁感，她要跨越这一障碍。她必须学会平静地接受原本与她无关的人带给她的刺激，她必须锻炼自己，她必须常常走入人群，她不能纵容自己将私人时间都交给酒店的行政套房。

"在人群中，你会发现他们生活的真面目是多么不堪、卑微，甚至龌龊……"董回音扯着自己的发梢。

"但肯定也有许多美好的情景被获取，不可能人人都像古希腊悲剧中的人物那么惨。您刚才不是说了，戏剧都是夸张的。现实中，好与不好占的比例差不多。出现最多的情况是既不好也不差。"陆一舟嘴上这么说，心里却想，其实，他有时会享受别人的惨痛，特别是那些富人的惨痛。

"最多的是既不好也不差，这符合自然律，因为自然律中的统计呈现出的往往是正态分布的结果，就是大部分是既不好也不差的。可是自然律也不是一成不变的，这就是为什么科学探索无法停止，你不知道明天会不会有什么可怕的新发现。"董回音有板有眼地说。

陆一舟听她说着，竟感到构成她痛苦的根源十分复杂，他不可能在短时间之内让她真正快活起来。但他依然认为她是天真的，因此想让她快活起来，可能是通过一种极其简单的途径，然而那条途径离他很远，也许离马骁比较近吧！他心里这么想，也不说出来，只是带着她走进工作室。

马骁不在。工作室里充斥着虚空和无聊。陆一舟知道董回音的心思，知道她在没有马骁的工作室中的失落感。然而董回音没有示弱，她如自己所说的那样，要克服那些危害到她执着决心的情绪，她不纵容自己被情绪控制。她认真地看起关于"容器"的资料。她不再抨击那位定做容器的客户的动机。她沉思着，想着自己能为一个瓶子的设计做出的任何贡献。

陆一舟欣赏着她的沉思。他觉得有点儿讽刺：她对安提戈涅持一些否定意见，却与安提戈涅那么神似。她像是那种勇敢的、会做出牺牲的人。

　　似乎是月光最亮的时候，董回音准备回酒店睡觉了。临走之前，她忽然对陆一舟说："你别难过，都过去了，我们都得学会在嘈杂中生活。"

　　陆一舟听她这么说，顿时感到芒刺在背，一股叫人晕眩的气血冲向头顶。他本来站着与她说话，一下子甚至想要就地坐下。她端详着他，走近他，抚了抚他的肩膀。

　　"别难过，都过去了。"她低语着，拍拍陆一舟的手肘。

　　"您也别难过，尤其是……不用妒忌谁。"陆一舟瞪着她说。说完，他才意识到自己的话有点儿挑衅。他是忍不住要挑衅她，谁叫自己不想回首的旧事十有八九被她看了个遍呢？真是有点儿丢人。

　　幸亏董回音没再多说。她面无表情，又轻轻拍拍陆一舟的手。之后，她便离开了。

　　她何止是个被夸张了作用的剧中人，她堪比好几个安提戈涅了！陆一舟看着她的背影，天马行空地想着。一股惆怅在他的心间挥之不去，却止不住他对她萌生出源源不断的好奇。真不知道，像她这样的人相不相信命运呢？

四

　　周末的时候，董回音在工作室里见到了要做瓶子的女客户齐熙。果真，齐熙不高不矮，眉目清秀，留着短发。"她做律师工作，假装喜欢植物，还依赖药物……"董回音心里面一直低语，她希望自己能够放弃对齐熙的偏见，可这好像并不容易做到，她因此对自己气恼。她只好尽量不去主动接近齐熙，做个旁观者算了。

　　齐熙那天穿一件白色上衣，这在董回音的预料之内。配一条深蓝色针织百褶裙，董回音觉得这裙子很普通。脚上一双白色短靴，鞋跟有个特殊的镜面处理，闪闪发亮，让人不得不去注意那双靴子。"白色啊！"董回音心里别扭起来，"白色啊，真干净呢！"她又特意观察了齐熙的指甲，淡粉色的指甲油，在室内灯光的照射下，明明柔和的淡粉色也让人感到刺眼。"淡粉色啊，淡粉色……也不知道是谁给齐熙的建议，让她选择这个颜色。"董回音心里嘀咕着。

　　然而，董回音再怎么暗中挑剔齐熙，也抵不过对自己今天衣着的更加不满意，她担心自己穿得是不是太花哨了：她穿了条浅灰底带橘色郁金香图案的连衣裙，配一双深灰色的穆勒拖鞋。为了强调正式感，她特意把头发束起，用一根有镂空花纹的黑色发绳低低地绑了马尾。她自然是没期望马骁会对她的装扮有所恭维，结果也正如此，马骁好像根本没把她刻意的打扮收入眼底似的。虽然他与她说话时，从不介意与她对视——他们可以在谈话中长久地对视——但马骁的目光里没有额外的暧昧付出给她。

　　倒是齐熙，夸了夸董回音的裙子，还说她像伯恩·琼斯画里的女孩。董回音一听伯恩·琼斯，心里便有好多关于英国维多利亚时期绘画的东西要讲，然而她把话都憋回去了。她总觉得今天会出点儿差错，像是言多必失之类的。何况，她觉得伯恩·琼斯画里的女孩都一副不知人间疾苦的样子，而她可不是那样。又何况，她需要更加关注齐熙的过去，她不能被眼前所发生的情形打扰到了。她手里拿着她那睡觉都要放在枕头边的记事本，还有一支原子笔。她煞有介事地不时推着原子笔的笔杆，随着"哒哒哒哒"的声音眨眼睛。

眼前，工作室里的深巧克力色曲木快餐椅可算派上了用场。马骁与齐熙相对而坐，中间放了个仿古木质脚凳。这凳子是马骁临时找出来的，侧面的灰尘甚至都没擦干净，也不知摆出来有什么用处，好像只是为了放在那里，填补两把椅子之间的空缺。

陆一舟给马骁和齐熙一人送去一瓶矿泉水。脚凳上放不稳东西，他们只好把矿泉水瓶放在地上，随时拿起来喝。这样的环境旦，齐熙竟一点儿微词都没有，还能对马骁恬静地笑。董回音都觉得不好意思，认为工作室没搞出个接待客户的样子。陆一舟劝她，说这种粗陋反而让那些有钱的客户们觉得有趣，从而相信这才是诞生好作品的环境。

马骁也对齐熙淡淡地笑，然而他不爱说废话，直接给齐熙看几稿设计方案——一个瓶子，一个高不过一尺的带花卉纹的圆腹细颈瓶，开口小，容量大。颜色和图案的决定是小事，大问题是做瓷瓶、金属瓶还是玻璃瓶？仿古的瓷瓶他用3D打印机可做不了，得联系做瓷器的小工厂。齐熙定不下主意，词里话间只表示出对马骁的信赖。马骁则趁机强势起来，向齐熙说起聚合树脂材料的好处，最大的好处是3D打印机很容易就能做出东西，这能省不少时间。

"省谁的时间？省你的还是省我的？"齐熙脸上的表情没怎么变，话却说得厉害起来，"你可别想应付我，我这次还想叫你做个博物馆馆藏级别的东西出来呢！"

马骁听了，一脸严峻。他从椅子上站起来，绕到椅背后踱步。他一边踱步，一边踢着地上的废纸球——他一来工作室，很快就会产生出许多废纸球。因为他总在写写画画，又迅速地推翻自己的想法。所以，被他撕下来团成球的纸稿，不计其数。

在离马骁和齐熙足有七八米远的地方，董回音与陆一舟也一人占了一把快餐椅。他俩并排坐着，不时交头接耳。为了减少尴尬，他们并不总望向马骁和齐熙。他们不想被视为两个观众或是配角，而想显得他们两个之间本来就有什么重要的事要谈。可笑的是，不知为何，董回音和陆一舟不约而同地找出一些并不适合他们的话题来：陆一舟问董回音今天穿的鞋子是花了多少钱买的，而董回音答非所问地告诉陆一舟，她想给工作室装上蛋青色的塔夫绸窗帘，怕马骁不同意。陆一舟提醒董回音，马骁不会想跟她在金钱上有什么瓜葛。

"只是一套窗帘，不代表谁欠了谁什么。"董回音对于窗帘的事本没那么上心，此刻却执拗起来。

"您说的那窗帘应该不便宜，骁儿肯定不愿白得一套贵窗帘。"陆一舟笑着说。

"什么叫白得一套？我在这里工作……"董回音话说一半就止住了，意识到从寻常的逻辑上讲，她在工作室工作，不但不要工资，却还为这里添置什么，的确是让马骁得了便宜。

"您都说不下去了，是不是想明白了？骁儿他不想占便宜。"

"是的，我明白了。钱本身什么都不是，却可以用来侮辱别人。钱总是被用来侮辱别人。"

"因为你有钱，才能痛快地说出这种话。"陆一舟忽然连平时坚持对董回音使用的尊称也改了。

"不论有钱还是没钱，都不会是长久的状态。"董回音略低下头。

"还是因为你有钱，才会这么痛快地说。"陆一舟说完，哼笑了一下。

"我们的认识能力和欲求能力带领我们去寻找科学的方法，也就是类似于真理的东西，那才是长久的。"

"没有钱你可能认识不到那么多。想象你见识过的那些东西，什么绸窗帘，没有钱你能懂得那么多？"

"时间，"董回音顿了顿，"有很多的时间，也可以看到和懂得很多东西。"

"我怎么觉得现在连时间也是钱带来的。有钱才有时间，这道理好像是骁儿告诉我的……"

董回音一下子没了话。半晌，她才应道："我不反对你的观点，但是我会想，你的观点能让你幸福吗？"

这下轮到陆一舟不知作何回答了。

荒诞的对话使他们看起来越发地局促和不自然，直到董回音用余光瞥着齐熙的某个时刻，她忽然拍了一下陆一舟的手。陆一舟想，董回音应该是探到了齐熙的某些经历，并且她已经开始对那经历有自己的理解了。

"她喜欢博物馆，"董回音低声对陆一舟说，"你们这个区，工作室南边那个美术馆，有一幅英国维多利亚时期女人的肖像画，是复制品。齐熙有时来见马骁之前，会顺便去那个美术馆看几眼，为了那幅画。"

"您可真行，连她看的那幅画是复制品都知道，这是怎么看出来的？"陆一舟见董回音说话时目光炯炯，只觉得她真不一般，立刻用回了对她的尊称。

"你这个傻子，我看过那幅画的原作，在伦敦。伦敦那幅画就算运过来，也不会在你们这荒郊野岭的小美术馆展出。"董回音用手里的原子笔轻轻敲了一下陆一舟的脑门。

"我们这儿以前可是有名的画家村，现在也算首都的一部分哪！这儿是郊区没错，所以这儿的环境资源、生物资源才得天独厚，什么妖怪都愿意来！"陆一舟的眼睛眯得弯弯的。

董回音不理会他的调侃。她嘟起嘴，翻开记事本，唰唰唰飞快地写字。她又几笔勾出一个女人的轮廓，在轮廓外打了几个黑点。"光的问题"，她写道。"药"，她又补了一个字。"死亡"，她再加上一个词。

陆一舟把脑袋凑过来，看她的笔记，看不太懂。他又瞅瞅齐熙和马骁，只见那两人还在尽量维持着各自和悦的态度，然而在瓶子材质的问题上，他们各不退让。

"客户们总是到我们这里找平时所缺的东西……"陆一舟抓抓鬓角说，"唉，谁也不容易。"

"齐熙缺什么？"董回音把记事本翻到新的一页。

"我觉得她，"陆一舟又抓了抓鬓角说，"可能平时老得妥协。工作嘛，就是这样。她外表强势，其实心里有许多顺从……噢，我跟她聊起过莎士比亚的《尤利乌斯·恺撒》。"

"她看莎士比亚?"董回音轻轻哼了一声。

"她不看。可我不是喜欢聊这些吗? 不论跟谁,只要能说上话,我就看看能不能硬聊、生聊、尬聊……总之,聊戏。"陆一舟轻巧地说着,脸色也神气了起来。

"所以,你其实不懂她,或者说你没想去真正地理解她。你对别人的理解充满了蛮横的给予,你总是蛮横地给予别人剧本中的台词、剧中人、剧作家。不过你这样比我活得舒服。你不分戏里戏外,对你来说,每个人都是演员,上台下台,说着台词。可你能规定他们出场的时间吗?"说到这里,董回音顿了一会儿,才又说,"恺撒是在第几幕被杀死的? 他那位声称自己多么爱他的挚友,勃鲁托斯,明明参与了刺杀他的阴谋,在他死后却在罗马市民们面前发表演讲,抬高自己的美德。勃鲁托斯声称自己为了正义才不得不害死他所爱的恺撒,独裁的恺撒……比起爱恺撒,他更爱罗马。你真的相信这套说辞吗?"

"还是您学问多,您看过这剧本吧? 应该不是刚刚从我脑袋里偷看的。"陆一舟在椅子上扭了扭身,让自己离董回音更近些。

"我没看过这剧,我不需要看这剧。我看过关于历史的书。恺撒的事、西塞罗的事、高卢总督的事、古罗马帝国的兴衰,这都是历史。"董回音一边说一边望向齐熙,见她已经喝完了自己的水,正伸出手向马骁索要他的那一瓶水来喝。

他们挺亲密。

董回音心里考量着马骁和齐熙的关系,嘴上却对陆一舟说着另一番话:"齐熙的恺撒是谁? 不是马骁。人对自己最在意的人不会有那么亲昵的举动。对在意的人,我们是分裂的。又想靠近又想保持距离。"

"您是不是想多了? 他俩之间就是逢场作戏,没什么。我不知道齐熙的恺撒是谁,但是我跟她说过那句著名的台词:我爱恺撒,但我更爱罗马。她说,说这话的肯定是个男人。如果是个女人,还是会爱恺撒胜过爱罗马。"

"即使一个女人想杀了恺撒,她的理由也不是因为她更爱罗马,"董回音悠悠地说，"女人更在乎爱这东西本身，可爱恨的翻转却又那么快。"

她说话时的悲叹，让陆一舟不禁问："您发现了什么？"

董回音没回答，她一直盯着齐熙看。齐熙注意到了董回音的目光，也转头看了过来。董回音僵硬地对她笑笑。

"您发现了什么？"陆一舟忍不住又问董回音。

"你熟悉二战史吗？隆美尔是被希特勒赐死的。他战功赫赫却还被赐死。他太顺从了。"

"您看到了什么呀？"陆一舟被激起了极大的好奇。

"齐熙吃镇静剂和安眠药。"董回音小声说。

"这个我和骁儿都知道，她自己跟我们说过，这不是什么特忌讳的事。"陆一舟顿觉扫兴，搓了搓自己的脸。

"她经常去挂医院神经内科的号，开药。"

"这个她没说，但有什么要紧？我还以为你看到什么不得了的事了呢！你有钱，学艺术史，不用工作……不还得看心理医生？她当律师的，看个神经内科怎么了？"陆一舟说完，慵懒地把身子全靠到椅背上去。

"从历史的角度来看，所有既有事实都不是偶然，是某个过程发展的必然结果。要把细节串联起来，去探索这是个什么样的过程。然后我们甚至可以对这个过程的未来进行预判。"

"预判吗？预判总是出错。"陆一舟撇撇嘴。

"有对的时候。当逻辑的搭建是使用科学的方法，预判的正确率会提高。"

"您有什么科学的方法？"陆一舟左右无聊地看看，敷衍地问。

董回音没吭声，她翻着自己的记事本。"在浩瀚的宇宙中，一定存在着我正寻找的那个完整的方法论。"这是她很早之前就写在本子上的话。有多早？几年前？往事如浮光，已经难以触碰。在生死交叠之间，她不能忘了自己最初的愿景。眼前的男人和女人：做装置的男人和女律师，他们与自己的关系不应建立在个人恩怨上。她应该鄙夷自己情不自禁涌出的妒忌心和在寂寞中培养出的情欲。她是个人，是个肉身脆弱的人，她是有情有欲的，她是对马骁这样的男人动了心思的，但是这些都抵不过她为了实现更高远的目标所必须具备的品质——顽强的意志力。她是历史老师的孩子，是图画的解释者，是符号的翻译者，还可能，是某条公理的传递者。她有时候甚至会提醒自己，应该做好为宇宙中的一个点滴意义失去性命的准备。谁让她生来不同呢？她生来不同，就有责任为她的不同做出完整的阐释。她有一天终须阐释她自己。在那一天到来之前，她需要通过练习，通过不断地练习去阐释别人。然后在某一刻，她的能力将达到能够阐释自己的水平。这里是否存在本末倒置的错误？她不知道。但练习可能会让她知道。

"花瓶，花瓶与死亡有关。"她悄声对陆一舟说。

"死亡？谁的死亡？"陆一舟的眉毛动了动。

她不作答。不远处，齐熙和马骁还在不停地聊着什么。她不隐藏自己的目光。她看向他们，一直看向他们。

五

方格玻璃窗。密集的方格玻璃窗之间有清晰可见的框架结构，像蒙德里安的方格画。董回音从齐熙大脑里获取的画面中有许多方格玻璃窗的存在。无数个方格玻璃窗形成的建筑外立面，摩天大楼，水泥森林，这些构成了齐熙工作的街区。

齐熙供职的事务所位于写字楼的二十二层。前台接待处的后墙上有两幅小巧的石刻版画，看不出是谁的作品。版画的内容是人脸的特写，黑白色，表情呆滞。真是现代主义美学的陷阱：你一不小心就把空洞和丰富混淆了，反正它们都可以带来视觉冲击力。有时候，空洞给人留下的印象更深。董回音在前台确认自己的预约时，频频用指尖点着桌面。她对这两幅装饰画心生厌烦。

当前台接待的年轻姑娘念出齐熙的名字时，董回音从姑娘的大脑中截获到了齐熙与一个男人在一起的画面。这画面她不陌生：齐熙在工作室的时候，她也捕捉到了相同的身影。那个男人，应该是齐熙的同事。他戴一副细框眼镜，鼻子长得有些尖突，脸上挂着准备责备别人的表情。齐熙跟他在一起的样子又柔和又谨慎，待他十分小心。

"那不像与马骁在一起时强势的齐熙，一点儿都不像。相比之下，齐熙在马骁面前太放松了，而在她的男同事面前，则太……"董回音想想，觉得自己一时半会儿也弄不清。

董回音开始揣摩别人的烦心事，她自己的烦心事便逐渐被冲淡了。她怀着同情，收起下巴，轻声走入齐熙的办公室。里面没人。她看到一张白色办公桌，不像千篇一律的板式家具。她猜测桌面是橡木的。桌子上有名片盒、咖啡壶、茶壶、茶杯、薄荷糖，还有摞得厚厚的塑料文件夹、装裱人物肖像的金色铁艺相框、印着蓝色草叶纹的餐巾纸、印着雏菊图案的小方巾——小方巾好像是用来擦桌子的，上面有污痕。一个银色粉饼盒，盒盖上是花卉纹。董回音知道，这是个伪装成粉饼盒的药盒，是马骁做的。她忍不住，也顾不上礼貌不礼貌了，直接拿起粉饼盒，用指甲划过上面的刻纹。

这是马骁给齐熙做的，真漂亮。

她轻叹一口气，放不下粉饼盒。她无意中一抬头，看到墙上有干枯的蕨类植物做成的装饰环。她再四下望望，发现这里居然没有新鲜花束或者任何容易打理的盆栽。于是她心想，齐熙是个伪植物爱好者，错不了。

齐熙冷不丁一下子推门进来，吓了董回音一跳。她不自觉地握紧了手中的粉饼盒，往后退了一步。齐熙见董回音拿着自己的东西，倒也没意见，只从容地笑笑。她告诉董回音，自己有个会还没开完，恐怕需要董回音等她一个小时。不过，现在与会的人都想歇一歇，用十五分钟时间回各自的办公桌喘口气。齐熙认准董回音是守时的人，会如约到达事务所，于是赶紧借着休息的空当来办公室，一开门，董回音就在呢！光凭守时这点，她就对董回音颇有好感。她讲究效率，让董回音快跟她说说画的事。

画的事，是董回音编出来的借口。她慢慢地把齐熙的粉饼盒放回原处，话语间打着磕绊，讲起她捏造的故事。她告诉齐熙，自己曾经从一位画家手里买过一幅画，并不贵，因为画家当时没什么名气，生活过得十分落魄。可转眼间，画家现在出了名，生活体面了，到处抛头露面接受采访，他的画自然也贵了。这样说来，董回音手里的画也就变得价格不菲了。可是，画家却否认董回音手中藏画是他的作品。

"你的目的是什么？"齐熙语气温和地问董回音。

董回音吸着写字楼里特有的、带着清新剂味道的空气，她的动脉一跳一跳。她瞪着眼睛说："画家必须承认自己的作品。人不能肆意妄为。"

"你是要起诉画家吗？那你更要说清你的目的，我才知道能为你做什么。"

董回音由于紧张而选择沉默。齐熙忽然以一副狡黠的神情看着她，问道："你最近是要卖那幅画吗？"

"没有。"董回音愣了愣。

"那为什么在意画家认不认这幅画？"

董回音迎上齐熙的目光，说："那位画家，他伤害了我，所以我在意。"

齐熙点点头，不多问什么，好像她不需要再知道更多似的。她给董回音倒了一杯水，才说："这属于画作所有权确认纠纷。"

董回音不知为何，先摇摇头，又点点头。她一直望着齐熙。她觉得自己的行径好怯懦，有话却无法直说。

"这张桌子很漂亮，像是特别定做的。你的很多东西都是定做的。"董回音无意再谈自己虚构出来的有关画家的故事，她只好说些眼前所见的。

"是定做的，桌子是橡木做的。"

"和我想的一样！"董回音在片刻间感到自信，勇气又涌了上来。

"你来找我是公事还是私事？要是私事，可以约在别处见面，"齐熙不再看董回音，她将目光移到墙壁上的挂钟说，"我时间不多。"

"你为什么不请个长假休息一段时间？你年轻，有自己的独立办公室，不用普通的办公桌。你……是什么人的孩子？"

"每个人都是什么人的孩子，不然呢？从天上掉下来的？"齐熙的口气变得不太和善了。

"一个女人，年纪大一些的……她也在这里工作。她是你的家人吗？"董回音也不客气了，她的动脉越跳越厉害，跳到她想什么都说出来，口不择言地说出来。

"我姑姑，怎么了？"齐熙毫不避讳，大方地承认了，但同时也板起脸，"马骁最好知道他公开我的亲属关系是侵犯了我的隐私权。"

"马骁没告诉我这些。所以你姑姑是这间事务所里很重要的人？我说对了？"董回音失了态，她几步靠近齐熙。她离齐熙太近了，近得都能看见对方脸上的细汗毛和脱落了口红的干燥嘴唇。

干燥、贫瘠的空间。董回音在一瞬间有所感慨：谁在这里工作久了会舒服呢？这里永远充满了恼怒和恨意，因为人们在申诉；人们不断说着自己如何被他人弄得只想寻死。真令人难受啊！

"你今天来找我究竟是做什么？跟画作所有权应该关系不大。"齐熙打断董回音的沉思。董回音显得木讷寡言，不说什么。

齐熙往后退了几步，双手交叉在胸前，说："我刚才没问，这幅画的作者是谁？叫什么？真名和艺名我都需要知道。"

　　董回音没回答，她凝望着齐熙，怕少看一秒就会漏掉什么似的。

　　董回音的沉默令齐熙生疑，于是她又问："是人总得有个姓名。那位画家到底叫什么？"齐熙问完，笑了一声，好像在取笑董回音说谎的本事不怎么样。

　　"我骗你的。"董回音抿起嘴。她知道羞耻，头垂了下去。她慢慢向齐熙走过去，轻轻说："我担心你的事。"

　　"担心我？我很好！是你有什么问题吧？"齐熙斜睨了董回音一眼。对于董回音不知分寸地与她玩把戏，她觉得实在无聊。

　　"你听我说……"董回音伸手碰了一下齐熙的手臂，立刻又缩了回去。她转过身，走到办公桌边，拿起那个铁艺相框，指着里面的画说："这是《贝阿特丽丝》，是维多利亚时期一位英国画家画的。你这个还不是随便从网上下载再打印出来的，你是去伦敦玩的时候从博物馆的纪念品商店里买的。"

　　齐熙蹙着眉，她没跟马骁说过这些事，董回音是如何知道的？她不禁仔细打量起董回音：她苍白瘦弱，穿一条并不新潮却做工精致的丝质印花连衣裙，举手投足间有哀婉的气质，眼睛里时时透出锐利的光，神色凝重。她不像这个时代的人。她不像个正常人。

　　"你是学美术的？"齐熙问，眉毛依然拧着。

　　"是。不过我不是画画的，我是看画的。你喜欢的这幅画我学过。其实这幅画里的人，不是但丁《神曲》中的贝阿特丽丝，而是画家的妻子。这是画家为纪念他死去的妻子而画的。你很幸运，如果你真喜欢这幅画，马骁工作室旁边的美术馆里的那张复制品已经可以满足你了。那张复制品与真品的色差很小。这幅画中人物的一大特点就是皮肤底层泛着蓝色且皮肤表层是铅白色，好像尸体的颜色。这暗示了画中人已故去。"

　　齐熙不由得点了点头，牙齿发出轻轻的声音，她简直就要被触动了。

　　有人敲门，提醒齐熙该去会议室了。她敷衍了几句，没有挪步的意思。她迅速地判断出董回音找她的目的虽不明确，甚至还说谎，却没有要从哪方面去害她的意思。而董回音富于情感的琐碎表述吸引住了她。于是，她打发了找她开会的人，选择坐下来继续面对董回音。

"我可以等你的。"董回音不想影响齐熙的工作安排。

"啊，让他们先去吵吧。开会就是吵架。这里每天像打仗一样。"齐熙摆摆手。

董回音不声不响，凝望着齐熙。她看到齐熙记忆中的画面：堵车的街道，阴霾的天空，齐熙十万火急地从副驾驶的座位下了车，穿着细跟的鞋子奔跑。驾驶位上的男人对她喊着。她一直跑，很快摔了一跤，爬起来满脸茫然，一时间找不到方向。她拿出手机，打电话……有辆电光蓝色的小跑车急速驶过来，她措手不及，闪躲时又扭到了脚腕。她没有力气了，一瘸一拐退到路边。她放弃了。

董回音想，齐熙十有八九被那驾驶位上的男人伤了心，伤到灵魂深处。驾驶位上的男人，她的同事，令她放下架子低眉顺眼的人。

"不要再迁就他了，我指的是你的同事，你的迁就是在助长他的暴虐。你是个独立办案的律师，你比他强多了。"董回音脸上虽显僵滞，眼中却充满矜悯。

齐熙用手摸摸自己的脸，她不太相信自己所见所听。为何董回音知道得这么多？这是真实的吗？为了确定一切是发生在现实之中，她去打开办公室的窗户，想让风吹进来。

"你知道，我和宋律师接了一个离婚案，他挺擅长离婚案。"齐熙守在窗边说。

啊，原来那男人姓宋。董回音的底气更足了，她仰着脸对齐熙说："离婚案，你协助宋律师。你们的当事人是个喜欢戴大耳环的高个儿女人。她的耳环总是摇来摆去的。她总是装作不可思议的样子看着你们，好像她很无知似的。不过，这我也不能随便说，兴许她是真的无知？但是我很难相信谁真的对他们身陷的麻烦一无所知。"

董回音对宋柠的当事人的表述让齐熙震惊。大耳环摇来摆去、无知，这些，正是齐熙对那位当事人的印象。不过，关于无知的说法，她不完全认同董回音所言，但她判断董回音说的皆是真切的想法。真切。齐熙被董回音诱住了。她不知董回音是用什么方式了解到这么多的信息。虽然即便是什么旁门左道也并不会使齐熙觉得奇怪，因为她见多了人们在相互算计的过程中使的花招。可她还是有种强烈的直觉，觉得董回音所为是无私的。不，不能说是绝对无私，只是相比大部分她所接触的人：同事、客户、情人……甚至她的家人，相比这些人，董回音显得太纯真了。齐熙既没有感到被董回音威胁，也没有感到董回音要来她这里索什么好处。

难以置信。

难以置信的人。

"我们的当事人，是你说的那样子。她准备和丈夫离婚。财产分割是她唯一在乎的事。她没有孩子。宋律师觉得可惜了，只是财产分割，他嫌夫妻俩的纠葛不够多。他这个人，是个喜欢消费别人痛苦的……"齐熙忽然揩了一下自己的嘴角，她收了口，叹息了一声。

"混蛋。"董回音轻轻地替齐熙把话说完。

齐熙的眼睛一亮，笑了。她忽然轻松了许多，坐下来，自然而然地把谈话续了下去："当事人，傻拉巴唧的。她丈夫在房产上做了点儿小动作，嗯，一套别墅。都要离婚了，她还分不清敌我关系，幼稚。她竟然配合她丈夫一起瞒着我们，因为她信了不知道哪儿听来的鬼话，说是瞒着我们还有一套别墅的事，就能省律师费！我见过的蠢人不少，她，可是最蠢的了！她还以为那男的，那个马上要成为她前夫的人，到时候会把别墅分她一半？这人要是太蠢了，被别人骗都是活该。"

齐熙倾吐出好些辛辣又带着玩笑的话来。她给董回音讲自己怎么及时从当事人耳环频繁的摇摆中察觉到了阴谋的气味，这也许是律师的专长。阴谋，是会散发出气味的，这种气味会从说谎者的每一个毛孔里漏出来。当律师的，对这种气味特别敏感。

"那蠢女人的丈夫着急忙慌地去房产登记中心给那套别墅办理保全手续，眼看他就要得逞了，要知道，当时他都带着区法院的人……"齐熙说话太快，咳嗽起来。她喝了点儿水，按了按胸口。她想要叹气。这些事，真让人烦。

"我帮你说，"董回音体恤地接了话，"那个要离婚的丈夫想独吞别墅，他带着区法院的人先一步去了别墅。他们要贴……贴条。"

"贴封条，"齐熙点点头，顺着董回音的话往下说，"我和宋柠得抢在他们贴上封签条之前赶到，告诉区法院的人，可别被那要离婚的男的骗了，这套房产涉及离婚财产分割。"

"宋律师开车，你们争分夺秒往别墅那边开。堵车，你们没时间了。宋律师让你下车，跑过去。他对你喊，他不断对你喊……"董回音也走到窗边，还不小心碰了一下齐熙的胳膊。

"是的，我已经在跑了，但他还是很生气，好像一切都是我的错，好像他一点儿责任都没有，好像我处心积虑要毁他前途一样。他怪我。"齐熙的眉间皱出一条深纹。

"虽然你没有赶上，但是你们没有失败。宋律师后来还假装亲热地跟他的当事人相拥呢！"董回音不情愿地描述着自己刚刚获得的画面。

"我们是没有失败。因为我姑姑，她及时给区法院打了电话。不过也够惊险的，真是跟时间赛跑。"齐熙扬起下巴，似笑非笑。

"是很险，你差点儿被车撞死。"董回音说完，见齐熙眼神漠然。

董回音感到办公室里的气氛是那么沉重。她想要摆脱那沉重，却挪不开步，只随意地四下望着。她望向墙壁上那干枯植物制作的花环。她看着那毫无生气的装饰物，觉得它像死神的礼物。

"你和他的关系，不值得……你该和他决裂……你不应该为此想死……"董回音猛地抓住齐熙的胳膊。

"什么想死？"齐熙甩开董回音的手，像看疯子一样看着董回音。片刻，齐熙开口道："虽然你对我们事务所的事有所了解，还一脸无辜的表情，但是你太让人觉得莫名其妙了。请别干涉我的生活。"

齐熙的态度伤了董回音。她委屈地咬着嘴唇，半天挤出一句话来："我不想为你感到可惜。"

"你真是个大善人，你怎么这么为别人的事发愁呢？"齐熙怪声怪调地挖苦道。

这话又伤了董回音，以至于她再说不出话来。她在一瞬间觉得疲倦了。"真疲倦啊！替别人着想，真累人啊！"她闷闷不乐地想着，同时也清楚地意识到自己该离开了。

　　"起风了。"齐熙忽然说，并把窗户关上，关得严丝合缝。她隔着玻璃注视窗外的楼群，一片灰灰暗暗的景，没什么好看。但是她宁愿看这些，也不去看董回音。

　　在无声的拒绝中，董回音走出齐熙的办公室。

　　她茫茫然，慢慢地走，走到前台接待处，走出事务所，走到电梯前。迎面，一个男人出了电梯，往事务所走去。董回音认识这男人的脸。在齐熙的记忆中到处是这男人的面孔。他是宋柠。他与董回音擦身而过。几秒钟的时间，一个人从另一个人身边经过，然后便成为记忆。谁能在我们身边久留，谁不会变成前尘旧事中的一抹灰？谁能拦住谁走开？董回音真希望自己可以不想那么多。她去考虑的这些或那些，都是些别人的事。她难道还真是什么解决别人问题的慈善家吗？任何妄称自己行善的人都是无耻狂徒！她怀着对自己的恨意，游荡般出了写字楼。与齐熙打过这次交道后，她又一次认定自己是多么弱，那么她就必须谴责自己的弱。没完没了的自我批判让人几乎没了活路。"谁不在某个时刻，甚至许多时刻想要死掉呢！"想到这儿，董回音恼怒地扯着发梢。她的能量还不够，如果有更多的能量就好了。

　　能量。她又想起马骁。她不知道自己为什么会想起他，但她其实又知道……马骁是个活在分裂意识中的伪装者没错，但他也是个有能量的人。他是的。他是有能量的。是的吧，是的吧……

六

　　夜暗暗的，马骁还在工作室。工作室里只有他。他一个人，站在高高的工作台上往下看，看着没有活物的空间向自己敞开。

　　线条僵硬的木质儿童玩具车、把柄可旋转的切肉刀叉组合、海星形状的酱油碟子（也可以用来放寿司或鞑靼式沙拉酱，或者充当个烟灰缸也无妨）、一个外形吓人的射钉器模样的红色吹风机。在这个空间里，他设计过太多表面有趣、实则无聊的东西。在这些东西的设计过程中，他时而被也许可以叫作灵感的闪光所启示，时而又跌入无滋无味的虚无的坑洞中。他工作时又用心又潦草，这两种矛盾的状态紧密相连、挣扎共生，虚无感由此不断扩展。虚无对马骁来说从来不是抽象概念，而是实际经验。每件事都是一下子猛烈地出现在他面前，对他进行考验，而他的生命在考验中飞舞起来。这些考验并非叫人不堪忍受，而是让人看不到指向荣耀和辉煌的意义。他眼下不得不以这些无聊的事由为依据去活着。

　　活着，就这么活着。一个艺术家通过揶揄那些"高净值人群"能够捍卫自己的理想吗？艺术家。他想到这个词，心头便揪紧了。他离这个词是不是越来越远了？没关系，没关系。他心里安慰自己。只要规划好时间，有一天，他会退回他的个人世界，专心于他那更重要的事。

　　齐熙要一个花瓶，也就是一个装药的容器。行，就照着去年的古董拍卖年鉴中成交价在三十万元以上的青花瓷瓶做一个好了。齐熙偏爱植物图案，那就用缠枝莲纹，典型的光绪年间青花瓷上的纹饰，这类图样唾手可得。个人的诉求也要考虑到，不然齐熙直接去拍卖行买个看得顺眼的瓶子带回家不就行了？那她的诉求是什么？她要为自己的隐瞒和所受的约束找一个正当的理由。她要隐私，她要情调，她要别致，她要把她依赖的那些小药片放在看起来不是药盒的容器里。可药盒就是药盒，假药盒也是药盒。瓶子里需要做分隔……是的，分隔，安眠药和镇静剂要分开……

没意思，这都没意思透了。做这些东西，没完没了，这样的生活，没完没了，这些事何时能有个结局？也许结局总是无法在人真需要它的时候降临。

他想着，目光投向了靠墙的那面胡桃木框穿衣镜。他此刻真想往那镜子上扔石头，把镜面砸个粉碎。对于某件事，他却是不希望有结局的。是这样吗？

他心乱了，忧郁和惶惶沁入心田，深沉而持续。不行，这样可不行。把心收一收，回到那所谓的工作上面来吧！瓶子，给齐熙做的瓶子。缠枝莲纹。莲花，他要找点儿莲花的图样看看。唉，为什么不是黑莓呢？他怎么就想起黑莓了？还不是因为他想起了真正的绘画：长着黑莓果实的嫩枝，在曲面中像树形图一样散开，清晰地展示出植物优美的生长方式。这才是他想画的。可是他，不会与那些"高净值客户"分享他真正喜爱的东西。他不会为齐熙做一个描着黑莓的瓶子。

工作室的大门忽然被推开，高跟鞋的踩踏声在冷清的室内显得格外响。董回音走进来，一盏壁灯的黄光照亮她的面容，使她的气色显得比平时好了许多。她抬头，看到马骁，不能自持地露出欣喜的笑。

马骁从高处俯视她，见她快乐的神气，自己居然受了些微感染，刚刚的烦忧仿佛变淡了。是因为在他看来，董回音与那些"高净值客户"不同吗？这不太重要，他不想花时间在这一点上进行甄别。

他面无表情地问她为何要来。

"我有话要跟你说，"她向他招招手，"你下来好啦，我就不上去了，我知道工作台只属于你。"

她的体恤在融化他的冷，可他简直是冰山，最多被融掉一角。他借着要再画一会儿设计稿的理由，在工作台上拖了很久，一直把她晾在那里。她呢，也不找把椅子坐下，而是轻轻地走来走去，时而蹲下去，翻翻地上散落着的杂物。

她翻到一个黄铜色带锤目纹的金属盒，她对这盒子有印象，第一天来工作室的时候，她就见过。盒子里面不知放的是什么，散发出浓浓的药味。

她打开盒子，看见里面几颗锥形的塔香。她拿起一颗嗅了嗅。

马骁注意到董回音在摆弄那盒塔香，他坐不住了，赶紧从工作台上下来，脚还在梯子上的时候，就对她喊道："别弄乱了东西！"

"这是……这其实是……松树的味道。不，这是整个松林的味道！"董回音也对马骁喊着。她因这微小的发现而感到惊喜，眼睛睁得大大的。

马骁从梯子上一跃，跳到地上，快步走到董回音身边，关上了盒子。

"找我什么事？工作室不是来玩的地方，要说就说正事。"马骁只想让董回音别再留心那些塔香了。

"我就是来说正事的。齐熙攒了很多安眠药和镇静剂，你知道吗？我怕她……要做什么。"董回音严肃起来，嘴角下垂，声音也低低的。

马骁的表情显得非常平静，也不看董回音。他好像一点儿也不在意她话里丰富的意蕴。

"我们不能坐视不管，我们应该跟她聊聊，帮她。"董回音斗胆用了"我们"这个词。说完，她就慌了，怕马骁打心眼儿里并不把她当个伙伴，正暗暗嘲笑她呢。

她从眼梢里看他，他脑中那些支离破碎的东西，让她一时也分析不出个所以然来。

他不与她说话，自己抽起了烟。秋天到了，晚上开始凉了。他的冷手并没有因为夹着点燃的香烟而变暖些。他抽完一支烟，可算看了看她。然而，他依然不开口。

她认为该把他从麻木中唤醒，于是清清嗓子，提高了音调说："我去找齐熙了。我知道她在想什么。她被喜欢的男人伤害了。那男人根本不在乎她，只会利用她。齐熙这人，外表看着像个职场女强人，其实妥协起来毫无原则可言。她为她的妥协付出了代价，她心都碎了……她很可能，我觉得，她很可能难受得想寻短见。"

马骁不急不慌地又点了一支烟，吸了几口，才说："齐熙拥有的太多，有些麻烦是自找的。她属于温室里长大的花朵，被家人保护得太好。这种女人，一路走来，被主流要求摆出名媛、女神的姿态。可无论当名媛还是做女神，都是被外界的力量支配去做的。人这时候会产生逆反心理，就想给自己找麻烦。但不会是什么大麻烦，他们骨子里还是利己主义者，所以只会给自己找点儿小麻烦。然后跟朋友吃饭的时候，就可以装模作样地埋怨件事，说自己最近因为什么痛苦得死去活来。这也是一种消遣，一种满足了逆反心的消遣。"

董回音很难堪，对马骁的话浮想联翩：他不怪她冒冒失失地去找齐熙，却振振有词地把齐熙贬损了一番。顺带着，他是不是也在贬损她呢？不可能，她和齐熙是不一样的，她不相信他把她和齐熙视为同一种人。就算是，她也会姑且谅解他的。他会醒过来的，他会的。他现在这么冷酷，大抵是因为伤痛。而她，对他的伤痛有所知晓，所以能够谅解他。

谅解。她可以谅解别人，但就是很难谅解自己。她常常恨自己，为什么她能做的事那么有限？她觉得身体异常沉重，如同正在陷入黑色的泥沼。她大声叹了几口气，给自己腾出思考的工夫。过了一会儿，她说："齐熙喜欢的那幅画——《贝阿特丽丝》，那幅画对光的处理有些怪异。那是一幅肖像。从人物脸部的高光能看出来，光源来自画面右侧。而从人物身后的壁纸、座钟上的光斑来看，光源来自画面左侧。这不协调。透视的处理表明人物和背景的距离非常近。当然，我们也可以理解为这里有两个光源，只是，如果是那样，左右两个光源产生的实际效果又会是另外一番模样。现在这幅画中人物的脸微微朝向画面右侧，正常的话，她的头发会被来自左侧的光源打亮，但她的头发是暗的。所以这幅画在光的处理上有一个微妙的失谐。这不是技术错误，而是构思。是不自然的光把人物带离了物质世界。光告诉我们，这个人，这个画中人，与外部世界不再共存，她脱离了她所处的环境，她被光带走了。打在她脸上的来自画面右侧的光源，将她带走。光因此成为象征符号，标志着解脱，也就是……"

"死亡。"马骁干脆地打断董回音的话。他安静地看她。她的大段议论对他来说并不费解，他也承认她必然是在学业上用了功，才能讲出这些。但是他的心像一潭死水，不会因此而起涟漪。

好不容易得到了马骁的回应，然而这回应如此简洁、不带情绪，董回音一时间都不敢说话了。

马骁看到董回音愣怔的脸，微微一笑，说："光标志着死亡，你是不是想强调这一点？《贝阿特丽丝》的确是为死去的人画的画。我知道齐熙喜欢那幅画。那幅画暗示了死亡，而不是直接展示死亡，这不就像齐熙的生活方式吗？保持浪漫主义的格调，抑制住激进的行为。她活得太主流，不会去真的摆脱主流对她的约束。有的事，她只是想想，不敢真做。"

"所以，即便我告诉你她有轻生的念头，你觉得也没必要担心吗？"董回音用颤抖的声音说，"她在攒药，真的……"

马骁歪着头打量董回音，见她的肩膀都有些抖动了。他本来还想对于她私自去找齐熙的事加以指责，可见她如临末日的脸色，他不禁又觉得，她的所作所为不算杞人忧天，也不滑稽可笑。她有一种善。可能真有什么魔力，让她不断将自己的感情与旁人的感情结合起来，让她烦恼，让她忧虑。她是媒介，穿梭在人海中，连接任意两个点。她有可能是使者，有可能是来监视他的，就算是那样，他不觉得她是满怀恶意而来的，也不觉得她做的事只是为了好玩。"不行，不能被她诱导了。不能中了什么计。"马骁心里这么想着，于是严正地问："你说仔细点儿。齐熙在攒药，你怎么知道的？"

"我告诉过你，我能看见……我看见齐熙在想什么……她大脑中生成的画面……画面里她攒了很多药，很多。我查过安眠药的致死剂量，大概就是那么多。"董回音用手指比画着。

"就算失恋，也不至于要死。"马骁向董回音走近一步，冷眼望着她。

"爱情对每个人的意义不一样。想想那幅画——《贝阿特丽丝》，任何人，即便没有艺术方面的专业知识，也能透过那幅画感到悲伤，那是失去爱人的悲伤，特别让人无法接受。"董回音迎着马骁的目光，使劲地看，她真想从他眼中看出什么来。

看出什么？她看到一块块被解构了的图案，看到心理学的书籍，看到模模糊糊的彩色斑块。真无奈。她垂下了双眼。

"你刚才说，在那幅画中，光让人物脱离了环境，是这个意思吗？这种手法其实是画画的人在心理上做出的自我保护。让人物脱离环境是对人物的一种舍弃。"马骁盯着董回音的脸，他的视线怀疑而澄明。他要将她凝结成一团的感性打散，于是继续说："主体与其认为重要的客体之间大体会经历这样的过程：首先选择特定客体，也就是去爱一个人。用弗洛伊德的理论来说，就是力比多附着在了一个特定的客体上。但是当主客体的关系难以维系——比如说客体，也就是爱人，离开了或者死去了，那么随着时间的积累，力比多会从那个重要的客体上撤离，从而投向新的客体。曾经那个重要的客体会被丢弃。旧关系结束，新生活开始，就是这么回事。"

董回音转了转头，目光没有焦点。她伸手按按自己的额头，犹豫了一会儿，说："特定客体成了回忆，对眼下新的现实生活的重视胜过了回忆，是这样吗？可是时间真的那么有用吗？那重要的客体，就算在现实中看不见了，可它在精神层面会被无限保留。回忆，每一次回忆中，力比多都再次与那重要的客体结合。在回忆中，力比多对那客体的投注没有减少，反而增加了……弗洛伊德的书没有教给你失去重要客体之后产生的抑郁是如何摧毁一个人的吗？弗洛伊德、荣格、马斯洛、威廉·冯特，他们的书我也看过一些。要知道，不存在独立于心理学的认识论。对图画的解读是一种认识，对图画的解读也需要学习心理学。可我觉得《梦的解析》更像是一部文学作品，我从这本书里看到了诗意，而不是推理……"董回音说累了，她抿抿嘴唇，不想再说了。她并不想要驳倒马骁，她不想与他作对。她甚至为自己傲然的态度感到负疚，她应该绕开任何人的痛处。尤其是，马骁的痛处。

"不知道你究竟想表达什么。"对于董回音的话，马骁就像没认真听似的。他转过身，背对着她。他一支接着一支地抽烟。烟蒂被随手抛到地上，有的还燃着，他也不去踩灭。

"失去重要的人……失恋，丧偶，那种伤心……还有，与重要的人的关系永远无法和谐，那种难受……让人想死。"董回音磕磕巴巴地说着。她感到自己的话像毛毛雨，浇不透马骁的心。

"没几个人会为了爱情而死，包括那个画家，他因为爱人的离世而找死去了吗？"马骁说话的声音挺大。

"那画家的确没有，我看过他的传记。"董回音叹了口气。她好像在经历一场激烈的辩论，即使她有备而来，所有论据竟都支持着对方。她也不知道还能说什么了。也许她想多了？也许她所谓的人道主义，是为自己的价值作出的多余脚注，人人都觉得可有可无。

董回音正气馁时，马骁忽然又问她："你仔细考虑过齐熙攒药的事吗？或者齐熙别的事？你要是真能截取别人脑中的画面，你能做到利用你的专业知识，把那些画面当成画家的作品一样去分析吗？"

还没等董回音回答，马骁有些诡异地笑了。他露出一口白牙，眉眼格外舒展地说："你有没有想过，齐熙脑中的画面与真实无关，只是幻想。既然你又懂透视又懂光源，你可以想想，你获取的画面中是不是也有光的毛病出现？如果有的话，那就是幻想。人人都是画家，在大脑中作画。"

董回音听完，再也忍不住了，直言不讳道："幻想具有现实性，幻想是为对象产生的，是为现实中的对象产生的！幻想的事不仅能透露事物发展的倾向，我认为，幻想有时甚至还能确定事物发展的结果！你对幻想，需要好好地再认识。可我怀疑你根本没有认识幻想这个概念的能力。因为你……"一些犀利的话就在嘴边，她犹豫了一下，还是说了出来，"你以为谁都和你一样吗？你以为谁的脑子里都装着一堆扭曲、变形、模糊的色块？况且，你总有疏漏！我刚进来的时候，你在想达·芬奇的黑莓素描。你在想那种16世纪意大利人喜欢用氧化铁做的红色粉笔。那种粉笔现在在欧洲还能买到，我可以帮你带些过来。你怎么不画画了，大画家？还有，那些塔香的味道不好闻，你直接买块松香吧！"董回音说得太激动了，她瘦削的脸都显得有些狰狞了。她喉咙嘶哑，一席话刚说完即刻感到后悔。她置什么气啊，简直像个要攀比课堂测验成绩的小孩。

她喘了口粗气，侧目瞥了瞥马骁，只见他低头踩着地上的那些烟蒂。她看不到他的表情，怕自己刚刚的话说重了，打击到他了。她走近他，想用手碰碰他，却觉得碰他哪里都不合适，只好跟他一起踩起地上的烟蒂来。

马骁不知有意还是无意，用鞋尖踢了董回音的鞋尖一下。董回音一动不动，竟觉得，多被他踢几下才好呢。离他那么近，她总有要拉一下他手的冲动。不，应该说，她想让他看看她手上的指甲油。不行，指甲油会让他想起以前的事，他会难受，她不能那么狠。唉，她真厌恶自己的游移不定和扭扭捏捏！

"我想一个人待着。"马骁一句话打破董回音的幽思。说完，他箭步走开，往工作台的方向去了。

董回音直直地傻站着。良久，她用恐怕只有自己才能听见的声音，含糊地道别。直到她走出工作室，也没能再听到马骁言语什么。

七

上午还没过十点，董回音就把陆一舟请到酒店来了。她打电话给他的时候，声音古里古怪的，说出来的句子主谓颠倒，口吻也没有平常那么礼貌。她说了一些碎碎叨叨的废话，只为了表达一个意思：希望陆一舟来看她，以最快的速度赶过来看她。电话里，她没等陆一舟答应，就骤然挂了电话。

过了几分钟，她又深感自己在那通电话中表现得多么粗野，赶紧又给陆一舟拨过去。电话通了，她出于自尊，没有直接道歉，只是小心地问他愿不愿意来。没想到，陆一舟已经出门，在去往酒店的路上了。

陆一舟见董回音打开房间门的一刹那，明白了她为何反常——她喝了酒，说话一股铁锈混着蜡油的味道。她眼睛周围一圈红红的，身上黑色睡袍的腰带没系好，腰带一头垂到了地上。她鞋也没穿，头发倒是不怎么乱，脸上似乎还有残妆。

她告诉他，她一直没睡觉。

他见她这自甘堕落的样子，有点儿怜惜，劝她把腰带系好。她木讷地听了劝，笨拙地将腰带打了个松松的结。他又帮她找出酒店的白拖鞋，叫她穿上，别着凉了。他的举动让她清醒了些，觉得自己的仪态必须配得上对方的好意，于是赶紧去冲了个冷水澡，换了条裙摆处有流苏装饰的白色绸裙。

她坐到客厅，从钱包里拿钱。她一张张数着纸钞，忽然意识到陆一舟站在一侧盯着她看。她回望他，觉得他脸上有种像是电影里即将被处决的罪犯的微笑。她定睛看他，看到了好些情景。她慢慢别过脸去。

"对不起。"她说了句，还是别着脸。过了一会儿，她又说："你其实多讨厌金钱啊……我不能凌辱你。"说完，她把手里的一沓纸钞丢到一边。

陆一舟却坐到她身边，把那沓纸钞摆整齐了，拿在手里，问她："这是准备给我的？那我不客气了。"

她从他的话里听出一丝酸楚。她轻抚他的胳膊，算是安慰他。他咧嘴笑笑："谢谢。"同时，他指了一下自己的额角。

她反应迟缓，过了十几秒才明白，他所感谢的是什么。他脑中的回忆，是不想被言说的场面。而她没说，所以他感激。

"不用谢。我不想在你心里是个恶毒的人。不然，早晚有一天，无论我以什么名义约你，给不给你钱，你都不会来了。不说这些了，我们喝酒吧。"她吸了吸鼻子，跑到与卧室相连的大卫生间里拿来一瓶已被喝掉一半的酒。原来，她从凌晨开始，一边泡在浴缸里一边喝酒，喝到天亮。

麦卡伦十八年雪莉桶威士忌，有一股微妙的葡萄干味。她拿来两只杯子，准备打电话叫人送冰桶过来，陆一舟却制止了她。

"不加冰，什么都别加。"他果断地说。

她拢了拢还湿乎乎的头发，挺开心，觉得他颇懂威士忌。她即刻也获得了他往昔饮酒的画面：他一个人半卧在凉席上，不用杯子，举起酒瓶直接喝。他手边有一碟下酒菜，像是盐渍鲭鱼。

她兀自笑了一声，往杯子里倒了点儿酒，递到他手里。

他一口就把那点儿酒喝干了，握着空杯子问她："你这么挥霍，你爸说过你吗？"

她很意外，没想到他会抛出这种问题。她不断地眨眼睛，想着是否要正面回答他。

"蓝宝石能战胜妒忌心，保护佩戴者免受欺骗和伤害。翡翠能帮助人找回失去的东西。红玉能抑制愤怒。钻石使人不屈不挠。据说，耶路撒冷的城墙曾经用十二层宝石装饰，城门上嵌满了珍珠，城内的街道用金砖铺成。昂贵，不仅用来象征资本以及与资本相连的权势，更重要的是，昂贵之物与精神和道德也息息相关。很多古文明都相信，昂贵而美丽的反光物质，譬如宝石和黄金，映射出的是神灵的光辉。美轮美奂的其实不是物质本身，而是丰富多彩的物质使人摒弃了俗界的烦忧之后对头顶的苍天进行虔敬的凝思。人们在上苍、大自然、大地女神面前反思。人们在反思中变得谦卑。谦卑……

这种心态，是物质转化为非物质的过程萌生出来的。"她像背诵诗歌一样抑扬顿挫地说完。而后，她停了一下，给自己倒了半杯酒，饮了两口，用一种逗趣的音调问陆一舟："你觉得怎么样，这些给奢侈找的理由？"

"这些是您在课本上学的，我猜您心里并不真的认同。"陆一舟咧咧嘴，眼珠转了转，又看着她说，"不过您不用说真心话。如果说真心话会刺激自己，就别说。"

董回音像挨了一鞭子，身子弹了一下。她又饮了几口酒，闭了闭眼睛，说："关于宝石对人的帮助，是无数个中世纪历史学家考据那些羊皮纸手稿时的发现。对耶路撒冷的描绘，是一千多年前谁说的……我忘了。唉，你都说了，这些不能代表我的真心话。真心话是……"她一下子不说话了，像是有什么情绪把她给噎住了似的。

"不用说，不用说。"陆一舟摆摆手，又给自己倒了一满杯酒。他一边大口地咽着酒，一边嘟囔道："我还是喜欢乐加维林十六年。甜香初挂，泥煤又乍，一口咽下！配点儿腌鱼，最好了！"他说着，身子瘫了下去。

他们不再交谈，各自喝酒。两人都像被什么酩酊、沉溺的东西束缚着。

就这样过了一会儿，董回音愣愣地盯着自己的脚，吐出一句："人不行善，生灵涂炭。"

"这又是从哪儿学的？"陆一舟懒懒地问。

"我爸说的。"

陆一舟一听，坐直了些，关切地问："您是不是想去看他了？"

"不是。"董回音不假思索地否认。她红着脸，眼睛几乎完全闭着，说："我一见他，他就问我做了什么有意义的事。我读书，学拉丁文，写论文，捐画册给图书馆，捐钱给一个神经工程实验室……都不够。他还是会质问我做了什么有意义的事，对，就是质问。"

"他所指的有意义的事，是什么？"

"应该是……行善。对，行善。"

"噢！"陆一舟摇晃了一下脑袋，深沉地说，"您知道吗？大部分时候慷慨不是行善，是纵容恶。"

"你话说得真像他。"

"像您父亲？那是太过奖了……"陆一舟捂住半个脸，用余光扫了扫她。她真寂寞，又寂寞又忧愁。富足解决不了她的痛苦，她的痛苦好像由来已久，从过去延伸到现在。他想给出些有力的忠告，却又担心那会让她感觉更糟。他收着她的钱，总得做些显得有情有义的事。

"至少吧，您是个有良心的人。而且您那么美好，多花几个钱也没什么，还是美好的。"他说完，就暗暗埋怨自己的话太谄媚了。他住了嘴，闷声喝酒。

她没有嫌他的话不得当。她的精神，一时全集中在了自家事上。她一字一字地说："我爸，他总归是要指责我的，他就是要指责我。但是我不想被他指责不行善。我怎么就不行善了？他一定要指责，那就指责些别的吧！就说我浪费金钱吧！我甘心领了这份罪。可以说我是蛀虫，但别说我是谋杀犯。"

"谋杀犯？怎么会？"他觉得她喝了酒，竟说些胡话。

她忽然站起来，神经质地走来走去，绕到沙发后面，再绕回陆一舟身边。她举止不安，不停摸发梢。

陆一舟去拉她，劝她好好坐下来。她听了他的，一脸欲言又止的模样。

"什么事？想说就说吧！"陆一舟的声音很恳切。

"我害得两个人死了。我本可以阻止他们下井……"她含含糊糊地说。

"什么？"他没听清楚。

她仰着头，不看他，讲起自己的曾经："初中毕业的那个暑假，我考上了重点中学。学校离家远，我需要住校。这意味着，夏天一过去，我就要离开家，没办法天天见到我爸了。虽然因为我妈的缘故，我爸一直不喜欢我，但是考上好学校，他还是欣慰的。他陪了我一个暑假。其实也不是陪我，只是允许我在他身边待着罢了。那时候他对酿啤酒的事很痴狂，不断查资料。他说这不是物质文化遗产，而是非物质文化遗产，我想他指的是酿酒的工艺。他充满了热情，要亲自试验。我爷爷在郊外有个鱼塘，鱼塘边有个小楼，很宽敞。我爸在那里装了巨大的不锈钢发酵桶和其他我叫不出名字的设备。他每天很早就起床，检查发酵罐里的液体，记下复杂的数据。他其实没心思关注我。但我很知足。至少那时他没恨我到那种程度……"

"那时候您是个纯朴少女，不懂什么是挥霍。"陆一舟摸着下巴说。

"我从来没渴望过挥霍的生活。况且，我们都没想到酿啤酒能挣很多钱。"她用手背扣住自己的额头，像是缺乏勇气继续讲她的事。

陆一舟为她倒了些酒，俯向她的肩膀，把酒杯送到她手里。

她一双大黑眼睛失焦地望向前方，神情严肃而忧郁。发了一会儿呆，她才又继续说："有一天中午，快下雨了，天气特别地闷热。我爸像平常一样守着发酵桶，不顾我。我走出屋子，看到爷爷在屋前的一把竹椅上靠着，脸上盖着一把蒲扇。我想他睡着了。我孤单又无聊，就自己往鱼塘走。走到半路，一个老奶奶经过我身边。她忽然站住，问我是不是中学生。我告诉她，我初中毕业了。她大概是觉得，初中毕业的人已经能懂不少道理了，就要问我问题。我不知怎么，被一个陌生人煽动起表现欲，期待着迎接类似斯芬克斯之谜的难题。没想到，我根本听不懂她的问题。她问我：知道什么是'空空'吗？'空空'，我不知道什么是'空空'。我不知道她为何要问这样奇怪的问题。我不知道她是陌生人还是某个认识我的人。一切都那么不自然，那么反常。我看着她衰老面容上的皱纹和她好像能袭击人心灵一般的眼神，我怕了。我不回话，自顾自往前走。边走，我边听见她在唱歌。调子悠长的歌，歌里唱的就是'空空'……好像是……'空着来，空着去，空了几时又几时，金也空，银也空……'，差不多是这么一首歌。我又怕又慌，回头看了她一眼，发现她也在看我。我更怕了，撒开腿跑。可我跑不快，身体总也使不上力气。我觉得头痛，又觉得像发烧了一样。我不知道为什么会那么不舒服。很多颜色和光晕在我面前闪现。那感觉就像你被迫去盯着太阳看，直到受不了阳光的刺眼而移开目光，然后会有闪光的斑点出现在眼前。逐渐地，那些颜色、光影组织成了具体的形象：浑浊的泥水、圆形的井口、井壁上一扇破损的小门……这些形象拼成完整的画面……一幅画面又一幅画面从我眼前飘过……后来我才意识到，那是鱼塘旁边的排水井，井壁上的手动阀门坏了，但还能勉强用。而这些画面，其实是从我爷爷的脑海中来的。这些画面竟传给了我！它们不是在我经过爷爷身边时马上传给我的，或者是，它们传给我的时候我没能马上体悟，需要过一会儿才反应过来。我不知道，我说不清。但是我后来知道，爷爷那天在椅子上还没睡着。他在想些什么？他在想一些事，他在想排水井。"

"您的特殊能力，从那时开始了。"陆一舟定定地看着她说。

"不，这样的能力也不是从那时突然间开始的。更小一些的时候，我也会有异常的感觉。有一次，同学告诉我，她买了一套拼图。她当时只告诉我那套拼图特别不好拼，拼图的内容是跟海盗船有关的。而我在知道这件事的当晚，快睡着的时候，在半梦半醒中看到一套被拼好的拼图粘在一张纸板上，又被挂在一张床的床头。第二天，我跟同学说，我好像在梦里见到她的拼图了。她惊讶地承认，我的梦与现实一样，那套拼图就是在她的床头挂着，只是她头一天没跟我说。我们觉得这个巧合挺有趣，但没怎么放在心上。我那时只是很偶尔地遇到这种情况，因此不觉自己有什么特异的力量。我只当这种偶然的运气是所有容易忧愁烦恼的孩子都可能从情绪中培养出的敏感。但是那个夏天，十五岁的那个夏天，一种力量实实在在地产生了。我看到的不是一个或几个物体那么简单，我看到太多东西，不只东西，还有人和事，我看到那么栩栩如生的情景再现。不仅是排水井井下的情况……我还看到井下发生过的事：我爷爷曾经和工人下井，他们指着井壁上破烂的小门，那个手动阀门……两个人看起来像在争吵。我不知道他们为什么吵。因为我只能看到画面，无声的画面。但我知道爷爷是个牙刷用到刷毛外翻还要继续用的人，他觉得什么东西只要没损坏得彻底就不需要换新的……爷爷、排水井、破阀门……我知道那么多，我接收到一种神秘的预警，我被赐予了自然秩序中的罕见之力，我却什么也不打算做，什么也不打算说。因为我愚钝、胆小、自私、怕事。我不想因为说了什么不同寻常的话而惹我爸愤怒。可是，人不行善，生灵涂炭……你知道吗？人不行善，生灵涂炭。那天，鱼塘的工人跟环境监测站的人一起下井检查污水的排放。结果，那两人再也没上来。他们，死在井下了。"

说到别人的死，董回音的手抖了一下，杯中的酒洒了出来，洒到了裙子上。陆一舟直接用自己的袖子为她擦裙子上的酒污。她忽然用手抓住他的手臂，也不说话，只是愣愣地看着裙子上的污渍。

"'我不喜欢回顾过去所走的道路。'这是培尔·金特说的。我很喜欢。这句话送给你。"陆一舟掰开她的手，又拍拍她的膝头。

她安静地点点头，算是赞同。而后，她却又绷着脸说："事故发生后，我眼前反复掠过爷爷和工人曾经下井争吵的画面。我想，那死在井下的两人，也许是因为换不换阀门的问题争执了一通。就像我爷爷曾经与人在井下吵架的情形……本来不至于出事的，可他们争论的时间也许太长了。"

她嘴唇哆嗦着，神经质地站起来，又坐下，又站起来，又坐下。她坐得离陆一舟远远的，但同时深深地望着他。

"那两人的死因究竟是什么？"陆一舟轻轻问她。

"那天太热了。高温天气下污水产生大量的腐败气体，让他们中了毒，倒在污水中。由于没有及时被发现，他们溺死了。但也有一种说法是说，即使他们不倒在水中，他们所吸入的腐败气体——主要是硫化氢——已经足够导致他们死亡。"

"但他们的死与您无关。"

"你这么想？你懂戏剧，你懂悲剧，你应该懂一个人的行为与他人的毁灭之间的联系并不是建立在浅显的因果关系上。这就好比宇宙中两个距离遥远的物体因为看不见的引力相互影响一样。我爸就比你明白。他当然比你明白……当我后来告诉他，我看到了一些有关井下的画面……我还说起那个路过我的老奶奶……我爸问我，为什么不及时跑回家找爷爷或者找他？为什么不告诉他们这些与厄运有关的信号。我本可以做些什么，我本可以利用忽然降临到我身上的超凡智能去解开错综复杂的、指向灾祸的过程之绳结。但我没有做任何自觉的努力。我陷于消极的态度中，错失了发挥德能的机会，这就是罪。这就是罪。"

"罪？您父亲说的？您当时只是个孩子，无法理解那些……"陆一舟寻思着一个合适的词组。然而她的经历太过奇特，都使他瞠目结舌了。

"孩子？年少不是理由，年少也可以理解神妙的喻晓，年少也可以做出壮举。我爸以前是教历史的，所以我从小跟他看了好多历史书。鲍德温四世在十六岁时已经能带几百名骑士去作战了。"

"鲍德温四世?"陆一舟挠挠鬓角,"他是什么时候的人?"

"12世纪。"

"您活在12世纪吗?"陆一舟忽然来了劲头,抓住机会批评起别人,"您父亲是着了什么魔,要把历史典故生搬硬套到您身上?!他才是让您陷入消极的人。他难道在历史中没有学会辩证地看待问题吗?"

"辩证就是,我本可以依靠非自然的手段迫使自然暴露其秘密。辩证就是如果我不用反自然能力去作用于外部世界——如果我不去做些对人有助益的事,我会被自己的能力所毁。"

"所以您寻找做好事的机会。"陆一舟咧嘴笑着。他觉得讽刺。一个人的所谓高尚动机的本质其实还是出于自利。董回音称自己要做好事,其实是为了得到父亲的认可。但他不会说明自己的感悟,因为董回音对他,是有一些确凿的善意的。她不道出他的苦痛的前史,那么,他也不该攻击她。

"所以我想,我是不是能为齐熙做点儿什么。"董回音睁大了眼睛说。

"嗯,骁儿跟我说了您对齐熙的担心,他觉得这种担心是多余的。我当然相信您能看到齐熙琢磨的那些事。可是吧,您这么特殊的一个人,说出的话,容易被别人当作夸张的骇人之言,人们不会因此感谢您。我们如果能瞥见别人心里的深渊,最好是什么都不说。况且,齐熙那种衣食不愁,前途一片大好的人,真会为个男人自杀吗?"陆一舟哼笑着撇了撇嘴。

"可我放不下。"

"您太想证明自己了,这会让好的初衷变坏。"

董回音似乎听进去了陆一舟的话,或者她想暂时搁置关于齐熙的问题。她看看陆一舟,表情逐渐松弛了下来,对他说:"我带你去行政酒廊,喝乐加维林十六年。"

"您好像不喝啤酒?"陆一舟刚说完,就摇了一下头。这问题还用问吗?她一个与父亲有情感裂痕的伤心女孩,自然会回避啤酒的。

她果然瞪了他一眼。

他拍拍自己的脑门,歉意地低下头。

还好，她没发作，拉着他去了行政酒廊。

酒廊里的蓝色棉锦缎俱乐部椅坐起来倒是舒服，然而若干盏人造卫星造型的吊灯让陆一舟觉得眼睛发花。侍者提供的酒水单上没有乐加维林，陆一舟因此跟侍者开起玩笑，问是不是太便宜的酒水在这里上不了台面。他借题发挥，给侍者上了一课：威士忌本不是什么用来显摆品位的奢侈品，它源自基本的生活需要。在威士忌诞生的地方，它是粗粝的乡下酒。它不诞生于卢瓦尔河谷或波尔多，不诞生于托斯卡纳或香槟省，而是诞生在曾经穷乡僻壤如今也没见富庶到哪里去的苏格兰。它最初的产地甚至都不是适宜人类居住的地区，而是各种人迹难至的地方，那里的人民在面对惨淡生活时制造了它。它存在于重体力劳动者的骨头缝里，它简直就是人们讨生活时的血泪。但是它最终被利用了。它被扒了一层皮，换上不同的外衣，成为资本的仆人，不得不参与有高低贵贱之分的评级游戏。

陆一舟宣言般的说教没有令侍者对自己的无知难堪，只是不知做什么才能对付这位无事生非的客人。董回音瞄了瞄侍者，她知道酒廊的秘密，知道吧台的下层藏着各种便宜的威士忌用来兑鸡尾酒。她温文尔雅地请侍者去吧台里仔细找找。

最终，他们喝上了加冰块的乐加维林。陆一舟没有因为侍者没听清他不加冰块的要求而发火。他知足了，觉得自己在有关消费主义的唇枪舌剑中还是具有优势的，真让人开心啊！他开怀地畅饮，得意到忘形。他没头没尾地夸奖董回音，夸她的学问，夸她的才华。

董回音平静地看着欢快的陆一舟，告诉他，她不寄希望于成为什么学者，只希望能做一个少罪恶感的人。她恹恹地说："既然我能获知别人脑中的画面，我就需要对那些画面进行思量。高中毕业，我考上了美术学院的美术史专业。我想，去学习怎么看画也许对我会有所帮助。然后我就去首都上美院了，离我爸远远的，免得他总看见我。我爸其实并不认可我学美术史，但也没反对。实际上，他从那次事故之后就不再与我正常地沟通了。他认定了我的罪，他厌弃我。"

"可他酿出了好喝又赚钱的啤酒，还把赚的钱给您随便花，他没厌弃您啊！"陆一舟醉醺醺地说。

听他这么说，她眉头紧皱起来："我应该跟你说过，钱可以用来侮辱一个人。你自己也知道，慷慨有时候是纵恶。你可以这么理解：他用钱来毁我，让我随时可能成为一个废人。或者他早就觉得我是个废人，用钱来给我刻上废人的符号。"

"您想多啦！"陆一舟笑笑，"您不是身体不好，总得输液什么的吗？他是觉得您娇贵，所以要给您好多好多的钱花！"

"你根本不懂。他真担心我就不会总想我满身是血的画面，他不爱我。"她瞪着他说。

"满身是血？什么满身是血？"陆一舟一脸疑惑。

"不说这个了。"她攥紧了手。

"这里面，怕是有什么误解吧！"陆一舟嘟起嘴，又吮了口乐加维林，顿时浑身舒爽，不禁感叹道，"还是这味道适合我！什么雪莉桶威士忌，我不喜欢！"

陆一舟仍在某种微小的、关乎贫富较量的胜利情绪中陶醉着，董回音却从他刚才的醉话里收集了一个信号。误解？会吗？她哪里误解父亲了？有关行善吗？有关她是废人吗？有关她不被爱吗？到底哪个部分的解释出了问题？这关于认知的难题，让人使自己的善与恶长久地搅和在一起，越来越错乱，越来越矛盾了。

八

　　"新艺术精神馆"是个美术馆，位于马骁工作室的南边不远处。美术馆不大，分三层，总共将近800平方米的空间，其中用于展览的地方其实并不多，馆内一半空间用来做艺术商店、融合菜餐厅和英式茶屋。整个建筑外形方方正正，外立面的墙体有部分镂空，有部分被漆成明黄色，很引人注目。

　　美术馆一楼的大厅挂着一幅巨大的抽象主义静物画，名为《杯与瓶》。画面中看不出任何杯子或瓶子的细节，只有它们的轮廓。紫色、红色、蓝色、黑色的广告色色块像拼图一样组合在一起，标榜着作品的纯粹性。

　　马骁打心眼儿里鄙夷这样的画，他也鄙夷收藏这幅画的这栋建筑，鄙夷它称自己为"新艺术精神馆"。抄袭，全是抄袭。第一次世界大战后荷兰的理性主义、法国的新艺术派、意大利的碑铭主义，全被抄袭。而那么多人，还以为这些是什么时下的新生事物呢！瞧瞧这一个个艺术界中的专业骗子，他们总能赢得大多数人的心，因为大多数人在"艺术"这个词面前根本就没有真心，只有盲从。他这样想着，直想在画作面前比画个愤怒的手势，然而想起今天的正事，他立马收起了情绪。

　　齐熙约马骁来看《贝阿特丽丝》的复制品，马骁于是上到二楼，走入挂着不少名画复制品的展厅。这展厅还有个名字，叫"偶遇"。这名字他觉得好笑又可悲。偶遇，偶遇什么呢？偶遇一幅幅假画吗？真是尖锐的讽刺：他是一个出于自尊而恨不得把自己的心都变成塑料制品的人，现在面对着这些他瞧不上的画，仿佛从一种沾沾自喜过渡到一种无耻至极。两种颇有些相似的心境，在偶遇。

　　展厅里静悄悄的，没什么看客。有个留长发的年轻男孩坐在地上，正用素描本临摹一幅画。马骁瞄了一眼男孩子，只觉得他没救了。想当艺术家吗？下辈子吧。

齐熙比约定的时间早到了。她腰肢挺得笔直，面对那张《贝阿特丽丝》的复制品站着。她套了一件深蓝色底带细格纹的小西装，使她的英姿盖过了妩媚。马骁暗暗观察她，发觉她的刘海不如往日那样形状刻意地卷曲，而是压得平整。她的面色发暗，脸上即便只是淡淡的腮红也显得突兀，融不进她的皮肤里。

　　听到马骁的脚步声正向自己挪近，齐熙转过头，她的鼻尖有点儿发红，嘴唇不自然地抿着。她像哭过了或是要哭了。马骁本来还想问她，今天又不是什么假日，她怎么有闲情逸致来逛美术馆，甚至还想调侃她是不是准备辞职了，结果见她的表情，他觉得寻常的谈话已经不适合今天的情形。他对她那索要帮助的眼神挺熟悉，那是一种故意示弱的神情，他在不少女人脸上见过。

　　人，大概也像3D打印机制造出来的塑料复制品。一个与另一个，质地上没有区别。所以他总暗暗地想，自己不需要女人。女人，一个与另一个，有何不同？他见识过某个她，他不需要再见识另一个她。他若明智，最好就视她们为相同，将自己与她们之间的关系中存在的可能性判定为皆无意义。他不想重复。重复这事，是距幸福感最远的一档子事。可惜与他有类似念头的人少之又少，几乎没有。他与齐熙讨论过重复。齐熙这人，认为幸福感与重复形影不离。想到这里，他对齐熙说："一遍遍看这幅画，你觉得有意思？"

　　"有意思。"齐熙立马回答。

　　"是啊，每天吃同样的药也有意思。"马骁不顾她到底揣着什么样的心情，硬是要说尖酸的话。

　　"马骁，你知道我吃那些镇静剂和安眠药是什么感觉吗？"她苦笑着问他。

　　他怕她要开始抒发什么情绪了，他想掐灭那种抒情的欲望，像掐灭一支烟。于是他把话题一转，说："我看，就给你做个传统的青花瓷瓶吧？"

　　"你好像不懂人情。"齐熙吸吸鼻子说。

　　"哪一种人情？"

　　"爱情。"

　　马骁歪着嘴笑了。在这样一个充满复制品的空间里谈论爱情？在这样的地方，人们应该大谈特谈如何伪造爱情，谈爱情是如何与虚伪连在一起。爱情首先需要人放弃自己的脸面，再为自己化妆另一张脸。如此行为下，爱情得以建立起来。人们彼此看着对方赏心悦目、涂脂抹粉的假脸，然后开始爱。至于充满缺陷的真面目，必须藏在不见光的地方。否则，爱情会随着那张有瑕疵的脸的暴露而退散。尽管那张脸，是张真实的脸。

"你得去爱，你得体验爱，不然怎么当艺术家？"齐熙凑到马骁跟前，她的刘海碰到了马骁的下巴。

"什么艺术家？"马骁冷冷地反问。

"那你是什么？"

"就是个人。"

"是个男人。你啊，不可能没有过女人。"齐熙的一只手抚了一下马骁的领口。

"我不缺女人，"他轻轻推开她，脸是僵的，"你也不缺男人。你一直都不缺什么，你生活得太优越了，正是因为你的优越，我愿意为你做东西，因为我知道你好合作。你假装缺男人，假装不快乐，你示弱，这些其实还是和你的优越有关，这是逆反心理。你的逆反让你去玩感情游戏，给别人机会伤你。你怎么玩，我管不了，也不该管。但是你别让我也跟你一起玩，好吗？"

她不愚蠢，觉察出他心底的不在乎。然而，她容忍他的刻薄。说起来，他贬损她，她却还有点儿兴奋。于是她又走近他，先大声叹了口气，才说："我每天都过不好，吃那些药也没用。我太在乎一个男人。在乎他，就是明知他的要求不可理喻，明知他是个蹂躏别人精神的变态，我还是让他得逞，让他满足。我知道，在我面前他其实是自卑的，因为我方方面面条件都比他好。我忍辱，我就像扶贫一样去帮助自卑的他，这是精神赞助。"

"赞助？说得好。"马骁笑了一声。

"就是赞助。难道不是我在赞助他的变态欲求吗？他喜欢作践别人，那我……"

"那你就作践自己，让他以为是他在作践你。"马骁飞快地打断齐熙。

他的话冷冰冰，面孔更冷冰冰。然而他对她的抨击并不能使他自己欣快，他的心思像煮沸的水，在关乎情和爱的概念中翻腾起来。那些遥远的、与欢乐有关或无关的情与爱，让他感到一阵痉挛。他对于爱真正的认识，不可抑制地在脑子里旋转。手段，应该配得上目的的尊严。目的是爱的话，那么爱的手段，应该有尊严。没有尊严的爱是不成立的。没有尊严的爱是转瞬即逝的。齐熙所说的爱，不是他所想的爱。她所说的，根本不是爱。

"齐熙，你是不是想玩一场假装自杀的游戏？"他问她。他的语调柔和了许多，但脸上还是漠然。

她没回答，一下子想起董回音神秘的探访，想起董回音多管闲事的行为里捎带的善意。她不禁又揣摩起董回音与马骁的关系，于是怀疑地问："是你让那女孩来试探我的？那女孩仅仅是你的同事吗？她不会还是你的女朋友吧？你说你不缺女人，所以你有很多机会玩弄女人喽？那你怎么看我？你敢说从心里面只是把我当一个客户吗？我告诉你，可别打我的主意。"

见她咄咄逼人，他倒无谓地笑笑，慢条斯理地说："我当然不会打你的主意，就像我希望你也别让我陪你玩一样。其实，齐熙，你看，现在你这样多好。你本来就是一个特别骄傲的人，我说了，因为你一直在优越的环境里。我想你应该是从小就受所谓的精英教育，你的家长要把你培养成一个什么都要出类拔萃、高人一等的人。这挺好的，但是也有不好的地方。你觉得一切不是按照你的意愿来的。

"你在成长的过程中，骨子里的骄傲恐怕从未消退过，但正是这种让你认为自己像个女王的骄傲，使你一旦开始进入独立思考的阶段，就感到自己不是什么真正的女王。你的一切都是被约束的、被别人安排的。你的骄傲开始让你逆反，你要抵抗那些束缚你的力量。别人要你抬高了头，你就偏要弯下腰。这说起来是个悖论：你选择一个会欺压你的对象，通过对这个对象的服从，你接触到了自己与主流对你的要求相反的一面。你的那一面，是低眉顺眼、懦弱、胆怯的。这种顺从其实完全不符合你的特性，但是你从中体验到，你是自身行为的真正指挥官了，你的逆反实现了、成功了。你的骄傲，通过一种常人无法理解的方式被加固了。可是，真正骄傲的人，怎么可能一直被不如自己的人欺负呢？所以你虽然获得了逆反成功的快乐，却也痛苦于自己要假装一个任人宰割的爱情俘虏。你觉得这一切颠三倒四的行为的根源，还是来自约束你的长辈、主流价值观、社会对精英人士的要求。于是你想以自己的方式进行控诉。你要攒药，不是明目张胆地攒，而是搞得像神秘的仪式一样。你也许想让你的长辈、你的亲属、一直以来约束你的那些人在不经意间发现，你痛苦得决定要自杀。这是养尊处优的你受了委屈被刺激出的小计划、小闹剧。但其实呢，你从来不想脱离真正的主流生活，也从来没有真心地不赞同那些主流的标准。你不允许自己粗野地叫苦，你得保持优雅，用漂亮的瓶子装满那些没准会要了人命的小药片，端起你本来就该有的架子，矜持地卖惨。这倒没什么，我知道你不会真出事的。但是我会想，你玩逆反玩多了，扮演受害者的时间长了，即便离开一个对象，还会忍不住再找一个对象。没人给你自轻自贱的机会了，你会不会有种空虚感？可你总这么时不时地自轻自贱一把，也不是个长久之计。你说是不是，我的女王客户？"

一个耳光，不响也不疼，打在了马骁的左脸上。齐熙给了他一个耳光。不对，她的动作柔软而乏力，根本不像在打他，却像在借机抚他的面颊。这个"耳光"里隐含的暧昧动机让他拒斥。他不卑不亢，露出冷笑，又不知有意还是无意，扭了扭脖子，一转脸，看到那临摹假画的男孩正望向他和齐熙这边。他对男孩笑笑。也许是他的笑容显得过于阴冷，男孩即刻躲开他的目光，把头埋下去，几乎要贴到自己的素描本上。

这世界怎么了？有人付出高昂的代价把人生活成闹剧，有人想看热闹却只敢偷窥。他正思忖着，忽然被齐熙搂住脖子。他不喜欢她的香水味，然而他没有动，任由她搂。

"马骁，对不起，"齐熙温驯地在他耳边说，"我想要真的幸福。"

感受如晚霞，映照在幸福中。幸福不是重复，只是幻象。幸福是痛苦和衰弱之烙印的另一种称呼。幸福是个假名字。幸福是不再信仰爱并必须为粉碎爱的行为负责时签下的契约上的落款。幸福从此是个用艺名混迹天涯的流浪者。幸福是个抛弃了含义的空洞代词。

他想了这么多，更反感来自女性的温存了。

"忘掉。"他摸摸齐熙的下颌。

"什么?"齐熙的双手松开了一些,这样她能好好看他的脸。她相信他作为一个男人,在这种时候总会给予些什么。为了维护客户关系给出的同情,或者趁火打劫而萌发的欲望,什么都可以。

"忘掉,"他却推开她,冷静地看着她,"忘掉那些小药片,忘掉所谓的恋爱,别再逆反。那个特别骄傲的你,就算是被别人强行要求出来的,也是顺应这个世道的。你没必要逆反。去找点儿正常的东西玩,那时候你也就不用吃药了。"

"你别说废话了。"她的双眼透出憎恶。她用指腹小心地蹭了蹭鼻尖,转眼又用和悦的脸色跟他告别。一边告别,一边使劲地拍了他的胸口两下。

他注意到她的手,指甲长了,该剪剪了。粉色不适合她,她应该试试赭石色。他想起自己以前摸过的女人的指甲,不自觉地摇了一下头。齐熙的手、齐熙的男人、齐熙的私生活,皆让他联想到自己的某些经历。真可恶。

"瓶子上用莲花图案行吗?"临别前,他问了一句。

"随便什么图案。"她耸耸肩,完全无所谓的样子。

齐熙慢慢往楼下走。瓶子上画什么她不怎么在乎了。对植物图案的执着,是因为宋柠告诉她,他的父母都在植物园工作。所以她摆那些绘着花草的物件,是摆给他看的。

看看,她为他做了那么多呢!

那么以后呢?在宋柠面前按捺住高傲,这样的日子她还能忍几天?她想象过自己攒下上百粒安眠药,死给一众看。不过,关于寻死的事,马骁说中了。她怕丢人现眼,也不是真的要死。寻死是一种表达,表达她对迄今为止所遇到并造就她生命的一个又一个事件的不满。

她永远都不满。她一直觉得自己值得被重视,因为她就是这么被教育大的:她是优秀的、出众的。可已有的那些重视,不够,远远不够。为什么?因为那些重视的样式不特别。她应该被一个特殊的人看作是画中的女神,她应该被那个特殊的人永志不忘。

她选了一个要用冷酷而不是用温柔来征服她的恋爱对象。她选择这样的对象，是因为她见惯了讨好她的笑脸。有人居然对她如凶神恶煞般，她觉得这很迷人，这让她被诱惑。

宋柠，就像那个她等待的特殊的人。

说起来真是怪异，她发现他的暴虐实际源于他的自卑，竟感到惊喜。他在她这样高高在上的女人面前要用凶恶的嘴脸来掩盖他的先天不足。他家境不如她，运气没她好，没她那么有人缘，工作能力也不如她强。

她意识到他的缺陷，如获至宝。她做什么也不会去揭露他的自卑心，因为她就是要姑息养奸。我知道你的弱点，但是我不嫌弃，你还不对我感恩戴德、把我奉若神明？这个现实的年代，谁会像我一样待你？你难道不会一辈子忘不了我？而且，你不改变自己那讨大部分人厌的性情，也许哪一天就会从我为你搭建的摇摇晃晃的高台上摔下。那时候，我会笑吟吟地看着你摔呢！

可这是爱吗？她到底是对他好还是对他坏？她到底爱不爱他呢？

这些问题她想不清，在宋柠身上耗的时间越长，她越想不清。他仿佛从未把她真的当作什么女神呢！而且，为什么他还没从高台上掉落呢？怎么会这样呢？

这真烦人，这太烦人了，烦得她需要吃药，吃镇静剂、安眠药。当然，这不会毁了她的形象，这不能毁了她的形象。她吃药也要吃得有美感，她可不能被人发现有什么药物依赖。于是，她就得在药盒上下功夫：做些美丽的药盒，做些不像药盒的药盒。

保持形象，美感，特殊的男人，骄傲……那么多累人的心思……也许马骁说的全部都对，是她的逆反心在作祟。但是她逆反着，逆反着，自己乱了阵脚。她玩砸了。

马骁说"忘掉"，可她讨厌遗忘。与其说她不想忘了谁，不如说她觉得谁也不能忘了她。是啊，她就是那么骄傲。

再说马骁这种人，他说出的道理像纸上谈兵。想必他真是个单身汉吧！什么样的女人愿意跟他在一起？马骁比宋柠还不如。宋柠在爱情中的表现是该被唾弃，而马骁连爱情的边缘都不敢碰。

她心里对马骁咒骂了几句，走出"新艺术精神馆"。

她看不到马骁正在二楼用手使劲揩着领口残留的香水味。

甜的花香味，马骁实在不喜欢这味道，因为这不是松树的气味。齐熙，还有齐熙所指代的无数个看似出色的女人，都不是松林中的女孩，都不是使用松香的女孩，都不是在穿衣镜前纠正自己姿势的女孩。她们不懂什么叫"弓要直"。她们懂吗？也许董回音知道什么叫"弓要直"，想到这里，他被自己吓了一跳。

他恐怕要去核实某件事，但他又不知该怎样面对核实的结果。弓是否直，维特鲁威人是否完美，纪念与遗忘哪一个更长久，这些问题的答案，仿佛董回音都能与他谈论。真的吗？董回音真的能与他谈这些吗？

他不知道。但是他提醒自己，无论如何别忘了，董回音是来监视他的。还有，不管怎样，他不会把董回音当个女人看待。他不需要女人。

有些事，他不能再经历一次了，哪怕换种方式，其本质也是以往经历的循环。他一定要避免重复，他再也不要重复。

九

当董回音得知马骁将亲自来酒店找她时，她刚起床，正在刷牙。消息是陆一舟打电话告诉她的，她接着电话，激动极了，以至于打碎了一个卫生间里漱口用的玻璃杯。

陆一舟隔着电话听见玻璃破碎的声音，赶紧问她那边发生了什么，而后又劝她用不着紧张。实际上，他猜她对马骁心存多余的幻想，那她会失望的。他在电话里犹犹豫豫地说，马骁不打算去她的房间。

她听了这话，一下子清醒了不少，干咳了几声，说："那是，我也觉得我的房间不合适。"

于是她订了酒店里的一间小会议室。礼宾部的工作人员给她发来会议室的内景图，她看看，虽然觉得会议室里椭圆形木块串联成的屏风不够庄重，然而深色橡木墙壁和黑玛瑙色的桌椅让她安心不少。

她久久地挑选衣服，目光在几条单色的裙子间徘徊。最后，她穿了件薄荷绿带银灰色翻领的收腰连衣裙。她本想佩戴一枚水滴形孔雀石胸针，然而她唯恐马骁从细节中看穿她的心思，看出她的兴奋。她在镜子前犹豫了一会儿，还是把胸针摘掉了。

下午，马骁准时到达小会议室。董回音没有早早过去等，只是算着时间，按时去了。见他那么守约，她含笑望望他。她明知他的打扮跟平常没什么不同，不过就是深蓝色衬衫和深色牛仔裤罢了，可他在她眼里是这样适宜。他的目光，那么深邃。有一种微妙的东西在他身上弥散开，那是什么呢？不用他开口，很快，他大脑中的图像向她透露了一部分答案：他在美术馆，被齐熙搂住脖子。齐熙的额头抵着他的下巴。他们看起来像情人一样，一边互诉衷肠，一边享受温馨怡人的气息。

她被这景象刺激到了，愣坐在会议桌边，把胳膊肘支起来，一只手掌盖住大半张脸。她见马骁一副潇洒的样子坐在对面。他在对她说着什么，她好像听不清似的。

　　"给齐熙做的瓶子不需要太复杂的花卉图案，你听到我的话了吗？"马骁看出她不专心，便用手指敲着桌面说。

　　她从他口中听见齐熙的名字，根本无法同他讨论什么瓶子，只是暗暗地想："齐熙啊，攒药的女人，被男友伤了心的女人……现在，跟马骁缠在一起了。"

　　想着想着，她猛然间警醒起来，瞪着眼睛审视马骁。慢慢地，她稍微扬起脖子，如释重负般呼了口气。"我差点儿忘了，你的记忆都是骗我的。"她说，脖子又扬了扬，觉得自己占了上风。

　　"你信不信都行。"马骁笑笑，又问她，"你对瓶子上的图案有新的建议吗？"

　　"没有。"她立刻回答。她的思绪怎么也无法转移到瓶子上。她还是对自己没信心。关于马骁与齐熙的关系究竟如何，她判定不出来。她不敢说他们之间完全没有男女私情。唉，她为什么要在乎这些呢！她恨自己怎么就这点儿出息。她的头低下来，抿起嘴，一时间不出声了。

　　马骁倒也不怪她对瓶子的设计漠不关心。他沉着地讲着话，先说起如何使用丝网印刷技术将图案印到陶瓷制品上——这样齐熙的瓶子既能很快做出来，又不至于看起来粗糙廉价。接着他顺便就丝网印刷的技术说开了，他提到一些当代平面设计师的名字，有荷兰人，有德国人，他把那些生涩的名字念得顺溜极了。他还说到希腊曾经的法定货币德拉克马钞票的主题图案以及其中用到的印刷技术。他说起希腊和北欧神话中的神，说起宙斯和奥丁。

　　他很少像这样，为了炫耀自己有多渊博似的侃侃而谈。在她看来，他说话时神采奕奕，简直带着一股报复的快感。他又跟她说心理学，跟她说精神分析。他给她讲，一个人要从一份导致抑郁的情感关系中摆脱出来所要经历的心理过程是如何如何。

　　他说得起劲，接连比画出几个显示自信的手势。

"他今天怎么那么能说？"她纳闷地想。他连口水都不喝，不停地讲，讲得声音开始哑了。她在觉察到他那几分疲惫的同时也发现了他话中的纰漏。她忽然大声地问他："你说齐熙想死给别人看？"

"对。"他撇撇嘴，残忍地说，"就为了一场谈不好的恋爱。反正那事务所是她家开的，她爱干不干，她没有正事可操心，她总得找点儿事自虐。"

"你亲口跟我说过，齐熙不会因为失恋之类的事寻短见。你说没几个人会为了爱而死。你说的话……算了……"她的声音闷闷的。

马骁见她苦着脸，眯起眼睛问："你担心齐熙？你真担心与自己不相干的人？"

她不想刻意强调什么道德上的高尚，觉得自己在他面前还没有资格说那些话，于是淡淡地答："担心。想见到别人活得好、活得正常……就是这样。"她咬咬牙，又有话冒了出来，"不然怎么办呢？见识到别人的痛苦，自己偷笑吗？"

她的话，在马骁听来别有深意。他矛盾着，一时把她想象成好心肠的，一时又把她想象成狡诈的。他烦躁起来，不停扫视会议桌上写着"请勿吸烟"的提示牌。忽然，他眼神变得凝定，带着古怪的笑容说："死有很多种，消灭自我就是一种。有的人会玩一个有仪式感的游戏，在游戏中模拟杀死曾经的自己。一个漂亮的花瓶，装满了安眠药，这是游戏。齐熙的寻死不是你以为的自杀，她只是要一个自我死去，当那个自我死去了，她的本我才能不被压抑，再次活跃起来，新的自我也由此诞生。所以，没有什么为爱而死。随着时间的积累，无论曾经那个被投注了欲望的客体地位有多特殊，主体还是会转向新的客体。人与人，没什么天长地久。"

"我明白你在说什么……"她望向他，觉得他脑中那些真真假假，那些色块，那些人影，仿佛成了她一切烦恼的中心。她皱着眉问他："你确定齐熙要把欲望投到新的客体身上吗？她跟宋柠分手了吗？她对他彻底绝望了吗？她意念中的自杀倾向如果只是付诸一场表演，难道不是演给她在乎的人看吗？谁是她在乎的人？宋柠算不算一个？就算是游戏，你怎么知道她不会在游戏中与宋柠继续纠缠下去？"她想用问题制约他的狂傲。她替他感到尴尬，他那粗浅的心理学分析，她总觉得经不起推敲，有时甚至是拙劣的。然而，她舍不得对他说"拙劣"这样的词。

她的确也担心着齐熙，可这份担心总被她的一丝妒忌所干扰。五味杂陈的感觉，让她直想发抖。她抚着自己的肩膀，也不等马骁回答，就急促又结巴地说："瓶子，那瓶子，做还是不做？你再跟齐熙谈谈……或者我，再跟她谈谈，谈谈。"

"我会跟她谈，既然她将欲望投向了我。"马骁用一种造作的温柔口吻说，"她在变。她改变自己的发型和衣着。我想她连假装自杀也不会了，因为以前那个想攒或是已经攒了一瓶子药的她正在逐渐地改变。现在的她，是个要找新男友的她。她也许过几天还会换个指甲油的颜色。"

董回音觉得自己的血液如激流般汩汩地流遍全身，她仿佛能听见血流的声音。她再一次看到了马骁脑海中与齐熙在一起的画面，他们贴得那样近。她又怀疑，又激愤，又伤心。

她哀愁的神情倒助长了马骁去寻衅，他继续以那种不自然的温柔语调说："她约我去美术馆，我知道她的渴望，我知道她要开始新的恋爱，我能嗅出她身上的……"

"达·芬奇，"董回音再也听不下去他的话，高声打断他，"你喜欢达·芬奇！对吗？"

"啊，对，"他不否认，漫不经心地应着，"达·芬奇给了我很多启发。他不只是画画，他会做的事可多了。"他观察她的表情，只想从她的沮丧中摄取营养。

"你应该去一趟佛罗伦萨，试试看会不会患上司汤达综合征。"她的声音发颤。

他的嘴角扯动了几下，板起脸回道："我不觉得我会在任何地方患司汤达综合征。"

"你去佛罗伦萨了吗？"她歪着头看他。

"董回音，你越界了。"他用极低的声音说。

"是吗？"她明知故问。

他没有立刻说什么，开始用手指在桌上乱比画。他又东望望，西望望，眼里看到什么都不顺眼。他索性直接看着董回音，舔舔干燥的嘴唇，说："这次，我允许你越界。你可以传话回去，就实话实说，你见到我过得怎么样。"

"传话给谁？"

"你知道。"

董回音安静地看他，看着看着，她忽然大笑了几声，一张苦脸，笑得很凄切。她的笑声骤然止住。她抠着自己领口处露出的一小块皮肤，以此舒缓情绪。

"你想让你前女友知道你生意做得不错，还不缺女人，就这样？"她好不容易才有勇气说出这样的话。她感觉自己的心咚咚咚地跳，心跳的声音简直是巨响，让她震颤。

马骁不说话，也不看她，却盯着那"请勿吸烟"的提示牌。

她又咄咄逼人地说："你想让她后悔，让她意识到你其实是多么好？然后呢？然后她就会把什么欲望什么力比多重新投在你身上吗？你想破坏她目前生活中可能有的幸福，想保证她会产生失去你的痛苦吗……"她忽然克制住自己，不继续说了。

她其实真想狠狠地骂他一通，然而一股无力感正制约着她。齐熙被他利用了，她也被他利用了。此时此刻，她的点滴情绪都正被他利用着。他还把她当成墨丘利，为他心里挂念的女神传信的墨丘利。

"你可真没想象力。你想错了，你想错了……我跟你前女友没联系，我不是个传话的……"她双手发软，想拍桌子却拍不出声音。

"我要抽烟。"他拿起那个"请勿吸烟"的提示牌，又丢到桌子上。他站起身，准备走。

她马上冲到他身后，拽住他的一只袖口，不顾一切地喊："你别离开！"紧接着，她又拽住他另一只袖口。他轻而易举地挣脱她。她又去拉他的胳膊。他恼怒了，转身抱住她的肩膀。她轻得如布偶，他使劲摇晃了她几下，她完全不反抗，只是瞪着他。这使他觉得自己是恶人了，不能太过分了，他松开她，粗声粗气地问："董回音，你到底为什么要找上我？"

她抿着嘴，好像抑制着汹涌的感情，又像正受着可怕的罪。几滴泪珠从她的眼眶中滚落。她的眼睛，在泪水中显得越发地大。压抑感伴随着力量感从她眼中扩散出来，笼罩着她，笼罩着他们。寻常琐事、那些过客，在记忆中都被推得远远的。关于往日的画面，只留下一两笔浓墨重彩。生命明明短暂，可遗忘为何那么漫长？

　　"我不是替她来盯着你的……我不是传话的……我不是来伤害你的。相信我，我和她没有联系。我是无意中知道了她这个人，知道她拉大提琴，就像我无意中知道其他人的事一样。我有能力，我想帮你。"她说着，两次向他伸出手，又两次都自己缩回手。

　　"帮我？"他匪夷所思地看着她，被她一脸的痛苦和无形的力量所迷惑，不知该信她还是不信她。

　　她再一次向他伸出手，可是，她的手没有落在他身上。她只是让手停在空中，将手指伸展开。她扭动着手腕，像在抚摸一件他看不见的物体。

　　"在浩瀚的宇宙中，一定能找到这能力的意义。"她呢喃着。

　　她是个疯子，他这样想。他又觉得累极了。他用手背碰碰她的头发，算是做出友好的示意。他仍然疑惑，因为她对他过往的了解和她在他生活中蓄意现身，令他无法不将她的意图往坏里想。可她又表现得这样无所求，她身上的某种无私，如此真实，真实到快要诱发他的贪婪了。他要贪上这份无私了。

　　"那么你，好好帮工作室的忙，博士生。"他生硬地笑笑，心里一团乱麻。

　　他仍然用抽烟当借口，不作久留。她不再激动，安静地看着他走。他一走，她就伏在会议桌上，侧着头，望着椭圆木片做的屏风发呆。

　　她本来还想跟他说"你现在还会注意别人的指甲油呢……"之类的话。然而，算了，她说不出口。

　　况且，她对他说的话，并非句句属实。可有些善举需要牺牲掉部分真切才能实现。那么这样的善举还能被称为善举吗？不能的话，那又该叫作什么呢？赎罪。叫赎罪，更合适。

第三章

一

　　董回音再来到工作室时，见有窗的墙边多了两把铁艺软垫椅和一张乌木色的小方桌。

　　齐熙违约了，她不要什么瓶子了，暂时也不需要其他装药的容器。据陆一舟说，马骁是用齐熙的违约金买了这几件家具。

　　董回音寻思不出一个妥帖的理由解释齐熙的违约行为。她一开始还有些焦忧急虑，心里搁着某种悲剧的预感。为了摆脱这种不安，她前两天还给齐熙打过电话。然而在电话里，她顾虑太多，想说的话总也说不出，说出来的话又因为过于慎重而显得词不达意。她想到齐熙与马骁那或真或假的暧昧，生出的几分妒意挥之不去。于是，她句句话都谈到宋柠，全然不提瓶子的事，好像仅仅以这样一场谈话就能让马骁在齐熙那里失去一席之地似的。她不管齐熙信还是不信，坚决地把自己在电梯口与宋柠擦肩而过时获取的图像描述了一遍：宋柠脑海中净是齐熙与她的姑姑在办公室里争论的画面。

　　"他当然会想这些，因为他怕我姑姑让他从事务所走人。我姑姑，还有我家里其他的人，他们可受不了我这么被欺负。其实呢，这两天他都在写辞职信了。"齐熙在电话那边语调平平，像在说与她不相干的人。

　　董回音当时就没话了。她想起马骁谈论有关齐熙内心纠结时的那些"歪理"，也许自有其可取之处吧。她正想挂电话时，齐熙忽然问她，伦敦有哪些商店值得一逛，有哪些地方能买到值得收藏的银器或瓷器。她听出齐熙对绮靡事物的单纯热衷，放心了。

　　"你要真会什么读心术，不如利用这本事去谈谈恋爱，抓住男人的软肋。"末了，齐熙尖声尖气地对她说。

　　"什么读心术，什么谈恋爱。"董回音那时没好气地想着，迫不及待挂了电话，鼻子里甚至发出了哼气声。

也罢，齐熙的事，就算是过去了。此时董回音是那么想要放空自己。她坐在新的软垫椅上，往窗外看，看到阴霾的天。无边无际的阴霾中缺少光影的细节，只有一大片单调。有些人的愁绪，一时间能让生活黯淡无光，一时间又能消散得无影无踪。可忧愁消散后，露出的单调底色也不比黑暗好到哪儿去。

她又环视四周，想寻找什么光明的象征物来慰藉自己。她看到陆一舟正在不远处，靠着墙，猫着腰，低头按手机，飞快地打字，嘴里嘟嘟囔囔，不知在跟哪个客户周旋。她抬起头，看到马骁，见他在那孤岛般的高台上绘图。她走到高台下，扶着梯子，高声问他在画什么。

马骁没立即回应她，而是过了一会儿，捏着一张草图从梯子上下来。他给她看那张图：一个被长矛刺入身体的穿盔甲的士兵。那盔甲的样式不伦不类，头盔是古罗马式的羽冠形，护肘上却有圣殿骑士团的纹章。

"有个客户想做个受伤士兵的人偶。他不在乎人物造型的细节是不是符合史实，我就给他做个'四不像'。"马骁自知盔甲的问题所在，主动说了出来。

"做这个，为了什么？"

"为了解恨。"马骁耸耸肩。

"齐熙也解恨了。"她说完就在心里骂自己，为什么要提齐熙啊！

"我知道。她把那男的打发走了。"马骁又耸耸肩。

她使劲看他，像看一个望不见底的深渊。她什么都看不见。

"那你们，你们之间呢？"她踟蹰着，还是说出这种蠢话。

马骁只是微笑，也不说什么。她瞪了他一眼，但愿自己可别再被他误导而烦恼不断。她把那张草图拿走，坐回软垫椅上。

"这桌子和椅子怎么样？仿安德烈·索内的设计。"马骁竟跟着她，还坐到了她对面。

"你不会是为我买的吧？"她不太相信他会专门为她做什么。

"也该添点儿东西了，既然多了个人。"他的手，轻轻地在自己的大腿上拍了拍。

她觉得奇怪。他这是怎么了？装得好像关心她一样。

"你的博士论文题目是什么？"他突兀地问。

她歪着脑袋瞅瞅他，觉得他的问题好像在表明他在乎她的事。她对这份在乎感到有些吃惊，一时愣住了。

见她不马上作答，他又说："我怕你研究的东西太冷僻，帮不上工作室的忙。"

"啊，原来他还是以工作室的利益为重！"她心想，赶紧一边暗中提醒自己可别再自作多情了，一边把额头微微向前伸，对他说："我不只是用专业知识来帮忙，我有别的能力……"

"那我们就说别的能力，"他打断她，"你好好想想齐熙攒药的画面。对了，你会绘图吗？"

"我有一些基础。"

"我建议你把某个画面画出来，结合你的专业知识云分析一下，这样能将一些纯粹臆想的画面与对真实情景的回忆进行区分。比如，齐熙在想，她攒了许多药，那画面是对真实的回忆还是她的想象？想象的画面，一般来说会缺少真实的光源，光影关系也会不准确。"

她渐渐听进去了他说的话，甚至，打心眼儿里同意他所说。她认为他能说出这些，是基于他丰富的经验。他在篡改自己记忆时发现了这样那样的规律，所以，他说的能没有道理吗？再者，他原本是个画家嘛，关于图像的剖析，他的话当然要听。

"画家。他，是个画家呢！唉！"她心里一声叹息，嘴上什么也没说。

"怎么不说话？"他问她。

"噢，我觉得你说的，是有道理的。"她望着他，有点儿犯愣。

"其实我想说的是，别人相不相信你具有特殊能力并没那么重要，重要的是这能力的价值。你能用这能力帮齐熙吗？看起来，你不是很懂如何适当地使用这种能力。"

"所以我更需要练习了。在你这儿，我有机会练习……"她低下头，为自己话中的利己主义感到羞愧。

"那你可就得指望我的好心了。我好心，才会提供给你练习的机会。你为什么觉得我是个好心的人？"他歪了歪嘴。

她又不说话了，眨着眼睛望向他。她的嘴抿了又抿，好一会儿才开口："这次要做一个战士，对吧？你刚才问我的论文题目，我现在告诉你，是关于中世纪晚期到文艺复兴早期尼德兰与意大利宗教绘画中人物服饰处理的对比。这里就涉及圣徒的衣着。你知道圣乔治吗？他是古罗马的一位战士。勃垦第公爵'大胆的查理'把圣乔治视为自己的守护神。查理定制的许多大幅宗教主题绘画中都有穿着盔甲的圣乔治。我可以帮你找盔甲的资料。"

"看把你刺激得，进行这么一大通文化传播。"他皮笑肉不笑地说。

她也勉强笑笑，笑里充满了无奈，又说："你看，我还是有用的，无论我的专业知识还是别的能力。你，没法全盘否决我。"

"好吧，"他拍拍桌子，"去整理盔甲的资料吧！"

"可……我得回趟酒店，找我带来的画册。"

他摊开双手，点点头，说："你可以在酒店做事，我不会要求你每天在我这儿待着。"

她听了却有些生气，觉得他不希望她常来，要避讳她似的。她胡思乱想着，又问："你还要去跟齐熙约会吗？"

"不是随便两个人就能凑合在一起的，你觉得呢？"

她咬着下唇，暗中感到欢欣，清了一下嗓子说："你说得对。但是，齐熙这人挺好的。"她故意这么说，期待他进一步表态。

"她人不坏。"他的话太简短，好像对这话题没有一点儿兴趣。

她顿时觉得自己很无聊，不能再烦他了，于是住了嘴。

"齐熙看不懂《贝阿特丽丝》那幅画。"他忽然冒出这么一句。

她挺意外，然而马上对他的话表示认同，赶紧说："是啊，没错！"

怀着与他之前还有不少共同语言等待被发掘的信心，她欣欣然地走了。

她走后，陆一舟凑到开始点烟的马骁身边，笑盈盈地问他怎么对董回音的态度好起来了，是不是想通了什么。

"我还是不相信她。时间久一点儿，她也许会露出更多马脚。"马骁沉下脸否认。

"你怎么老以恶意揣摩她？她到现在也没做什么坏事。"

"难道什么坏事都是一下子就能被看出来的？"

听马骁这么说，陆一舟想了想，再小心地问："你是不是因为，她跟你以前的女人有关系，就始终要把她当敌人看？"

马骁瞥了陆一舟一眼，不回答。

陆一舟撇撇嘴，不再追问。不一会儿，他看着手机说："这次的客户跟个幽灵似的，不喜欢现身。他要做个人偶，还非得把人偶的脸弄得跟他认识的某个人一样，这不是挺像以前民间的'扎小人'吗？还是个搞科研的呢，居然要搞这套！"

"恨呗，恨是种本能。"马骁随口答道。他心里还在想董回音。董回音，她这个人，似乎知道这个又知道那个，有时显得聪慧，有时却显得愚蠢。她懂爱吗？她又懂不懂恨呢？她有可能什么都不懂，只是一路盲目地走。然而，她如果太盲目的话，一不小心走到布满荆棘的路上，将后悔莫及。

二

　　印度棉，贴在身上，恍若无物。董回音又套着印度棉制的罩衫泡澡。这已经不是一种清洗了，而是一种状态的构建。在水从温热慢慢变凉的过程中，别的事物仿佛也能从她的灵魂中涌出，然后渐进演化。

　　但是为什么，她不能脱去这层薄薄的印度棉呢？因为一种埋在心里的遮羞欲，总也消退不了。她的大腿根部，有一条条排列整齐的疤痕。锐器切割伤，愈合之后会在皮肤表面形成凸起。有些疤痕已经变成比皮肤浅一度的肉色，有些疤痕是褐色，还有一些是深红色。不同的颜色表明了疤痕的新旧程度，让时间在疤痕间流动起来。

　　"你还记得吗，那是什么时候发生的？事情发生之后，你是什么感受？你那时在想些什么？"她浸在水中，开始自言自语。

　　三年前的夏天，她本科刚毕业，准备去英国继续读美术史。开学之前，她要去一趟意大利。她计划先在罗马待两天，拜访位于西班牙广场附近的济慈-雪莱纪念馆，那是济慈的临终故居，里面收藏着济慈、雪莱、拜伦、王尔德的手稿。之后，她将去佛罗伦萨。佛罗伦萨的乌菲兹美术馆，大概是每一个学西方美术史的学生都心心念念的地方。在那里，波提切利、达·芬奇、保罗·乌切洛、西蒙·马丁尼的名作自然遍目皆是，而她所钟爱的15世纪意大利修士画家们：洛伦佐·莫纳克、贝亚托·安吉利科、菲利波·利比的作品也是应有尽有。

　　然而那次旅行一开始并不顺利：由北京飞往罗马的航班延误了。商务舱的乘客们在休息室里闲适地等待，从下午等到晚上。她也在等待。和以往一样，她习惯在休息室里只喝水，偶尔拿一个苹果吃。休息室的一位服务员竟然记得她，加上她待人又和善，于是那位服务员专门按着她的偏好切了一大盘青苹果送来。她一边咬着酸涩的果实，一边翻着随身携带的一本袖珍画册。

周围的人们，大多结伴。有穿着西装去出差的，有衣着光鲜去度假的，有情侣依偎在一起的，有一家人相互照应的。她无意去细细了解他们脑海中浮现的事物。她从心底对自己坦白：在这样一个休息室里，旁人脑中所想的种种，大部分对她来说并不适宜，因为她感到了他们的愉悦。多么琐细、丰富的愉悦感啊！虽有烦恼夹杂其中，愉悦感却始终占着更大的比例。她因此有些落寞。别人的愉悦感传达给她时，她并不舒服。

她就是在那里看到了王蛟浔。

王蛟浔，与她一样年轻，却比她更美丽，更诱人，然而身上却没有散发出太多的愉悦感。

王蛟浔，有一张窄窄的脸，皮肤发光透亮，长眉的尖梢显出高傲的神气，一头染成栗色的长发编成鱼骨辫，发梢过腰。她有玲珑的身段，看起来她也懂得如何恰到好处地炫耀它——她穿浅蓝色的高腰牛仔裤，搭配一件本白底色的圆领 T 恤衫。这样简单的穿着已足以令旁人对她侧目。她那样青春，散发着活力。她不用多做些什么，已经是一种诱惑。

董回音就这么安静地打量着王蛟浔。凭着专业的敏感，她特意瞅了瞅王蛟浔 T 恤衫上的图案——丢勒所画的那只著名的兔子，兔毛的细节处理得根根分明。她于是忍不住想，这个女孩与艺术之间有何联系。她看到女孩脑海中闪过一些物件：巨大的琴盒、原色纸包装的琴弦、松香。还有，大提琴琴身上的清漆在阳光下的反光。啊，一个拉大提琴的女孩！这个女孩，开始接电话，先是绷着脸，而后又蹙着眉。她在接情人的电话吗？是情人吗？"情人"这个词合适吗？董回音被女孩的存在死死地攫住，她饥渴地观看着女孩。她看到女孩的情人，电话那边的男人的形象借由女孩传递过来：一个高大强壮的男人，一个朴素干净的男人，一个手持画笔寻找油画刮刀的男人，却也是，一个在美甲店为女人们涂指甲的男人……

他人的故事就这么展开在董回音眼前，与此前无数个故事一样，却又不一样。她对一些事的认识会由此而改变，她会做出一些致命的行为，她从此会依靠某些新的渴望而活下去。她将会为什么而哭泣，为什么而挣扎，在那时，已经不是她可以选择的了。

看起来，是这样的吧？她被那女孩吸引，最终，她其实是被那女孩的情人——那个画画的男人所吸引。那男人用在美甲店打工所挣的钱为女孩购买商务舱的机票，支付这一趟意大利美妙之旅的全部费用。但这份付出，似乎只是勉强够得上女孩对生活的基本要求。

你永远无法知道一个人的全部。有时你捡到一把钥匙，你能用它打开某个人藏在心里的一个箱子。但实际上，一个人的身体里有很多个箱子，有一些，你永远都打不开。而有时，你会忽然打开一个你自己不曾想到过的箱子，这就能解释你为什么觉得某个曾经看似正常的人，或者某件在其他时刻被认为寻常的事，在某一天变得很不一样。你只是打开了一个新的箱子而已。

她看到那个男人的精神中乐天与自虐两种鲜明的性格合在一起，成为一种气体弥漫开。这种气体也许能毒害一个人吧！那拉大提琴的女孩，以不自知的方式给董回音展示了一个男人为了爱可以牺牲什么。

烟，很多烟，很多廉价的香烟。还有，被挤得扁平的颜料管、裂口的调色盘、开胶的二手画册、过时的电子设备。这是与那男人相关的物。

首饰，铂金首饰，镶嵌碧玺石的铂金首饰。还有，丹麦产的琴弦、法国产的香水、意大利产的香薰蜡烛、塔斯马尼亚胡椒地面清洁剂、大马士革玫瑰熨衣液。这是与那女孩相关的物。

一个人付出那么多只为了让另一个人活得奢侈。这里的羁绊，是迷恋吗，是爱情吗？董回音被震慑了。

在她看来，这里有一个能杀死人的悖论：如果一个人的奢侈是通过另一个人的贫穷来维持的，那么这份奢侈本身就不是奢侈了，其本质仍是贫穷。尤其，当你的奢侈是通过你的情人、爱人的贫穷换来的，那么你就无法真的做到肆无忌惮地挥霍，你依然会在消费时小心翼翼，因为你摆脱不了负疚感。这种被牵制住手脚的"奢侈"毫无潇洒的姿态，也无法使你保有纯粹的享乐主义心态，因此"奢侈"本身的地位也岌岌可危了。

她想，自己对那女孩无意中提供的丰富的生活影像信息的解读，是基本正确的。那女孩的过度消费已经快将她的男人摧垮了。而那男人本有机会过一份单纯的艺术家的生活——如果那男人不那么执着于情爱的话。

董回音的注视让女孩警觉，但董回音注视中的理解和同情又像是一种悲悯的邀请，邀请女孩将自己的困境更多地袒露出来，交到董回音手中，由此走上一条指向更多明智的道路。

我们的欲望就算与贪婪息息相关，为了满足欲望而采取的行动其实也无所谓卑鄙或者可耻。现在许许多多的人对卑鄙和可耻的认识甚至都是模糊的，于是道德评判对人常常没有帮助。你无法用道德观去说服一个目标明确、执行力强的人停止前进。在奢侈这件事上，更加是这么一回事。

但是，为满足欲望所采取的行动，明智不明智是至关紧要的事。董回音那时候其实迫切地希望王蛟浔能明白这一点：不要从一个穷人身上榨取财富，因为财富不存在于穷人身上。你想要的东西，在另外一种人身上。

董回音在休息室里飞快地思考着王蛟浔的人生难题，她觉得自己的心被一种要帮人避免愚蠢行径的冲动所驱使。巧的是，她马上找到同王蛟浔搭话的时机——后者脑海里竟出现了董回音，原来，她在好奇董回音吃的青苹果来自哪儿，青苹果并不出现在休息室的任何一处餐吧里。

"苹果，从蛇那里来的。"董回音捏着一片青苹果，径直走向王蛟浔，贸然地对她说了这么一句玩笑话。

王蛟浔吓了一跳，觉得董回音像个女巫，能读出她心中想问却不好意思问的问题。当然，董回音可不想把她吓跑，于是马上笑了笑，告诉王蛟浔实情：青苹果是服务员专门送来的。

她们由此开始聊天，围绕各自的学业展开话题。王蛟浔与董回音同龄，刚刚从音乐学院管弦系毕业，对自己是否要走职业演奏道路尚在犹豫，对其他纷繁的艺术形式又似乎饶有兴趣。在这样的节骨眼上，她想要一场诗意的旅行，而意大利是她的不二选择。她们于是又谈论起意大利的名胜古迹，谈到兴头上，自然而然地交换了姓名。她们彼此夸赞，说对方的气质不俗，说对方的名字好听。

"他是个画家。"当提起自己的男朋友时，王蛟浔是这么说的。"他的画参加了今年的一个全国展。"也许是出于虚荣，王蛟浔马上又补充道。

"他叫什么？他画的什么？也许我能记起他的画呢！"董回音赶紧问，她对那男人明显充满了兴趣。

"马骁，他的作品叫《圆中人》。"

"我记得！"董回音惊呼，"作品的灵感来自达·芬奇的维特鲁威人。我记得那幅画。马骁把维特鲁威人的脸换成了达·芬奇的脸。他思考的是，到底人可不可以被重新设计一遍？人的性格、行为模式、精神追求，所有的一切，能不能通过人为设计去干预并彻底改变……我们，有可能是被宇宙中更高级的文明创造出来的吗？"

"你认真读了作品说明。"王蛟浔挺得意，甜美的笑容漾了出来。

"我不会去读每一个作品说明，但是我读了他的。"董回音兴奋地揪起自己的裙摆。

"我替他表达感谢。"

"你，喜欢维瓦尔第吗？"董回音突兀地转移了话题。她看到不远处的沙发椅上，坐着一位穿灰色圆领衫的大鼻子男人。他看起来挺年轻，圆脸上长着对醒目的浓眉。他自信的神情中有一丝与年龄不符的老成。

"我喜欢阿尔比诺尼。你喜欢维瓦尔第？"王蛟浔还没注意到大鼻子男人。

"坐在那边的那个男人，喜欢维瓦尔第。他和我们乘坐同一班飞机去罗马。他将住在罗马最舒适的酒店之一，哈斯勒。"董回音盯着大鼻子男人对王蛟浔说。

董回音最后几个重重的咬字，引来了男人的目光。董回音故意拉着王蛟浔去了洗手间。

"那男人在澳大利亚留学，学业结束没多久，我想应该是的，因为他还在回味毕业典礼。他接下来会做一份写字楼里的工作，而且，他将有自己的独立办公室……不知道是什么行业，但是他工作时会穿半饿驳领的西装。他品位不错，买过一款香水是……我好像认识那个牌子，法国的，字母 K 打头的……"董回音将自己的收获毫无保留地说出。

"你怎么知道这些？"王蛟浔瞪大了眼睛。

董回音顿了一下，说："我们都是猎人。"说完，她转过脸，喜忧参半地照了照镜子，看看自己苍白的面容。

"什么？"王蛟浔一脸疑惑。

"猎人，我们都在打猎，我刚刚才意识到，原来我也是个猎人。"董回音低下头。

关于特殊能力的事，董回音无意多说，因为这又涉及相信与不相信之间的永恒矛盾。她只知道，自己那关于猎人的论调是坦诚的。王蛟浔的猎物是能够提供奢侈的人，她的猎物是无法简单地被概括的一种人，或者，只是某个人。那位大鼻子男人，比起马骁，是更适合王蛟浔的人。而马骁，这位敢于牺牲的好情人、崇拜达·芬奇的年轻画家，是……也许……只是也许……是与她董回音合适的人……

啊，不要压抑了，对自己说实话吧！好吧，她喜欢他，她根本没接触过他就喜欢上了他。她觉得自己不需要接触他就可以喜欢他，因为她懂得他的苦难。有的人活着比别人痛苦许多，无论做什么、怎么做，都要比别人痛苦，这是命中注定的事吗？

怀着掠夺别人掌中之物的阴暗和帮助别人寻找更明智之路的慷慨，董回音向王蛟浔强调着眼前的机会是多么难得，犹如天启。

"我告诉你的，你可以不信，但是信不信你都可以试试，你别错过了。那个穿灰圆领衫的男人喜欢维瓦尔第，他收集维瓦尔第的作品，整套收集，黑胶盘。跟他聊这个，不会显得你刻意，只会让他觉得这种缘分不可思议。他会对你非常在意的。"董回音在化妆镜前激动地拉着王蛟浔的手说。

"你为什么要……告诉我？"王蛟浔迟疑地问。

"我爸说，人要做好事，人要做对的事。"她眨着眼睛，撒了半个谎。不，撒谎就是撒谎，没有什么半个。好吧，她撒谎了。

王蛟浔微微低头，没说话。她太犹豫了。她不断地想起马骁。她的选择关乎马骁的未来。

"要选对人。"董回音已经不在乎自己是否在恶意煽动着什么，她拍着王蛟浔的肩膀以示鼓励。

"选对人。"王蛟浔蓦地笑了一下。

水的声音，一定程度上能缓解孤独感。董回音在浴缸里伸伸腿，听着水的声音。水在冷却，她的大腿根部产生撕裂的痛感。她没有在自残，却有正在自残的感觉。回忆，是一种自残。她明白马骁为何要破坏自己的回忆了。回忆，太痛苦了。

三年前的机场休息室里，王蛟浔在董回音的设计下走向了一位姓邵的男人。后来在罗马，董回音悄悄跑到哈斯勒酒店的大堂，向前台打听那男人的姓名，打听到一半，她就看到王蛟浔和邵先生相伴的身影，于是便知道自己的作为起了多么大的效果。她毁了马骁的爱情。她并未因此而获得什么美好，她获得的是罪恶，她既没有勇气去将马骁当猎物一样捕获，也没有能力忽略这个人，从而继续自己的孤独旅程。她在自我憎恨中充满绝望。她不断割伤自己，然后不断清理伤口。她的生活可以分为伤口没愈合而不能泡澡的日子和伤口愈合了能泡澡的日子。伤口愈合的时候，她让自己长时间浸在水中，闭上眼睛，放弃幻想，体会煎熬。

有一天她意识到自己熬不下去了——她先是无法进行规律的学术研究，于是同导师商量，提出退学申请。接下来，她又发现自己无颜面对董真北，如果董真北问她，她对自己的人生都做了些什么，她如何回答？

"你还记得吗，一切从什么时候开始的？"此时此刻，董回音在浴缸里问自己。

问题的开始，就是问题的结束。问题的结束，必须回到问题开始的地方。她也许正在做一件对的事：到马骁身边，把一切问题解决。

马骁的问题，加上她自己的问题，就是一切问题。是这样吗？似乎是的。不然解决问题，不然在问题中毁灭。是这样吗？是的。

她的问题在马骁这个人身上。马骁，你是个好情人、好艺术家。是这样吗？是。她情不自禁地点着头，忽然间感到欣慰。她的问题本身的价值，不可被否认。她的问题是关于认识论、方法论、人性、情爱的重要问题。想到这里，她感到自己还是有指望的，是能做出什么一箭双雕的事来的，是能给父亲交代的，是能行善的，是能赎罪的……

三

历史在一个人的意识里被肆意删改，似乎不再受任何客观规律的束缚，被改得稀奇古怪、荒诞不经，然而它仍然通过一条路径保留了自身的真实面目——历史经验给个人留下的教育意义，这其中有人的理性作为基石，因此历史给个人留下的痕迹是涂抹不掉的。除非，除非这个人完全丧失了理性，完全陷入了疯狂。

但是怎么可能呢？马骁这样想着。他怎么可能允许自己完全丧失理性？无论遭遇了怎样的灾难，他还是要保持自己的理性，因为理性作为一种品格，是他最为重视的。理性是艺术创造的先决条件。一件艺术品，即使要处理一个表面上非常不合理、无法表达的题材，其表达一旦生成，就必定具有条理分明的安排。甚至，在最为狂放不羁的创作中，完全基于幻想的混乱创作状态也是不存在的。只要一件作品能被理解，那么它就是产生于理智的。

他怀着这种艺术观活着，逐渐认为他对记忆的改动也是理智的。他知道怎么改、改哪一部分。一切只为了他能继续活着，并且最终可以做他认为最重要的事。

改吧，继续改记忆吧！改记忆的时候，需要加入虚构。他有时候会想起王蛟浔，很偶尔的时候。但是他不去想她的面容，也不去想她的大提琴，他想她的声音，他想他们的对话。有些对话发生过，有些没有。渐渐地，他也分不清有过还是没有过。渐渐地，他也不在意对话的真实性了。他在意的，是那些对话带给他的感觉。他要让一个女人用声音鞭策他。不是任意一个女人的声音，而是她的声音。

他在想象中听到她的声音，会后背发冷，觉得她所言字字珠玑，一个重音或一个词语都具有危险的魅力。他听到她说："你现在不要去做那件事。我知道那件事对你很重要，但是我觉得你没准备好。你可能需要等我。等我也准备好了，我们可以一起做的。你难道没有意识到，你自己做，一直拖沓，拖到了现在，这说明你的计划是有问题的。问题也许在于，你强调要离开的是肉身，但我认为肉身和灵魂必须同时离开，不存在肉身离开而灵魂不移动。而你，还有一个麻烦，你没发现吗？那就是你的肉身跟你的灵魂根本不匹配。只有当你让这二者有一天融合在一起，你才能做到那重要的事。"

他在臆想中听到她这么说，感到刺骨的寒冷。她的话极其残酷，道出他的无能和缺陷。可她的话里又有些通融，她表达出了要等待他的意思呢！但她真的在等他吗？她真的说过这些话吗？他不记得了。离开。离开什么？到哪里去？他要做什么？他也不记得了。可是她的话，她的声音，听起来那么确凿，那么重要。她的话在提醒他，他的理性必须随时起作用。他要做好准备，去做更重要的事。他必须准备好。准备好，包含了要准备好被她审视。他在被她审视的过程中会被判定为一个极其有价值的人吗？她会因此而重新做出选择，不再弃他而去吗？他为何至今还如此重视她怎么看他？他的价值，全凭她的目光吗？还是，他只是怀着一种让事物恢复其应有的本来状态的冲动，而想在她的审视中表现得好，从而让一切回到正轨呢？正轨？正轨是他们还在一起吗？正轨是他总是要为了她牺牲更多吗？他还要去美甲店打工吗？

马骁一下子清醒了。他这才发现自己蜷缩在工作室地上堆叠的坐垫中。刚刚，他似乎睡了一觉。他站起来，找烟抽。"不会了，不会了，马骁，你不会去美甲店打工了。"他在心里对自己念叨着。看看眼前熟悉的工作室内景，他松了口气。他现在是装置艺术家了，他靠一身漂亮的本事安排自己的命运。他为自己做事，他为重要的事做准备，今后他的行为背后，只有他自己，才是最大的受惠者。

为了给自己提提神，他尽量去想客户的事。那些客户们，和某些故交相比，好像都不算是忘恩负义的人了。在与客户的关系中，他总能把对方积极、活跃的一面调动出来。是啊，因为他要使对方的心理活动具象化。客户们想要拥有的有形之物，是由内心剧烈的心理活动所逼迫出来的产物。然而大部分时候，客户们不愿意承认心里最诚实的想法和渴望，却要说一些反话来覆盖自己的本意。他这时就运用起他的招数来——让客户们觉得，将精神层面的经历小心地交给他，是安全的。他让客户们相信，他会妥帖对待那些脆弱的愿望。于是，人们就不知不觉把自己日间的思忖和夜间的梦魇，都交付给他了。

那这次的客户施先生呢？这位施先生，是个喜欢躲在暗处的人，连自己的真实姓名都不愿被人直呼。"医生"，这是施先生给自己起的代号。他有博士学位，但又觉得自称博士不怎么高雅，所以就戏称自己为"医生"。他为自己的幽默感得意，发过来的邮件讲究遣词，喜欢低调地炫耀自己的渊博。他是位量子物理研究员，在一个研究题目上耗了很多年的时间。他认为这种长期的时间投资是一种爱国行为，因为某一天他的研究结果所带来的贡献将不容小觑。他研究什么？与引力有关。他未曾多谈引力研究的事，他或许觉得不是他的同行，根本无法明白。所幸，他有能拿出来与不懂物理学的人分享的爱好。他喜欢瓦格纳的歌剧，也因此在电话里跟陆一舟闲聊过几句《罗恩格林》。陆一舟为故事的结局抱憾，他却觉得骑士的离开是圆满。

"骑士留在公主身边，无所事事地老去，那才可悲。况且，骑士如果留下，早晚有一天还是会因为对生活失去了新鲜感而想要离开。但那时，他恐怕已被乏味的生活喂饱，全身肥肉，变不成天鹅飞走了。"医生跟陆一舟讲起《罗恩格林》时，是这样的论调。

马骁不觉得医生有多么幽默，真正幽默的人不会因为恨一个人而要做一个人偶，真正幽默的人会把恨解构掉。但是幽默也与天赋相关，能解构恨的人，属于天赋异禀。现在，马骁要先进入这位医生的心理活动中去，试着让对方更加清楚地表述出自己的恨。

于是，马骁给医生打电话，鼓励对方来工作室面谈。医生不是很情愿。这是当然，有关这个客户性格中躲躲闪闪的特点，陆一舟早已抱怨过。马骁就是要让这种喜欢画地为牢的人不再那么严防死守。他在电话里告诉医生，他很喜欢之前的邮件里那个关于时间穿梭的冷笑话：一位成功研制出时间穿梭机的科学家以为自己在穿梭机的帮助下是全能的，却发现他要做的第一件事就是一个悖论——回到自己出生的时候，杀死自己。但如果曾经的他能够被杀死，那么就不会存在后来的他，也不可能发生后来的他去杀死从前的他这件事。于是，穿梭机还没被使用，科学家却被这个佯谬气得把穿梭机毁掉了。

"你为什么喜欢这个笑话？你觉得它很高级？"医生在电话里问。

"我觉得这个笑话的好笑在于科学家的愚蠢。科学家竟然没明白，这个佯谬存在于仍然把时间视为线性的这个条件中。他能制造穿梭机，却还活在线性时间里。"

医生的谈话欲被调动起来，他觉得马骁是可以对话的人。他说起对低等动物而言，时间的概念是不存在的。

"低等动物永远活在当下。"医生的嗓门提高了不少。

"那么低等动物活得很幸福嘛！人呢，就不幸了。人对未来的期盼中总有恐惧，对过去回首时总有遗憾。"马骁的声音也挺洪亮。

绕了几个圈子，他们终于开始讨论受伤的士兵、人偶的制作、人偶的材质和大小。

"我觉得你会很珍惜这件东西，所以，它不应该是易碎的，我们先用树脂做一个模型，然后看看怎么处理它。我们可以在树脂上低温镀镍，然后高温镀金。"马骁介绍起自己最熟稔的工艺。

"你为什么觉得我会很珍惜它？"医生却幽幽地反问。

"猜测，"马骁轻描淡写地说，"其实我主要在想，到底要不要镀金。"

"你总得凭着什么依据，才能觉得我会很珍惜它吧？"

"就凭你不在乎镀金的成本。"

"你又怎么知道我不在乎？"医生说话时，有几个不自然的颤音。

马骁故意不说话了。

恨有时是一个虚假的动作，为了掩饰藏在其背后的爱戴。因为爱，有时是不经济的、不带来利好的、无法实现的……种种原因，总之这时候，人出于自保，会不自觉地强调一种打破爱的念头——恨意。

"受伤的士兵，这主意我很欣赏，它有种伴随着优雅的不满。"马骁声音平静地对医生重新开了口。

"不满？"

"对，你现在好吗？"

"你说什么？"

"我问你的心情和状态。"

"别这么问。不要问我这种问题，我讨厌这种问题后面的事。当人们问你怎么样，如果你说了你遭遇的问题，他们也不会帮你解决。如果你不说，他们就会失望。"医生一下子敞开了心扉似的，虽然他在说话间依然时时出现颤音。

"为什么你觉得不会有人帮你？"

"他们要消费你的不幸福。他们诱惑你，让你说出你为什么不好，可绝不会真心提出帮你解决不幸福的方案。"

"也许根本没有那种方案。"

两个人都在电话里沉默了。

过了一会儿，马骁才说："看看我能不能解决你的问题，哪怕只解决一小部分。我们做这个人偶，让优雅与不满结合在一起。"

这一通电话打得还算有成效。马骁感到医生开始相信了，相信他马骁是个懂得别人苦楚的人。可是，医生还是没答应尽快来工作室面对马骁。这其实本可以成为马骁偶得的一份福利。他不需要付出与客户面谈的那些时间，而这个士兵人偶，医生会放心地交给他做。

他为何这么有自信？他就是有自信。他觉得刚刚说中了医生心里一个被压抑着的动机。这位自诩智慧并不愿被人发现自己软肋的科学家，把自己的真实意图进行了变形，把一些很沉重的情感寄托在一个人偶上，寄托在一件对解决现实问题毫无意义的道具上。这份可悲的心情本可以被马骁游刃有余地利用——马骁只需很少的时间和精力便能完成人偶。他的手艺活儿扎实可靠，即便没有付出情怀，最终成形的作品也会令对方获得一份短期的满足。

是的，短期的满足。以后的事，马骁不知道也不想知道。客户的以后，他为何要知道？

但他又颇有些矛盾：他想见这位科学家，想与之面对面地谈话，想亲眼看到对方如何暴露出自我企图摧毁的某种情感。他觉得这有吸引力。为什么他人的内心挣扎他会觉得有吸引力？因为他明白。他明白挣扎是什么。实际上，他不是觉得挣扎有意思，他是要在触碰、掌握，甚至把玩别人心里的那种挣扎时也让自己的心跟着痛一下。他虽心痛，但是在叹嗟别人的事。他站在了一个比别人高一点儿的台阶上体会心痛，他对自己的过往也就可以释怀一些了。

他这是怎么了？怎么又想到自己的过往？他厌恶自己对往事以这种方式去介意，介意到要使用什么复杂的手段来消释。可事实不就是如此吗？他心头总是惴惴不安。好像自从董回音出现之后，这种不安就一次次地侵袭他、干扰他。是啊，董回音，迫使他追忆过去的董回音，纠缠他的董回音，看不出是善还是恶的董回音。

不行，他不能再这么想下去。他得转移，得把一切心思都转移到客户身上，去想想客户的事。不愿见人的医生，脆弱的医生，挣扎着的医生。他得让医生对他有更多的信任，从而放心地、主动地来工作室见他。

想想他是怎么对其他客户的，就是让他们以为可以相信他，不仅相信他做的东西一定是好的，还有精神层面对他的高度信赖。有时候一瞬间的相信，可以导致一个人把一辈子的资源都扔在你身上呢！

一辈子？这个词怎么冒出来了？谁表示过要把一辈子交给他了？他是不是弄错了？与客户之间的来往，谁也没提到过一生这样长的时间。

也许有人与他探讨过什么是过渡。让我们过渡，从人生的一个阶段过渡到下一个阶段，从这一生过渡到另一生。过渡时会发生转变，更确切地说，会变形。天地万物，在过渡中变得那么彻底。巨兽变成了星球，石块和树木变成了人，海洋深处的一只龟变成了星辰。变形不一定要有规律和有序，内容变化的混乱反而使我们脱离危险。混乱给了我们自由发挥的余地，我们因此可以不被单一事件带来的灾难所摧残彻底。

对啊，我们可以变，由局内人变成局外人，由情人变成陌生人，由艺术家变成商贩，由思想者变成醉鬼。

就这样吧！让混乱与变形带来些许喜悦，或者带来比喜悦更神秘的感受。就这样吧！他要继续琢磨医生这个人，他得抓住对方的弱点，让对方完完全全地相信他。非如此不可。

四

第二天，接近中午的时候，工作室所谓的"全体工作人员"：马骁、陆一舟、董回音，先后到齐了。

马骁看起来一夜没睡，一脸倦容。董回音穿一条暗红色灯笼袖连衣裙，袖口有一排刻花纹的球形金色纽扣。马骁掠过她一眼，见她今天随意地披散着头发，穿了一双圆头平底单鞋。他忽然觉得，她这样就挺好，她还可以穿得再简单点儿，她那些花样百出的衣裙，对她天然拥有的美来说无关紧要。

等等，他怎么好像开始把董回音当个他感兴趣的女人来看了？他闭着眼睛抽烟，胸口起伏着，心里骂了自己两句，然后睁开眼睛，只见董回音打开随身带着的小本，不知正写着什么。

陆一舟跟往常一样，喜欢伴在董回音身边。他夸她的字好看，她于是就多说了几句："我上中学时学习不算好，考试成绩平平。我特别在乎我的字写得好不好看，拿到试卷的时候，我无法只是想着题目，经常写着写着就把注意力集中到怎么把字写得好看上去了。这也许是因为，我很小的时候我爸就总是叫我多写写字，不仅每个字要写得好，每行字也要写齐了。所以我后来一直很在意我的字是不是整齐。"

"哦！然后您就本末倒置了，光顾着字要好看，题目却没答好。可这也没影响您的前途。唉，不像我们这些人，哪怕只是在一个点上没努力，就难以得到什么。"陆一舟撇撇嘴。

"什么前途……"董回音也撇撇嘴，"你怎么不谴责我的懒惰？在那么多试卷和练习册上，有那么多红批提醒我还有很多东西没学会。可是那些好看的字，就挨着红批，让我好像看见了一些希望。我就觉得，不管我写出的答案正确与否，至少字是好看的。而且，写好看的字，这么简单的一件事，为什么不做呢？为什么不把重点转移到字本身呢？人就是这样，尤其年纪小的时候，会忍不住去选择一些偷懒、轻松的方式做事。"

"别说年纪小，年纪大了也是一样，偷懒的方式永远在诱惑我们。"陆一舟抓抓脑门。

董回音瞥了一眼陆一舟，说："别怪客观世界。有一天你还是得承认，你自己才是罪魁祸首。你难道没感觉到，戏剧创作本身就是与诱惑有关的毒药。戏剧中的英雄总是有神灵、贵人、美人相助。英雄们即使是在最孤独的时候，还可以把神灵召唤来。戏剧里，好像总是忽略了寂寞。"

"我跟你说，戏剧是虚构，戏剧的本质是故事停留在虚构的人类行为层面，不要过于相信。"陆一舟感到董回音在班门弄斧，不禁瞪起了眼睛。

"过于相信什么？"董回音扬起下巴，"诱惑能够被建立，在于虚构中依然有事实逻辑的成分，所以我们还是会信，我们也需要信一些东西。不论你的戏剧还是现实生活，都在要求我们辨别什么可信什么不可信。"

陆一舟侧过脸，显得不悦。片刻之后，他忽然问董回音："那我要是什么都不信呢？"

"什么都不信？这是一种原始的躲藏方式。如果你什么都不信，就会产生自我认知障碍，你与这个世界的连接就会出问题。时间长了，你会对自己不清不楚，而不是对别人不清不楚。"

陆一舟听了，觉得董回音所说不无道理，可还是想反驳她，然而嘴里吐出来的却是句莫名其妙的话："您这个富人啊！"

马骁听到陆一舟的感叹，走过来说："富人往往想探索和解决问题。穷人呢，倾向于选择放弃，因为他们对复杂的事情有所恐惧，害怕挑战。什么都不信，的确是一种消极的、放弃分析的做法。"

"你这是哪门子贫富分类法？反正你的意思是，我就是个穷人呗！"陆一舟瞪了瞪马骁。

"也不要被表象所迷惑了。行为浮在人格上面，行为又具有表现欲。所以说，有时行为模式只能在很小程度上说明一个人。"马骁语调平平地说。

"都是表演。"陆一舟不情愿地点了一下头。

忽然，马骁板起脸，盯住董回音，望着她的眉心问："盔甲的资料准备得怎么样了？"

董回音没被马骁的冷峻吓住，踌躇满志地说："我集中整理了16世纪西班牙国王腓力二世的阅兵盔甲细部装饰图案资料。半人半兽、仙女、双头鹰、狮子等，这些图案出现在盔甲的头盔、护肘、护膝位置。对了，还有盾牌，盾牌上有充分的空间，可以自由发挥，按客户的个人偏好加入各种图案。"

董回音给马骁带来了一个银色磨砂的移动硬盘，里面全是盔甲的资料。她的态度中有一丝不苟的认真和有尺有度的恭谦，马骁感觉到了。他一时间都觉得，她真是自己的同事了，便直接跟她说起眼下的难题："这次的客户有点儿清高，是个物理学家，总端着架子，一直没定下来面谈的时间。"

"这科学家准是个小心眼儿，看看他要做的东西，解恨的人偶……"陆一舟挤眉弄眼地说。

"他研究的课题是什么？超引力？弦？"董回音问马骁。

"你还挺懂，"马骁面无表情地瞅了她一眼，"我在网上查了查他，大概了解了一下，他研究引力异常。但是这很重要吗？重要的是他要表达的恨意。还是得分析他的情感，恨意和爱意，以及两者之间的转化。"马骁不自觉地叹了口气。

"分析他的情感需要进一步了解他。他在做什么，他做得好不好，都得知道。"董回音走近马骁，轻轻地说。

"他要是不愿意谈呢？"马骁问董回音。

董回音觉得马骁今天的目光比平时柔和些，她以为这里有求助的意味。而她想做的，不就是帮他吗？她于是把能想到的毫无保留地都讲给他："科学家往往认为只有科学家之间才能互相理解，那你就用别的科学家打动他。让他知道你也爱科学，你也爱科学家。跟他谈谈帕斯卡尔在从一次严重的事故中幸存之后开始寻找人类生命轨迹的偶然性的证明。你知道吗，帕斯卡尔觉得是克莉奥佩特拉鼻子的长度改变了罗马帝国的命运。不，不好，这个不好……还是跟他讲数学物理学家狄拉克吧，讲讲狄拉克害羞的性格……这个也不好，还是说玻尔兹曼，对，玻尔兹曼！玻尔兹曼悲喜无常，容易激动，不善与人对话。他研究力学，想通过力学证明时间是否有方向、时间是否真的一去不复返、时间到底可不可逆。玻尔兹曼的研究威胁到了牛顿经典力学，因此他被自己的助手和朋友批判。他在学术会议上屡屡遭到抨击。他智慧但不善言辞，说话啰唆声音又小……"

"这么具体的情景都出来了?"陆一舟见董回音说得如此绘声绘色，忍不住问了一句。

"我从科学名人传记那类书里面读到的，我没说这些一定是真的。"董回音瞥着陆一舟，歪了歪头。

"名人传记? 哦，您真是历史老师的女儿啊!"陆一舟撇了撇嘴。

"那么时间到底可不可逆?"马骁问。

"玻尔兹曼认为，在宇宙的某些区域，时间是可逆的。"董回音严正地望着马骁说。

"我想他没法证明。"马骁哼了一声。

"确实，他证明不了。再说，他是19世纪的科学家。"董回音无奈地摊开手。

"19世纪又怎样?"马骁眯起眼睛，"科技的局限使他无法证明吗? 也许这些只会推理和假设的人就没想过要对他们提出的理论进行实证。他们不负责给人希望，恰恰相反，他们带来新的困扰。那么，这个玻尔兹曼后来怎么样了?"他问到这里，忽地皱起眉，有一丝不好的预感。

"他自杀了。"董回音说，目光愣愣地。

"自杀? 为什么?"陆一舟抢先问道。

"他孤独。在学术上，人人都反对他。他孤军奋战，身体也越来越差。他弱视、哮喘、心绞痛、头痛……在20世纪最初的几年，他感到自己完全失去了创造性，也无力再对抗同行们对他的理论的攻击。我记得他活过了六十岁，对，他活过了六十岁。然而在他六十二岁那年，他在一间租住的屋子里，用一根绳子系在窗框的横木上，上吊自杀了。"董回音说完，不自觉地咬住嘴唇。

"那他后来复活了吗?"马骁问，口气挺庄重。

"没有，怎么了？"董回音半咬着嘴唇，反问马骁。

"他就这样死了，说明时间还是不可逆的。不能死而复生，这就是不可逆。"马骁歪了一下嘴。

"也许他以某种形式复活了，但是我们不知道。"董回音有些愤愤。她又扯着发梢说："而且，不要这样拿人开玩笑。"

马骁沉默了几秒，才说："我没想开玩笑。我刚刚正好在想你所说，也许那个玻尔兹曼正以另外一种形式活着，在宇宙的某个区域，但是我们无从知道。这种神秘主义的思维像这次的客户要做人偶一样。联想、交感、灵与肉之间的替换，这些可以被视为巫术，也可以被奉为科学。一个人偶代表了一个人，人偶如果被伤害，它所代表的那个人也就被伤害。一个人的偶像如同他的名字，也如同他的指甲和头发，都可被看作是那个人的象征。用针戳或用箭刺你的敌人的偶像，如同诅咒，意味着这个人也将遭受厄运。"

"骁儿，你这是泛灵论了，如果你真相信这个，小心把自己也折腾进去，那可就乱了套了。"陆一舟又咧着大嘴，似乎在嘲笑马骁的严肃。

"我没想什么泛灵论。在一个物件上寄托我们的情感，利用这个物件展开联想，这在心理学上是有意义的。因果概念和客体概念，都可以借由一件东西被现象化、具体化，人因此可以通过一件很小的东西得到充分的情绪释放。因为感觉的真实就是真实，感觉在瞬间能够代替现实！"马骁说到最后，声音格外浑厚。

董回音小心翼翼地觑看着马骁，看他说话富于激情的样子，她不插话，只是欣赏起他来。陆一舟显然不甘心被马骁的话完全影响，还想借机表现一下自己的才情，便聊起他熟知的例子来："你说的这个，让我想起让·热内的《女仆》。女仆把自己想象为女主人，当女仆喝下毒茶的时候，她感觉是女主人被毒死了。这种危险的主客体转换游戏，不能玩。我刚刚就说了，别把自己折腾进去。而且，说到自杀，咱们本来在聊回音说的那个什么科学家上吊的事儿呢！"

"对不起，是我说跑题了，应该说人偶的事，对不起。"董回音在一旁忙着道歉，她只想马骁继续说下去。

"现在的问题是让客户现身。"马骁再次感觉到董回音的认真，对她投去温和的目光。

"对，这样回音也能知道客户的不少秘密！"陆一舟笑着说。

马骁不自觉地点了几下头，而后，他自己都感到吃惊。陆一舟说出了他先前没意识到的事吗？他这么希望医生能来，其实是为了董回音吗？他希望看到董回音所具有的某种也许真的能够帮助人们对经验的意义进行体悟的、反自然的能力以优美的姿态发挥出来吗？他在同情她吗？不，他不觉得她是什么忍辱负重的苦命人，她的生活足够优越了。她命运的磕磕绊绊在他看来并不值得受到多么大的关怀，比她苦的人比比皆是。那么，他是在爱惜她吗？怎么会！他为什么要爱惜她？她凭着经济上的、才学上的一些优势恣意妄为！他厌恶她的许多行为，厌恶她总是对别人的事进行执拗的干预，厌恶她为何不能听凭事物顺其自然去发展呢？她很多时候根本不是行善，却是在行恶，因为她看到别人心底的深渊，然后把深渊细细描述出来，这会引得人恼羞成怒，不会令人感到宽慰。不是吗？这么一想，她不恶毒吗？可是，他为什么又觉得她是好的呢？他为什么又觉得她是被自己的智慧之芒反刺的智者？他为什么觉得她在可怕的负担下挣扎，而她多挣扎一天不是为了自己，却是为了别人？她看似消极的愁绪下总是包含一股热望——力求达到超越生命的最高积极性的愿望。这么说来，她堪比女神了？什么女神！她可是个拿着根玻璃柱来玩花样的骗子，她可是会拿王蛟浔的事来吊他的胃口呢！可是，为什么她又总能摆出一副正气凛然、不求回报的模样？

对她充满矛盾的分析让他觉得恐惧。他这样使劲地分析她，说明他在意她。他不能回避这个问题。是的，他在意。这不要紧，在意不说明什么，在意也不意味着喜欢。然而，只是这样吗？他完全不喜欢她吗？那为什么他对她萌发出了一点儿似乎颇为真挚的情感？

"知识、科学都治愈不了的创伤，还能被什么治好呢？"董回音望向马骁，她问他的这一刻，好像把他视为全能的、怀揣着某个超级难题答案的一个人。

"艺术……"马骁迟疑着说了出来。

"我想也是的！"董回音喊道，她恨不得抱住马骁的头，高声呼唤。然而她清清嗓子，抚抚胸口，放低了声音说："这就是为什么科学家以为自己的烦恼可以在一件人偶作品上被释放出去。这不是宣泄仇恨那么简单。他不会把人偶当作真人，他只是不由自主地进入了一份艺术构思中，在这份构思中他力图使自己的烦恼获得升华。但如果他错了呢？"

"我觉得他的想法有谬误，他用恨掩盖一些爱。"马骁的眼睛发亮。

"如果还有更多的谬误呢？如果不只是爱恨的混淆呢？你得让他来，马骁。你联系他，给他打电话或者发邮件，告诉他玻尔兹曼很痛苦，人们都很痛苦。因为即使宇宙无边无际充满了自由，人自身的局限也总是让人低头。时间不可逆，不是因为物理过程本身不可逆，而是人遵循物理过程的能力那么有限。在人生命本身的存在和维持生命所必需的生物过程中，不可逆过程起着主导和基本的作用。所以，人总免不了感到自己渺小，也因此常常会认输，认为自己做不到这个，做不到那个。有时候，什么样的特异功能都拯救不了一个人。相反，拥有特异功能容易变成行恶的前提。"

"你不要说自己行恶。"马骁脱口而出。他不明白董回音为何能晓喻他心中所想。他刚才不正想关于她行恶的事吗？只是巧合罢了。他暗暗告诉自己。

"我不会……"董回音靠近马骁。她的脸离他的脸很近。她嗅了嗅他气息中的烟草味。然后，她很是自觉地慢慢后退，收敛了所有的情怀。

她转身去找陆一舟，站到他旁边，继而又开始在笔记本上写写画画。

"今天你们之间好像有点儿火花。"陆一舟凑近董回音悄声说。

"火花……不是早该有了吗？如今才有，有些晚。"董回音的语气很重，带着像随时要离开这个世界一样的凄惨语调。

"尚不算晚。"陆一舟拍拍她的手。她的手白得吓人，指节处少肉，手指瘦削得不那么柔美。陆一舟叹了口气。他不是心疼她，而是羡慕她。他羡慕她的异常，羡慕她生来不同，羡慕她的种种。唉，他真羡慕啊！

不远处，马骁点烟的声音响起来。他还是那样，抽着烟，表情不冷不热。董回音偷瞄了瞄马骁，觉得他刚刚的温柔一晃就不见了。还是说，她对他产生了错觉，以为他表现出了什么亲近她的意思？天哪！这真难！为什么想要跟他产生一种令人心安的、根本性的联系那么难？可她还能奢望什么呢？难道他们之间会产生男女之情吗？不可能的！董回音想着，垂下头，闭了闭眼睛。

"我想医生会来的，别担心。"陆一舟眼见董回音一脸的不痛快，便说了句算是哄她的话。实际上，他对医生的到来完全没有预感和把握。

"是吗？我还是怕他不来。"董回音低语道。

"您这么特别，没有那位医生来，也还会有别的医生来。总会有人奔着您这边儿来。"陆一舟挠挠头，音调怪怪地说。

五

"医生"来的那天，没有按照约定的时间到达工作室。他早上八点就到了，比他自己说好的时间提前了足足有三个小时。马骁自然是在工作室的。陆一舟还没有来上班。董回音竟像有先见之明似的，一早就来了，因此赶上了见这位有博士头衔的客户。

医生看起来比马骁大个几岁，留着过耳鬓的头发，发丝并不洁净，但还算是仔细梳理过了。他一双小眼睛，目光并没有人们想象中物理学家的那种机敏。他的嘴唇颜色很淡，几乎看不清嘴唇的形状。他的眉毛也是一样，清清淡淡，没有明显的眉形。总之，他可以说是一个样貌不出众的人。当然，马骁不在乎他的外表。

医生的衣着比起他的相貌要复杂许多，他是个很在乎打扮的人：他穿白底色上黑色与蓝色交织的细格纹衬衫，衬衫外面套了件薄薄的灰色细羊毛针织开衫，开衫上的黑色大牛角扣被整整齐齐地扣上。一条深米色的细灯芯绒裤，上面有一块看起来难以洗去的陈年污渍。不过，那印记不明显，不仔细看看不出来。然而马骁和董回音还是看出来了，他们不约而同地悄悄打量起医生，从他的头发看到他的鞋袜。医生穿了一双没有鞋带的咖啡色乐福鞋，鞋挺新，白色的橡胶鞋底一点儿也不显脏。他配了双深蓝色与暗红色相间的彩色条纹袜子，袜子紧紧裹住他那细瘦如小女孩般的脚踝。

"我想要杯温水。"医生自己选了把软垫椅坐好，正好是董回音这几天常坐的那把。他看起来有些发冷，可他明明穿得比谁都多。

"很抱歉，我们只有常温矿泉水。或者您可以等等，我叫附近的咖啡店送热饮过来。"董回音说着，先把一瓶矿泉水递到医生手里。

医生注视着董回音。他被她吸引了。董回音这天穿了一条深蓝色底双绉长袖连衣裙，裙上印着细碎的小朵白花。裙子的袖口、领口和裙摆处有黑色丝绒的绲边。她穿了一双黑色尖头翻皮高跟鞋，鞋面上有别致的双蝴蝶结饰扣。她把头发梳成马尾，脖颈上一条镶嵌着黑色玛瑙石和小颗钻石的短项链分外夺目。

"您是设计师?"医生盯着董回音看，毫不避讳。

董回音还没说话，马骁就替她回答了："她是。"

董回音不排斥这样的谎言，反而感到欣慰。她坐到医生对面，投去鼓励的目光，说："您不用只限于人偶的想法，什么都可以说，什么都可能成为创作的灵感。"

医生的脸沉了下来："这就是当设计师的好处，什么都可以，什么都能帮助创作。但是研究就不一样。研究要论证，要不断地论证……我还以为你们真明白玻尔兹曼呢!"

"我不太懂玻尔兹曼，我承认，我也不太懂因果律。"董回音不介意医生的讽刺，对他坦言道。

"你还知道因果律?"医生一听，反而高看她一眼。

"我知道新生儿自谋杀是违反因果律的。"

"什么自谋杀?"医生假装听不懂。

"就是一个人想回到自己出生的时候，把刚刚出生的自己杀掉。这不可能，因为如果他能执行这起谋杀，那么他在婴儿期就该死掉了，就不会长成后来的他，就不可能有一个回到过去杀死自己的那个他存在。这一切都违背了因果律常识，即果起于因。而且，因果事件在空间上必须足够接近，以使它们之间发生因果性联系。可是，什么又是空间上足够接近呢……有时人们之间的距离近在咫尺却相互排斥。科学的概念对我来说常常显得含混不清，大概是我自己的理解出了问题。"董回音无奈地笑了一下。

"看来那封写了时间穿梭机笑话的邮件，第一读者恐怕是你。"医生不仅没失望，反而更倾注于她的言说。

"时间穿梭机? 我没读过那封邮件。我只知道哲学家哥德尔想象出的最耸人听闻的故事——新生儿自谋杀。"董回音实话实说。她没看过医生写的邮件，但是就在刚刚，她看到医生脑海中闪过库尔特·哥德尔的肖像。

"哥德尔首先是数学家。"医生瞪了瞪眼睛，纠正道。

董回音闷声不响，只是端详着医生。

"但是你知道吗，这种自谋杀也不是不可能。"医生被她看得心旌动摇，表现欲被激发起来，"比如，当那个人杀死了婴儿期的自己，同时产生了一个新的平行世界，在那个世界里他的存在不会与他的自谋杀冲突，他超越了线性时间轴。"

"可他在那个世界里会不会很孤独……"董回音歪着脑袋，像在沉思。

"会，"医生点点头，"他很孤独，因为他改变了历史，就不能回到原来的世界了，他必须从原来的世界里永远消失，那个世界里有他的归属，有他熟悉的事物，但是他为了完成自谋杀，就要孤独地在新世界里活着。"

"听一个物理学家亲口说这些，我觉得很幸运。我一直以为平行世界是伪科学，无法证实或证伪。"

"这不一定。再说，你不研究这个，就更无权谈论其真伪。"

"无论是否有平行世界，我还是担心。"

"担心什么？"医生不等董回音作答，就迫不及待地往下说，"多重世界的验证指日可待，只要量子计算机被造出来，就可以进行奇迹般的快速计算。你知道吗？量子计算机，它具有新奇的性质，比如一种量子并行机制，这对证明平行宇宙有至关重要的作用。算了，你不懂。"医生故意这么说，以为这样就能刺激董回音。他在感兴趣的人面前有了攻击性。他本能地感到，攻击，能使对方更注重自己。

"我担心平行世界即便被证明，个人的痛苦也依然存在。因为，如果我们的前行或后退，总是被别的东西主宰，那我们永远无法从根本上说明自己的优越性。"

"你想法很多，但你还是缺少系统的学习。"

董回音又不说话了，她仍然要观察他。她倾听他，感觉他，观看他。不，她是窥视他。只是他发现不了她在窥视他。她目睹他的经历，就像她曾经也在场。她进入他的经历，解读他的经历中事件之间的联系。但那些联系不是寻常的逻辑关系，而是她搭建出的一种与痛苦有关的思考。那些联系，甚至具有了诗意。

他曾经在全国顶尖的理工大学读书。他与其他同学一样，住进学校分配的四人间宿舍，但他住的那一间却只有三个人。这是幸运吗？这是因为他是拿奖学金进来的优等生吗？董回音不知道。啊，他的记忆中，与他同宿舍的另外两人，一个整日沉迷于电脑游戏，另一个……另一个，也是拿奖学金进来的少年。聪明的、高傲的少年，身量不高，有线条硬朗的脸庞，总是对人轻蔑地笑笑。医生，也就是如今这位近在眼前的科学家，那时候一次次默默地望向他的室友，他的同班同学，他崇敬的伙伴。

"为什么你们的四人间宿舍只住三个人？"董回音直接问出了口，声音很轻。

没想到医生听清楚了她说的每一个字，他竭力睁大他那双小小的眼睛，盯了她很久，才说："这是一个数学问题。一个班，一共三十一个男生，分配宿舍，每间宿舍四个人。"

"原来是这样，所以，总有一间宿舍会有三个人。"董回音反应很快。

医生使劲地看她。她这个人真奇怪，好像兼具蛊惑人心和镇定人心的能力。她似乎携带一种能使什么东西腐败的病菌，可是你很难说那种病菌是不是让人想躲避。人有的时候恰恰希望一些东西能被腐蚀。比如，过于天真的乐观。

他从前的乐观都去哪儿了？三十一个人，有一间宿舍只住三个人。少不少一个人，有没有更宽敞的空间其实无关紧要，和谁住在一起才是让他欣快的事。

那曾是何等幸运，令他心向往之却又惴惴不安，因为他离自己所崇拜的人太近了。他离得太近，以至于每天体会到自己与对方之间的差异。他看见一个他暂时不能与之并肩的人，那个人就在眼前，却让人难以真正地靠近。他无法将对方当作一个概念去进行理性的认识，更不可能去分辨对方身上每一个具体的特质。但是，他相信有一天，他能与对方并驾齐驱。

"他对你很有耐心，他给你讲一道题怎么解……你的小组作业是关于'薛定谔的猫'，他跟你讨论……他是在给你建议吗？他的表情……对着别人时显得虚伪，对着你时却不太一样，是这样吗？"董回音把自己从医生那里捕获的碎片化的记忆结合自己的猜测断断续续地说了出来。

医生不打算过多暴露自己的惊异。实际上，他觉得自己心里更多的还不是惊异，而是一种感动。他有感于一个他认为有魅力的女人竟然如此了解他的过往。他一阵心悸，想沉醉在感动之中，又不情愿把内心的波澜起伏昭示于众。然而，一股猛烈的情绪在他的纠结中乘虚而入，他抖抖腿，直接说起被自己视为隐私的事："他……是全班成绩最好的人。他的才能是高超的，与他相比，其他人都暗淡无光。"说完，他看看董回音。他觉得眼前的女人不可怕，她明白他在说谁，说什么。至于她为何知道，他认为这就好像量子纠缠般的信息传递。这种鬼魅而神奇的事就是会发生的。他是个物理学家，他可要好好享受这般奇遇，这类奇遇兴许只会发生在痴迷于科学研究的人身上呢！想到这里，他打开了话匣子，继续说："对于一个研究物理的人，不，我想，其实对于任何人来说，把数学学好是最重要的。你懂得数学，那么其他的都变得容易许多。他……他高中就是数学集训队的……我也是。但他的数学能力比我的更好。我们聊黑洞、超引力、弦理论，我们在自习室熬夜，一直熬到其他人都走光了……"他渐渐感到自己说话的速度跟不上大脑里不断闪回的画面。他感到无力。

"其他人都走光了，只剩下你们。你们把自习室的黑板写满了，全是方程式。"董回音及时地接上医生的话。

"对，他总是把黑板写满，"医生又抖了抖腿，音调骤然提高了，"写着写着，写出了我从未见过的东西。他想出了自己的理论，关于引力异常的理论。为了这个理论，我们需要编写一个电脑程序，因为手动计算根本不够用。你知道创建一个崭新理论的感觉吗？你想过物质，我就是在说物质，我在说我们周围的一切……物质，物质因何存在？物质的镜像——反物质与物质之间是平衡且等量的吗？宇宙中究竟是物质多还是反物质多？你知道如果两者等量存在的话，它们就会互相抵消，那什么都不会存在了吗？可你知道先前的物理学家们就物质在宇宙中占主导地位的原因还是无法解释得清吗？你知道在一片萎靡不振的科学研究的荒漠中，一阵飓风忽然席卷而来的感觉吗？飓风般的灵感把人带入云霄，使人的目光不再茫然，好像看到一片金光灿烂。生命力！生命力在洋溢，那样地生机盎然！"医生说得太动情了，脖颈都有些红了，但他忽然止住了话，像是沉入一种庄严的愉悦中，又像受到一种强烈痉挛的刺激。一时间，语言已显得苍白。他不想说话了。

董回音见状，又帮他续上了话："他那么优秀，所以你想望着他，你总在他背后望着他。他离开自习室的时候，你看着他在黑板上留下的粉笔字迹，手舞足蹈。"

"手舞足蹈……"医生发出低声的絮语，"因为我想起瓦格纳的歌剧……空灵的音乐，《尼伯龙根的指环》，被锁在荒山之顶昏睡的布伦希尔德被小铁匠齐格弗里德唤醒的时候，那是多么激动人心的时刻，光耀、圣洁、含情……"他想说"含情脉脉"，但及时住了口。

含情脉脉，这个词不合适。他那时的心境，是陶醉的、近乎病态的、高度紧张的、涌动如惊涛骇浪般的。他从一个人身上看到自己羡慕的高深莫测的学养，看到他不反感却认为理所当然的因博学而生出的自负。他放眼四周，不见有谁像这个人这般英俊又才智罕见，骄傲又努力勤勉。这个人，不满足于发现科学的奥秘，更要在科学的领域做出创造。这个人，不想屈从于那些已知的公理，而要修正它们。

多么美好。那些美好，如平静的水面，水面之下是深不见底的汪洋。无论水面和水底，都让他感觉到美丽。他的心被占满了。他因此也对自己更加苛刻，他一定要成为心灵上和才学上都更出众的人，为了能够使他不至于被所崇敬的人甩得太远。

董回音看到了，她看到了医生对那位同窗一次次投去的目光，看到他们书桌边的演算纸厚厚地摞起，将近一人高。她看到两个少年一起完成作业的时候，医生总是抿着嘴笑。她看到医生那位高傲的伙伴总穿灰色的连帽卫衣、深色牛仔裤、红色的高帮系带帆布鞋。她看到医生在演算纸的背面写下一个名字：张浩。他写了这个名字很多很多遍。

高傲的伙伴，原来叫张浩呀！一个普通的名字，被人悄悄写下并附上了诸多愿景。她看到张浩把一人高的演算纸推翻，红色的帆布鞋踩在上面，留下黑色的脚印。

"他推翻了什么？关于引力异常理论的创建需要他推翻什么吗？"董回音一下抓住医生的手，又马上松开。

医生被她迷住了，全然把她当作一个熟人。他觉得她那时也在场。她就在那里，她就在那些地方看过他，不对，是看过他们。医生于是脱口而出："你知道，平行世界不是在宇宙的某个遥远的地方，而是在我们身边！"

"是这样吗？"董回音的双眼流露出一丝悲悯。她看到计算机的黑屏以及张浩失去神气的面孔。她心有不忍，但还是说，"计算机在计算过程中忽然死机了。然后……你们又试了很多次。可计算机总是死机，对吗？"

医生屏住呼吸。他目光失焦，十指弯曲，轻轻地回应："我们很接近了……但是计算机不断死机。我们很接近了……他很接近了。"

"然后……"董回音想想，没有马上再说什么。她又看到了其他一些与演算无关的画面：一个女孩，一个喜欢穿超短裤、小个头、大眼睛的女孩牵着张浩的手。他们好快乐。他们一起骑车，一起出现在学校的食堂、网球场、大礼堂门前的花园、图书馆一层的咖啡厅。他们嬉笑，他们拥吻。医生还是那个望着别人背影的医生，只是，他要望着一对人，而不是张浩一个人了。

"你一个人……"董回音一时找不出合适的词来。她顿了顿，才生硬地说，"做你想做的事，学会一个人做。"

"我喜欢瓦格纳，"科学家的声调古怪，"瓦格纳的歌剧里总是表达人对忠诚的渴望。然而要抒发这种渴望，就要描写背叛。"

"背叛，没错，比如《特里斯坦和伊索尔德》！"陆一舟的声音唐突地响起。

董回音和医生同时转头，只见陆一舟咧着嘴走过来，像平常一样凑到董回音身边。也许是感到与董回音之间不可思议的沟通被陆一舟的介入破坏了，医生感到不适，甚至气愤。他别过脸，不看任何人，腿又抖了起来。

马骁注意到医生的小动作，他于是抱着笔记本电脑走过来，给医生看盔甲和骑士剑的细节图，想以此缓解对方的不悦。人偶的材质，尺寸，需要什么时候完工等，马骁面无表情地抛给医生这些不带情感色彩的问题。

医生心生厌烦，竟忽然表示，他今天不想谈了。

没人能留住医生，即使董回音清他再坐一会儿。

"他只是被爱和恨折磨得够呛，得歇歇。不过，现在对于他做人偶的动机，我了解更深了。"马骁在医生离开之后对董回音说。

"为什么一定要做人偶？人偶疗愈不了他心里的伤。"董回音捋了捋马尾辫。

"咱们的工作是为了疗愈别人心里的伤吗?"马骁歪嘴笑笑。

董回音低下头，心里窃喜。她喜欢马骁用"咱们"这样的字眼。陆一舟当然也听到了这个字眼，他拧着眉毛，脸上挂着明显的不愉快。

"《特里斯坦和伊索尔德》，您听过吧?"陆一舟问董回音。他想找点儿让自己能发挥特长的话题。

"你想聊关于背叛的情节？别聊了，"董回音不看陆一舟，"现实中的背叛已经太多了。"

六

董回音在酒店一层的西餐厅等陆一舟的时候，并不盼望他快些来。

由于知道西餐厅总是把空调的温度调得很低，她穿了一条黑色薄绒中袖连衣裙，领口和袖口处有黑色蕾丝装饰，需要细看才能看清蕾丝的面积和做工的精致。然而再精致的蕾丝，有时贴在皮肉上，都令人难受。特别是，当你有心结的时候。

西餐厅将大餐桌区与小餐桌区用红木和玻璃制的屏风分隔开。小餐桌区的人多，热闹。而董回音选了大餐桌区，她一个人坐在一张大圆桌边，看着对面墙壁上的一幅画。她认出那是安东尼·奥姆拉多创作的油画。这幅画也许是复制品，不过到底是不是，她不感兴趣。画中既没有人也没有物，只有一片片灰与金黄色的油彩。西餐厅的墙壁，是一种独特的灰白色。这种灰白色不会显得过于寡淡，与之相反，灰色仿佛变色轮，在变换的灯光和窗外自然光的映照下，灰色改变着自身颜色的纯度与明度，与周围的环境融合。奥姆拉多画中的灰色调与餐厅墙壁中的灰色调和谐并置，彼此呼应。她又意识到，餐桌上的烛台是银灰色的，餐布是灰褐色的。这一切精心的搭配真的给人提供了适宜感吗？她此时真想跟马骁讨论这些。她真想跟他说话。

她按捺不住了，用手机拍了几张餐厅的照片发给马骁，又给他写了很长的信息，说起灰色调的搭配这回事。

没想到，马骁一个电话打过来了。

"灰色如果玩好了，的确可以非常有生气。你知道有一家涂料公司叫宣伟吗？他们出品了一种灰叫多利安灰。设计师在运用灰色的时候要特别有耐心，眼神也得好。正如你发现的，光照对灰色的影响极大，既可以使其变成冷色也可以使其变成暖色。因此设计师用灰色时需要反复检测不同灰色在不同灯光下呈现出的色调。但是，把这套东西玩得再熟，我也无法从中获得喜悦，尤其当你跟我说的是什么餐厅、烛台、餐布这些的时候。对美的专注最终沦为给人的优质生活做一份担保。设计者一丝不苟的工作态度能够获得更多的合约，却逐渐离美的规则越来越远。美只停留在视觉上了。当然，市场还要别的什么？视觉就够了。市场只要一种浮于表面的、对顺应时代的设计风格的表达。"马骁用低沉的声音不紧不慢地说。

董回音默默地听着，只希望他能说更多。她相信他，即便她知道他在回忆这件事上从不诚实，但他却比别人更可信。这是为什么？

她暗示自己，不要执着于他的回忆了，有什么用呢？你得让人相信你，不论用什么方法。你让人不知不觉地相信你了，那么你回忆的真假其实也不重要了。再想想相信这件事吧！其他的人，他们经过训练，受过折磨，掌握了手段，他们已经被打磨过了。被打磨的东西看起来很漂亮——这里指的漂亮是说他们符合了这个世界的环境——这反倒让人觉得花哨而不可信。但是马骁呢，他好像一块原石，难以被打磨，虽说他受的折磨也不少了……总之，他导致她相信他了。他肯定不会想到，对她来说，他说的很多话，不只是声音，不只是语言，而是一种奇怪的组合。她觉得他的话像一种黏液。她不知道为什么，全世界仿佛只有他让她有这种感觉。她离不开这感觉，这也许是精神控制。

她这样想着，却一句话都没有告诉马骁。她怯于告诉他。她难受极了，因想到无法与他在精神上赤裸相对，想到他们之间的感觉很可能是非常不一样的，想到他根本不可能会喜欢她……她攥紧了手，心绪黯然。

马骁在电话里听着她长久的沉默，也不表示奇怪，只是不再说美与设计，而是跟她聊了聊医生的个人前史。

"人偶代表了医生极其爱戴的一个人，但是那个人……医生感觉那个人背叛了他。这不只是个人恩怨，这种背叛，也包括对科学的背叛，是广义的。"董回音说。

"好，那么人偶受伤的姿势我需要斟酌一下。是一个无力反击的士兵，还是从容就义的士兵，可以有好几种选择。"

"马骁，我在想，为什么非要做人偶？"

"基本概念是客户提出来的，我们只能在此基础上做适度的再创造。注意，要适度。而且，不做人偶，你想做什么？"

"人偶解决不了他的孤独。"

"什么都解决不了孤独。"

"也许，能解决呢？"

"那咱们现在也想不出来。"

马骁挂了电话。

"咱们"，马骁又说了这个词。这个词让董回音微微地感到满足。她的某个伤口得到了舒缓，可依然隐隐作痛。她还在痛着，陆一舟走过来了。董回音见到咧着大嘴的陆一舟，正要准备一沓现金出来，却被陆一舟止住了。

"别总把我当吸血鬼，"陆一舟的眉毛都竖起来了，"我是要请您吃饭的！"

董回音没把陆一舟的话当回事，她甚至不让他看菜单。她担心他对每一道菜后面的标价感到不自在，便自作主张为他点了法式鹅肝批和煎银鳕鱼，自己只要一份蔬菜汤和一块香橙杏仁蛋糕。

菜上得很快，这使他们免去了等待时互相客气的尴尬。

"那天在工作室，有些话还没说完呢！"陆一舟用叉子去叉鹅肝批，直接入口，只觉得又腻又咸。

董回音帮他用餐刀刮了一片鹅肝批涂抹到面包上，递给他的同时问道："关于《特里斯坦和伊索尔德》吧？你喜欢那个故事？"

"对，就是那个！"陆一舟挥了挥手肘，碰乱了刀叉和餐盘。他索性把餐盘一推，挺大声地说，"特里斯坦背叛了马克王，为什么？因为一个女人！一个女人来搅浑水！女人们，因为生物特性，看起来柔弱。其实呢，她们深知男人们缺了她们就不行。她们因此有了把柄，也因此学会了计谋。她们用计让比她们强壮的男人落入陷阱。在计谋中，女人羞辱男人，让他们被羞辱得服服帖帖，甚至以为这是一种乐子！"

"人与人之间的确有差异，但不要以性别将人做简单的区分。"董回音绷起脸说。

"就算不做区分……我想，您哪，成功地诱惑了骁儿。"陆一舟转了转眼珠。

"这怎么可能！"董回音由衷地叹道。

"怎么不可能？我都快成外人了！"

"我和马骁，就好像两种力量的相互抑制。在这样的关系中，诱惑这个词不存在，至少不准确。"

"只是您讨厌这个词罢了，不少人可喜欢这个词了。其实一个词没什么大不了，不管怎么说，我成了局外人，这种感觉是实实在在的。那天你们跟姓施的客户聊，有没有我，看来都无所谓。这敌我关系变得真快啊！之前骁儿还要提防您呢！"陆一舟咂巴了一下嘴。

"他现在也还是提防我。"董回音没好气地说。

"我可不这么看。他好像忘了从前被女人祸害过的事了。难道说，他把记忆给改了，记性也免不了受影响？他不懂得什么叫经验教训了吗？过去就是现在，不是吗？它也是未来。我们都在假装否认这一点，但生活不允许我们这样做。"陆一舟晃晃脑袋，念叨着。

"《进入黑夜的漫长旅程》中的台词。"董回音立即能知道陆一舟最后一句话的出处。

"对，尤金·奥尼尔的剧本里一个叫玛丽·蒂龙的角色说的。您有不一般的本事，就更能把我们这些男人当棋子了。"陆一舟说完，切了一大块鳕鱼，一口咽下肚。

"你应该多看看其他学科的书，"董回音皱了皱眉，"你会为自己的见地找到更多支持。过去总是被重演，时间的循环模式是古希腊宇宙学派的一个共同点。亚里士多德在《物理学》中就说过：'凡是具有天然运动和生死的，都有一个循环。'斯多葛学派的人也相信，宇宙总是重新开始，当星星回到它们的初始位置时。不断回返的观念甚至出现在现代数学里面，以活跃于19世纪的数学家庞加莱的名字来命名，叫'庞加莱循环'。我们大概会再见到同样的朋友，再和绝交的人相恋。这令人害怕，又令人期待。"

"那又如何？再见又如何？再见到从前的人，说什么？做什么？我们是不难再遇到谁，但我们忘不了人的禀性。一想到禀性，就会停止被感动。"陆一舟不用餐桌上叠得方方正正的餐布，只用手抹抹嘴，"跑题了，都说到什么科学家那儿去了。您可真敬业，您啊，和马骁真合适。"

董回音不理睬陆一舟的讥讽，她慢慢地喝汤，脑子里试图与陆一舟的愁苦接通。一说起女人，陆一舟就会想起一件事……董回音忽然不断地眨眼，又左右望望，她庆幸今天选的座位周围人不多，一点儿也不吵。

然而，陆一舟却罔顾事实，舔舔嘴唇说："看看用餐的人，真多，人没了热闹就活不下去吗？嘈杂……"他忽然支吾起来，董回音都快听不清他在说什么了。

看出来陆一舟心里有不爽，董回音于是不急着跟他对谈。她把汤喝了大半碗下去，用搭在腿上的餐布擦擦嘴角，然后说："一舟，讲讲你的嘈杂。"

"您不是能看见吗？"陆一舟哼笑了声。

"我们都有伤疤，可见的、不可见的。我的大腿上有很多可见的伤疤。我想听听女老师的事。"

"大腿的伤疤？您把这个说出来，为了交换我的伤心事？"陆一舟露出复杂的表情，惊讶的同时也有几分怜惜。

董回音点点头："还算公平吧？"

"您的伤疤是怎么来的？"他追问，觉得她有必要多说几句，不然可换不来他沉甸甸的往事。

"自己割的。"

"因为什么？"他瞪起眼睛。

"因为对自己感到愤怒。"

"对自己的挥霍无度感到愤怒？"

"不止，很多方面。"

"主要还是乱花钱这方面。"他故意要说句显得很无情的话。

"女老师和你，你们怎么了？"她扛住他的贬损，不接他的话茬，语调平和地只问自己想问的。

"为了这个故事您会付钱吗？"

"你要的话，我可以给。"她没什么表情，保持着平静。

"要赢您这样的人，就是得先不顾脸面。"他把大嘴一咧。

"钱我准备好了，你不用急，一会儿慢慢说。"她拍拍他的手背。

于是，他们把餐食吃得差不多了之后，十分有默契地去了行政酒廊。酒廊里安静得像个虚拟的太空舱。乐加维林十六年，陆一舟连着喝下两杯，面色微红，这才讲起女老师的事："这么多年，我感觉自己很分裂，两边都没什么进展。搞戏剧和挣钱，哪个都没做到，真是拜她所赐。当然，一开始我觉得她是伟大女神。她睿智、美艳、个子高高的、大胸脯，走路昂首阔步，脖子的肌肤胜雪。她喜欢穿显身材的那种鱼尾裙，腋下总夹着一个黑色活页笔记本，里面全是随时准备考倒我们的问题，什么某个剧第三幕第三场有几个人上场，或是某场戏里某个人拉了几次心爱姑娘的手。好多同学都愁死了，这些东西哪记得住！可这对我没什么，我不但记得住，还喜欢记。多有意思啊！一个小伙子，拉了三次姑娘的手，只有第三次拉住了。每一次谨小慎微的刻画，都激动人心。剧本多有意思啊，难道比不上打游戏和网络购物带给人的快感吗？好吧，也许很多人不这样觉得，可没关系啊！女老师和我，我们的感觉是一样的，这就行了。"

"你们有很多共同语言……"董回音带着一半的猜测说，"她给你们班布置了一个小品作业，她对你的作业很期待吧？她单独找你，给你辅导了很多次，希望你能做好。你……喜欢她的头发。你有一次……甚至已经把鼻尖凑到了她的发丝上，就那么一下，一个瞬间。"

"对，她的头发又细又软，是发黄的。我靠近她的头发，看到其中银白的发丝。岁月带来的痕迹让我更加喜欢她了。"陆一舟说着，抠了抠自己的鼻尖。

"那个小品作业呢？你喜欢还是不喜欢？不对，应该问，小品作业，你是为她而做的吗？"

"小品作业真是个笑话，"陆一舟摇摇头，"那是命题作业，叫《嘈杂》。这个命题源于我们第一次上她的课时，她说过的一句话：'有些人不是真的爱艺术，他们只爱艺术周围的嘈杂。'"

"我讨厌嘈杂，真的讨厌。"董回音闭了闭眼睛。

"我也是，唉！"陆一舟叹道。

"后来呢，小品剧本交上去了？看起来她夸了你？她读着你的剧本笑了？"

"是笑了……"陆一舟的声音有些哑，"那时候我还以为她欣赏我呢！我的故事很简单，是个寓言，关于一个要做心脏移植手术的富人，是个独幕戏。整个戏，就医生和富人两个角色。医生不断地告诉富人，有什么样的心脏可以移植给他。可富人呢，这个也嫌弃那个也嫌弃。孩子的心脏，他觉得太小。老人的心脏，他觉得已衰竭了。艺术家的心脏，他觉得使用过度。最后，有一个心脏，富人要了。那是银行家的心脏。因为富人觉得，银行家不用心。"

"银行家不用心？"董回音斜了斜眼睛，"女老师是不是当着全班同学的面夸了你的剧本？"

"对，在全班人面前，她夸我。我的虚荣心啊，那样地满足！"

"于是那个小品顺利地排演出来了？"

"是，非常顺利地排出来了。我还记得学校小剧场的灯光我并不满意，还记得当时做得有点儿糙的景片，但那都不影响整体。小品排得短小精悍、诙谐有趣。演出结束时，掌声一片。"

"嗯，你站在第一排中间的过道里，笑也不是，哭也不是，你是真的高兴吧？"

"是真的高兴，我以为我想要的都能得到了。要知道，我想要的不多。好好做几台戏，还有……"

"还想要女老师。"董回音长叹一口气，顿了顿，"你想要的，说不好多还是不多。"

"不多，"陆一舟一下子扯开了嗓门，"简直都太少了！我只想暗恋她，没想别的！"

董回音赶紧拍拍陆一舟的手背，她音调沉沉地说："可是……有一天你看到她下课之后，上了一辆赭石色的捷豹，车里坐着一个穿西装的短脖子中年男人。隔着前挡风玻璃，你看到他们拥吻。你诧异、惊愕又怀着冲动，但你无法真去做什么事。你也许还是太年轻了，不知道什么样的应对方式对自己有利。你无法把车拦下来把女老师带走，也无法在以后的课堂上装作一切如故。你大概就这样，懒懒散散地把大学剩下的时光耗过去了。"

"你知道女老师找的那个男人，那个开捷豹的，是什么人吗？"

"我无法确定……是个总要穿西装的人？"

"是个银行家！有些人不是真的爱艺术……看来，银行家真的爱艺术，谢谢女老师给我上了这一课！"陆一舟说着，胡乱地挥了挥手，一不小心打翻了一杯威士忌。

行政酒廊的侍者见怪不怪，把洒了酒水的桌面利索地收拾干净之后又端了一杯乐加维林十六年过来，还送了一杯温水。

陆一舟把威士忌和温水都喝光了，拍拍胸口，打了个嗝，粗声说道："所以啊，那个什么搞物理的科学家本应该跟我聊聊。关于要诅咒一个人，做一个人偶什么的。这种事，我多理解啊！"

"我不认为他需要人偶。"董回音冷静地向侍者要了一杯马提尼，然后又对陆一舟说，"他也不需要诅咒。不需要，都不需要。"

"那需要什么？"

董回音没有马上回答。等马提尼送过来，她抿了一口，才慢悠悠地说："认识。通过你自己，依靠你自己，去认识世界。浩瀚的宇宙中，有很多个与我们自己相连的部分等待去认识。"

七

　　没过两天，"医生"提出要到工作室来，不是来见别人，而是专门来见董回音。这一点并没让马骁和陆一舟感到意外，尤其是马骁。

　　"医生吃你那一套，"董回音与医生见面的当天早上，在工作室里，马骁抱着打开的笔记本电脑，走到董回音身边说，"他要见的是你，所以我让陆一舟今天不用来了。"

　　"噢。那么，你觉得医生不会吃你那一套？精神分析对他没用？"董回音斜睨着马骁问。

　　马骁不直接回答，却说："我给你们一个一对一的环境，到时候我也不会留在工作室。"

　　"为什么要这样？"

　　"我想我会得到一个好处。"

　　"是吗？那我用不用见他的时候还穿上次的那条裙子？"

　　"你把重点跑偏了，可别把心思都放在衣服上。"马骁不屑地看看她说。

　　董回音无意中瞥见了马骁笔记本电脑里一张打开的图片。

　　"15 世纪双手剑！"她惊呼。这不是她给他的资料，应该是他自己找的图。

　　"的确是。"

　　"这种剑与那种剑身宽扁的 12 世纪的骑士剑不同。双手剑最早出现在 15 世纪的瑞士，在 16 世纪普及了全欧洲。它的剑身长得吓人，从 160 厘米到 180 厘米不等，甚至有长达 180 厘米以上的。这意味着一个人的力气再大，也不得不用双手才能掌控它。这种剑无法佩在腰间，一般是扛在肩上。它的刃座上通常有三条血槽。"董回音扬着眉毛。有机会在马骁面前表现自己，她可来劲了。

"这种剑，是用来一击致命的。你喜欢？"马骁合上了电脑，问道。

她茫然地摇摇头："没什么喜欢不喜欢，我只是看过相关的书籍。"

"那你喜欢痛痛快快地死吗？"他贸然地问了这么一句。

她倒不怎么恼怒，只是瞪了他一眼，说："如果走到要自己选择结束生命的那一步，我希望能痛快点儿。缓慢，会让人反思自己的冲动。"

"是的，缓慢的死亡，在死前的最后一秒，你会想这到底是主动的选择还是被动的结果。"他淡淡地说完，提着电脑，往自己的工作台那边去了。

"你也跑偏了，说着说着，就说到了死。"她对着他的背影喊道。

"不算跑偏，士兵人偶要做成被刺死的样子。"他头也不回地说。

医生定的是那天下午来工作室。董回音没有回酒店换衣服，她当天穿了条领口和袖口有菱格纹刺绣的浅粉色宽松连衣裙，配一双裸色方头低跟鞋。她的头发没束，就那么披散着。

算着快到医生约定的见面时间了，马骁从附近的咖啡店叫了一份外卖：肉桂卷和热柠檬红茶。

茶点一送到工作室，马骁就准备走了，以便给医生和董回音留出单独相处的空间。董回音问马骁去哪儿，他称要去附近的书店转转，翻翻关于冷刃和盔甲的书。

"你还是要做人偶……"董回音皱皱眉，"真的不一定要做人偶……你不知道接下来会发生什么，你不能小看偶然性的作用。"

马骁不说话，他点了支烟，隔着一层烟雾看董回音。他把她当成一个来自彼岸的弦外之音还是一味不可缺少的复原之药？他什么时候这么看她了？她与王蛟浔之间说不清道不明的勾当难道随风而逝了吗？他对董回音的想法总在微妙地变来变去。他对她的敌视并未全然退去，可又时常感到她像一支由幻觉、痛苦、意志谱写出的曲子。他听到这样的曲子，仿佛能从噩梦中苏醒，回归一种单纯的情感，脱离对俗界的难以形容的厌恶。他的生命由此不用再一次次与现实的残忍斗争，而是被一种柔软的材料重塑，从而建立一个艺术家长久的风格。

艺术家？等等，他一个做手工活的，是不是异想天开了？当然不是！只是他与艺术的关系，他才不要让很多人知道！艺术，艺术家，在未来用大量的时间去做非常重要的、真正关于艺术的事……想到这些，他赶紧离开了工作室。让董回音去跟什么科学家对峙吧！让她去付出时间吧！她与那可怜的客户，谁也不比谁幸福，不正好能惺惺相惜嘛！

"医生"来的时候，穿着与上一次大致相同，只是换了一双更醒目的彩色袜子：三色的菱格纹拼贴在一起，脚踝处有个看着像土星的图案。

医生见工作室里准备了热茶，觉得自己受到了理应的待遇，坐姿便放松了许多。他开门见山地问董回音，他定制的人偶设计得如何了。

董回音先是顾左右而言他，聊红茶的分类和原产地。不过，没出十分钟，她还是严肃地谈起了正题："一次次伤害自己的朋友是一种基于唯乐原则的游戏吗？这真的让你得到宣泄了吗？穿红帆布鞋的男孩与那瘦瘦小小的大眼睛女孩在一起之后，他放弃引力异常的研究了吗？你感觉失去盟友了？盟友的背叛让你觉得他罪不可恕了？马骁正为你那受伤的士兵人偶设计一把剑，特别长，看着吓人，灵感来自15世纪的双手剑。其实，你还有一个选择——行刑剑。16世纪的德国行刑剑，是刽子手的专月剑。那种剑，长120多厘米，双刃，两边的刃都极其锋利，确保能迅速砍下人头。剑的末梢没有尖，是平的，因为那种剑不需要拿去刺人。你为什么不考虑人偶被断头的情形？"她说得累了，喘气都急促了。

"这种事，是你们设计师该考虑的。"医生抖着腿说，故意不去看董回音。

董回音知道医生在敷衍她。她看看他，看到他想起张浩的时候，依然把对方视为一表人才的俊杰。等一下，这里有没有什么画面存在马骁说过的光源或透视问题？然而，光源和透视的问题目前真的有那么重要吗？即使医生在张浩有了女朋友之后倍感落寞，但是他对张浩，是一种指向单一对象的恨吗？不是的，她一直觉得，不是这么简单的。

"关于那个女孩，你知道多少……"医生忽然抬头问她。

"她影响了你的那位伙伴。"

"是。女人，总会让男人离开正轨。"

"只是人与人的心灵不一样，人与人的心灵中存在着不同的东西，不同思想的集合产生了交集不一定是祸端。"

"可有些人不应与另一些人为伍。"

"这里有可靠的依据吗……"董回音垂着头，好像在问自己。

他们沉默了一会儿。两人各自皆有惆怅，惆怅相互传递，像一种共同语言。医生坐在董回音对面，与第一次一样，在她身边，他就觉得有种莫名的感动。无论有声无声，无论说不说话，他都感动。

还是董回音先开了口："为何要按照你伙伴的样子做一个人偶，然后让他被刺伤？你忘了课堂上你们在小组陈述中播放的那段视频了吗？你们一起制作的那段视频，视频里用一对骰子来模拟纠缠的光子，那两个骰子明明被放入两个完全遮光的盒子里，然而盒子打开时，骰子朝上的那面显示出的数字永远是一样的。"

"你知道那段视频？那是很久以前的事了，感觉已经过去了百年。"感动，深深的感动在医生心里翻涌。他甚至想拥抱一下董回音。

"我看到了，"董回音的眼睛睁得大大的，"我能看到那段视频。视频要表达什么？告诉我，请你告诉我，我听不到画面中的声音，只看到视频中的提示词。告诉我，那对纠缠的光子为何总是处于相同的状态？"

"首先我希望你能弄清楚什么是量子，什么是光子。量子是能表现出某物质或物理量特性的最小单元。1905 年，爱因斯坦把量子概念引进光的传播过程，提出'光量子'，也就是现在我们说的'光子'的概念。光子，是一定频率的光的基本能量单位。光子的距离可以非常遥远，置于宇宙的两端，如果宇宙存在端点的话……"医生说到这里，仰了仰头。他停顿了一会儿，用格外深沉的语气继续说，"那小组陈述，说的是量子纠缠。有一种假说，认为量子纠缠对的状态在它们诞生之初就确定了，也就是骰子朝上那一面的数字，早已确定，只是我们需要观察才会知道。也就是说，这对纠缠的量子之间是不需要沟通的，它们本来就一样。可还有一种解释是说，纠缠的量子对，好像有心灵感应的双胞胎。当两个量子诞生时，它们处于不确定的叠加态，也就是两个骰子都在不停地翻滚，它们朝上的那一面都在不断地变化，不断地、不断地变化。当我们开始观察的那一刻，量子的状态才被决定。也就是说，我们的双眼决定了量子的状态。可尽管我们的观察与量子的状态之间的关系不容忽视，然而每一个时刻，我说的是每一个时刻，纠缠的量子呈现出的状态都是一致的。就好比是，两个骰子朝上的那一面总是一样的。不论两个量子的距离有多远，甚至隔了数个光年，一个量子都可以感应到另一个量子的状态。一个量子被观察了，状态确定了，那么另一个量子立马会表现出同样的状态。这种量子间的感应，被薛定谔定义为量子纠缠。这听起来是不是像个骗局？但是，大量的实验已经证明，纠缠的量子间，这种感应确实存在。这种感应能够在瞬间跨越空间，传递信息的速度至少比光速快一万倍。"

听医生教学似的讲了这么多，董回音没有感到十分费解，而是点着头说："量子力学的创始人之一波尔说过，如果量子力学没有震撼到你，你一定还没有理解它。"

"是的，我认为真的是这样。"医生微微地笑了。可笑着笑着，他的嘴角忽地耷拉下来，简直一副要哭的表情。

董回音了解他心中的苦涩。她看到在医生的脑海里，张浩与大眼睛女孩一起，在塞满了纸箱的小办公室里。纸箱上放着吃剩的外卖盒饭和大桶碳酸饮料。办公室的一台电脑显示屏上，是花花绿绿的曲线。董回音认出那是股票K线图。

"后来呢？从量子纠缠到引力异常，后来怎么样了？"董回音轻声问。

"大学的实验室里正好在做一个核裂变的实验。发生了一件蹊跷的事：一个微粒消失得无影无踪。"

"对，我看到了……地下实验室，有一台机器……那叫什么？"

"粒子对撞机，在地下20米深处的实验室，"医生说着，眼睛里渐渐冒出些神采，"微粒的消失能够证明我们的理论，即我们身边存在一个人类肉眼不可见的空间，五维空间。这个维度非常微小，所以我们平常看不到它。"

"在实验的鼓舞下，你又开始进行演算了，为了这个五维空间的理论……演算纸越摆越高，到处都是演算纸，任何东西都可以成为演算纸：餐巾纸、书的封底，甚至沙发布……但是你一个人……只有你一个人在算了。"董回音扯了一下自己的发梢。

"是啊，我一个人。"医生长呼出一口气，"对于这本会惊世骇俗的研究，他选择了放弃。他跟女朋友去创业了。他们做了个小网站，玩电脑游戏的人可以在那个网站上进行游戏装备的交易。那网站后来被大公司收购了。他们赚了钱，把钱投到了股市上，然后，成了这个城市的新兴中产阶级。他们住进带楼梯的大房子，房前有个小花园。"

"这样一来，你那位伙伴对科研的放弃，不可以被当成一种自戕吗？虽然这话狠了点儿，可对你来说不是吗？他早以某种方式死了。"

"伙伴？"医生的声音一下子尖利起来，"别用这样的词了。而且，他没死，而是好好地活着。有些场景历历在目，好像刚刚发生过一样：他和那经济管理学院的女孩约会。他们甜甜蜜蜜地每天缠在一起。他数学上的才能浪费在了哄那女孩开心上，他帮那女孩做概率学的作业……那些简单的玩意儿，贝叶斯法则，哼……也许，他最后与那女孩一起研究K线，也是必然。"医生的腿又开始抖。

"你认为这里存在智力差别？你看不起那女孩？那你为什么不做那女孩的人偶？"

"她不配。她对我来说不算一个完全的对象，因为对象只有当我用心智构想时它才存在！"医生咬牙切齿地说。

"对象不能独立于有思维能力的人的心智而存在，你这是……观念论。"董回音犹豫着说，她不太记得她看过的某本科学史里的内容了。

"你还知道观念论？"医生认真地看着她。

"只是个概念，说出概念没什么。就像名字，名字能代表什么？就像影子，你的影子能代表你吗？你真的相信自己的影子被人踩一脚会导致恶果吗？还有人偶，以一个人的样子制作人偶，真的可以诅咒那个人吗？想想你的那些演算纸，想想你后来做的事。"董回音也认真地回望医生。

她又从医生的大脑里看到了许多：医生出现在实验室里，出现在粒子对撞机前。那些实验室总是坐落在偏僻的人烟稀少之地，在地下室或是山坡上。巨型的科学仪器，长度大于酒店大堂的正门出口，不，比那还要长得多。

"我一个人……一个人太久了，一个人……怎么做？"医生呢呢喃喃，心里有种要站起来靠向董回音的渴望。他想在这个不似寻常人类的对象身上获得力量，温暖的力量，能让他在寂寞中坚持行进的力量。然而，他却挪不动身体，只是僵在椅子上。

董回音反而站起来，走到医生身后，抚着他一侧的肩膀说："一件事能不能做和怎么做，你想过其中的区别吗？判断一件事能不能做，更需要花时间和勇气，你得想，可实行程度有多大呢？这一想也许需要花掉三年、五年、十年。而怎么做，可能只需要一两年。我是这样想的：很多人太自以为聪明了，对于能不能做这个问题，他们不要花时间去想，而是交给别人去想，等别人想好了，他们再去做。而前面的那件事太难了，能不能做，其实就是存不存在的问题。世界太大，未知太多，存在与不存在，谁敢轻易下定论？科学究竟是什么？不管是什么，我们必须研究科学，因为我们不能甘愿做那懒惰者。科学从不假定有科学家存在，科学是独立于试图研究它的科学家的实在。物理学本身就是一种实在，就算没有物理学家，物理也存在。"

"你说的这是实在论。"

"对。但我不是科学家，我只看过科学史。可你不一样，你是科学家。你不要一味地被观念论挟持了思想，如果那样就太可惜了。世界在人创生之前就存在，即使没有造物主，即使没有任何理性生物，世界也还会存在，这是自然的慷慨。一切已围绕在你周围。去找它们，去发现它们。第五维空间也好，平行时间也好，去探索它们，去告诉我们这些人，它们是实在的。"

"我……担心……"医生伸出手，想碰触董回音放在他肩膀上的手，却发现那只手已经收回去了。

"担心什么？担心你一个人做不到？担心失去伙伴？担心他的背叛让你充满了恨而无心致力于科研了吗？放弃那个人偶，然后你才能自由。"

"我恨他，我恨他的放弃！"医生的一只手，扼住了自己另一只手的手腕。

"别这么想，你去与大自然抗争吧！真正为难你的不是某个伙伴，而是永不可被认清的自然，是宇宙。"董回音说着，又去抚医生的肩膀。

"你的意思是，让自然引导我？"医生颤抖着双肩问道。

"让自然引导你飞舞。"

"自然喜欢跟人类开玩笑，有些理论可能本就无法在我有生之年得到验证。计算机的程序还是会一次次崩溃。"

"自然给了你光，还有那些明亮的恒星。"董回音落在医生肩上的手使了使劲。她从科学家的脑海中看到了天文望远镜、一长串字母组成的人名，还有一支点燃的蜡烛。

"给我讲讲那支蜡烛。为什么有一支蜡烛？"

医生的肩膀慢慢地不那么抖了，他等心口的气逐渐平顺下来，才说："Henrietta Swan Leavitt，一般翻译为亨丽爱塔·斯万·勒维特，一位女天文学家。在 20 世纪初，她发现某些恒星的实际亮度是可以预测的。通过测量恒星在照相底板上的亮度，就可以计算出它离我们有多远。而被测出的亮度，天文学家们称其为标准烛光。"

"多好听的名字，标准烛光。这就是自然，不论你是否能把恒星的亮度测准，自然都慷慨地给你光。为什么不跟着光跳舞呢？"

"我不会跳舞。"

"那就跟着光做智力体操。"

"你存在于几维空间里？"医生忽然侧过头，问她。

"你存在于几维空间？"她反问道。

他们都没有笑。也许他们不觉得这是玩笑，也许医生还在想着自己的烦恼。那烦恼像一只苍蝇绕着他，怎么也赶不走。这是董回音看到的医生脑中的图景。是苍蝇吧？不对，是一只蛾，还是别的什么？总之，是一只飞虫。

董回音没有说出飞虫的事，她还在想烛光。这是一个巧合还是一个必然？她想着烛光，竟发现医生脑中的图景变了：飞虫正在烛光旁飞舞。

这是真的吗？还是幻觉？

她深刻地意识到，当她观测对象的时候，自己也会被回望的。

八

要把马骁约到离工作室十公里远的一家灯具店，董回音并不是特别有把握。这里是比工作室更偏的郊区，位置更难找，人群更少。马骁，他会舍得花时间过来吗？

没想到，马骁还真来了。他先强调自己的时间不多，他来，完全是因为董回音声称，灯具店与医生的订单有关。

董回音那天穿了第一次与医生见面时穿的那条深蓝色底带碎花的双绉连衣裙。她一见到马骁，就笑着牵了一下他的手。马骁竟没抗拒她的亲昵。他眼睛往下看，看向董回音的裙摆。

"你喜欢这条裙子上黑丝绒绲边的设计？"董回音有些快意地问。

"是，但是别多想啊，我只欣赏裙子。"

"我知道，我从你大脑中的图像看出来了，你不自觉地回想起这条裙子上的黑色绲边。你还有救，你总有点儿回忆是真真切切的。"

马骁听了，赶紧把自己的手从董回音的手里抽出来，冷着脸说："有些芝麻粒般的小事会被你抓住，这没什么。"

董回音不顾马骁的冷淡，还是紧挨着他走路。走着走着，走到了他前面。

她把他领向了灯具店。

灯具店是个两层的独立建筑，它模仿了20世纪20年代的德国建筑风格：高地基与地面分离，楼梯在侧面，入口在对角线处。数根钢柱支起房屋，使墙体并不承重，因而在结构上是自由的。墙体构成的设计是蒙德里安式的，相互错落穿插，但是总体呈几何构图；一个长方形水池对着建筑的正立面。整个建筑的材质很讲究，使用了大理石、高级玻璃和玛瑙石。

走进店里，马骁看到一些由钢管和黑色皮质构成的扶手沙发。董回音告诉他，这些沙发不是供人坐的，而是价格不菲的摆设。

眼下，除了董回音和马骁，店里没有其他顾客。这是一家少有顾客光临也不稀罕有没有顾客光临的店。马骁问董回音这店里生意惨淡的缘由，她答道："我想，有的人开店不是为了做生意吧！"

　　不远处，一位身形瘦削的中年男人坐在一把白色矮脚软垫椅上翻书。他手边的黑漆小方桌上有一杯喝得快见底的酒。他方下巴，浓眉毛，单眼皮，花白的头发烫了烫，有点儿卷曲。他穿一件蓝灰色法式袖衬衫，一条灰褐色底的格纹西裤，配一双深蓝色布洛克皮鞋。见到董回音，他带着一种毫不造作又殷勤的笑，说道："好久不见啦！"

　　"不好意思，来得太少。"董回音不善寒暄，说完，不太自然地望望四周。

　　"要不要喝一杯？"中年男人没问董回音，而是问马骁。

　　"您还是喜欢喝雷司令，"董回音反而转过脸接了话茬，"我想借您的宝地找灵感，灵感找到了才能喝酒庆祝。"

　　马骁不愿闲聊，他见一楼净是些名贵的桌椅，于是问灯具都在哪儿。得知灯具集中展示在二楼，他立刻爬上去，要一看究竟。董回音很快也跟了上去。

　　二楼的墙体主要用玻璃构成，地面用灰色大理石，有一片特殊的隔墙还用了白色玛瑙石。

　　白色的枝形吊灯被铁链吊起，固定在一道刷了金漆的铁质细横梁上。缀满了梨形水晶的银色枝形吊灯，顶部镶了几圈彩色玻璃。以故意做旧的铁与木头为材质的古董枝形吊灯，灯柱上的铁锈被刷了清漆，显得更具光泽。

　　"这些东西那位老板想卖出去吗？还是就摆着自己欣赏？"马骁问董回音。

　　"我不知道，我只知道这是他妻子的店。他妻子，是位打扮得雍容华贵的丰满女人，年纪比他大一些。"

　　"你怎么知道的？用你的特殊方法？"

　　"对，用我的方法。"

　　"那他妻子呢，平时在哪儿？"

　　"在欧洲买水晶器皿吧！这个，是老板自己告诉我的。他妻子喜欢游逛欧洲。"

"那老板喜欢你。"马骁面无表情地说。

"是吗?"董回音瞪了他一眼。

"是,我是男人,我能感觉到。"马骁漠然地看看她。

"他有情人,和我的风格很不一样,是个喜欢穿紧身牛仔裤和露腰短上衣的短发女孩……"她喃喃地说。

"穿得不一样不见得长得不像。哎,他情人穿什么,这你又是怎么知道的?"

"用我的方法。"

"你的方法。"马骁大笑了几声,"你要是搞创作,肯定是个剽窃者。你偷看别人的东西,然后就抄过来,变成自己的东西。"

董回音不觉得马骁的话难听,反而静穆地想了想,回道:"我是一个剽窃者,这是我基因里携带的。基因是永远控制我的那个东西。但基因又是什么呢?一个更高于我们的文明送给我们的一套游戏纸牌吗?基因它好像有自己的思想。基因决定你能变成什么,不能变成什么,你是什么,不是什么,由它来选择。当脱氧核糖核酸在自组织的时候,它会不会为了省事,跳过了一些问题……有时候基因有点儿失控,是因为大脑太强,反过来控制基因了吗?"

"董回音,你又发疯了。"马骁学着董回音平时的样子,扯扯她的发梢,又跟她说,"还是谈工作吧,告诉我那个所谓科学家的痛苦前史。"

"跟女人有关。"

"毫无新意,"马骁神情鄙夷地说,"那他为什么不做一个女人的人偶?"

"我还是想劝你,别做人偶。男人、女人,都不需要被做成人偶。重要的不在于那些人。"

"这是他的意思?他让你告诉我他改主意了?他不做人偶了?"

"没有,他没说。只是我感觉到他的意思……人偶算什么……人偶太表面、太渺小……唉!"董回音哀叹了一声。

"我以为你只能看到别人大脑里的画面,想不到你还能感觉到别人的意图?算了吧,你不懂对普通人来说什么是重要的事。"马骁毫不客气地挖苦道。

"我们都有普通和不普通的时候。"她被他的话激得打了个哆嗦。然而她定定神,又说:"我其实还是想劝你,不要做人偶,应该去找光。"

"找光?所以你带我来灯具店?光哪里都有,为什么要费这个劲?"

"你来看件东西。"董回音拉着马骁走到一个深色橡木矮柜前。她打开柜门,拿出一个玻璃制的球形灯笼式吊灯。

"轻点儿拿,这玻璃很薄。"董回音把吊灯递给马骁。

"这是蚀刻玻璃。"马骁接过吊灯,眯起眼睛说。

"对。看到里面的烛台了吗?可以点三支蜡烛,是真正的蜡烛,不是现在那些蜡烛形状的电灯泡。当蜡烛点燃,真正的火光会引导我们。"

"为什么非要是蜡烛的光?"

"因为我看到一只飞虫,在烛火上飞啊飞。"

"那个科学家脑中的画面?"

"嗯,"董回音双眼炯炯有神,"你知道什么是烛火?什么是飞虫?别让我去辨识画面中的透视关系了,一个物体是物理意义上的还是心理意义上的,都要归于人类的心灵。归于心灵,就要有虚构,这你再清楚不过。人总要对感官材料进行一些抛弃。有些人抛弃的太多了,有些人又抛弃的太少了。在知觉与回忆的昏暗战场上,斗争总是没完没了。你真的以为你总能赢吗?赢了自己?赢了被情感所羁绊的自己?凭什么?凭人是理性的吗?你嘲笑过科学家吗?你嘲笑过他相信的那一大堆原始的、迷信的、粗陋的妄想吗?你嘲笑他的非理性吗?然而他关于人偶的那一大堆乱七八糟的巫术思想甚至也是具有一个系统的形式。因为如果理性是人类一切活动的固有特性,那么它就会存在于任何一个角落中,包括巫术文化。可你知道你和科学家最大的不同在哪里?是情感的表达,是表达对其他人和物的意见。这是勇气和激情。他表达他的希望与恐惧、空想与醒悟、烦恼和惊骇。对,这是他对这个世界的意见!为什么他的学术道路走得如此曲折?他明明看见并有能力认识一些其他人永远没有能力认识的东西,为什么到现在他还没有成功?计算机的问题?伙伴的问题?都不是。人是不断地与自身打交道,而不是在应付事物本身。一件事总不能实现有时不是坏事，因为思想的缓慢复杂过程延缓了事件的进展，这种延缓是自然、是宇宙在善意地警告人们提防表面上的迅速进步。快速成就，有时令我们心灵极度贫乏。从未有一个时代像现在这样使人在各个学科积累了如此丰富得令人震惊且仍然在不断增长的大量知识。科学家被这些丰富的材料所构成的迷宫包围，他需要的，是引导他走出迷宫的光。给他光，给他烛火，让他的思想缓慢地发散。烛火熄灭了，那就再点燃一支。继续有光，继续有思想的发散。人的力量与自然的力量这样相互尊重地合作。化解掉那些焦虑不安、无谓的爱恨交叠，不要分散自己的能量……专注于自己的判断。"

马骁全神贯注地听了董回音说的每一句话，他看到她的嘴在动，表情却像在沉思。

他先不作声，小心地把球形吊灯放回矮柜里，之后才问她："所以，科学家会接受灯笼而不再要一个人偶了？"

"灯笼，你就大胆做吧！"她的声音，少有地洪亮。

他被她的胸有成竹感染了，觉得她不是在信口开河，更不是要搅局，看他出洋相。他于是当即琢磨起灯笼的事来，摸摸下巴，说道："关于飞虫的设计，我可以用一个光敏感应器，安装在机械飞虫的身体里，这样蜡烛被点燃的时候，飞虫就开始飞舞。至于灯笼造型……"

"科学家的心灵还有伤，我们要给他一层保护壳，这样他就感到安全了。"董回音截住马骁的话，有些凄凉地说。

"你对人，有没必要的善。"他低语道。

"这利于你维护客户关系吗？"她没看他，而是直直地看着前方。

"有点儿用。不过我提醒你，自己也得有一层保护壳。"

董回音忽然扭头，注视着马骁。有那么一秒钟的时间，她看到一把琴弓从眼前一掠而过。这是谁的记忆？她自己的，还是马骁的？"保护壳"这个词，是一个启动按钮，调出了马骁的某些记忆吗？"弓要直，弓要直，弓要直……"董回音想起王蛟浔曾在机场休息室里跟她念叨过的话。她后来在罗马哈斯勒酒店的大堂里偷听到王蛟浔与那位姓邵的先生谈笑风生，说到拉大提琴的人，每天要跟自己念上几遍"弓要直"。

"马骁……"往事不堪回首，她不禁拽住身边人的袖口。

马骁面对她，伸出手，以一种少见的轻柔姿态去抚她的下巴。他的拇指停留在她的下巴上，说："别逼我赶你走。"

"好。"她知道他的意思，他是在要求她不要再试图读取他关于王蛟浔的那部分记忆。而她觉得，这要求并不过分。

"行，那么我要准备做灯笼了。"他的手从她下巴上移走了。

他手指的温度留了下来。她伸手，想自己摸摸下巴，又止住了。

那种温度里有愉悦也有痛苦。本来，愉悦和痛苦这些东西，毫无神秘感可言。它们这么明明白白，不像对人与物的喜欢与不喜欢，说不清道不明。董回音试图这样说服自己：对自己到底有多喜欢马骁这件事一而再再而三地提出疑问，太荒谬了，而且是平添烦恼。但是马骁让她痛苦还是快乐，这总该有个答案。可她至今没有获得答案。

由于马骁急着要回工作室开始着手灯笼的设计，董回音跟着他匆匆告别了灯具店老板。

临走前，董回音跟老板说了句："早点儿回家，你落了东西在卧室里。"

顾不上看老板的反应，董回音和马骁就迈出门去了。

"灯具店老板落了什么东西？"回工作室的路上，马骁问董回音。

"他情人的丝巾。"

"那恐怕是藏在潜意识里的念头吧！某些信号会启动这类念头，是什么呢？"马骁神情狡黠地说。

"可能是我吧，我长得有点儿像他的情人。"董回音低下头。

"这个我刚才就猜到了，你还不愿意承认。你呢，是会招很多人喜欢的。"马骁淡淡地说。片刻之后，他又问："你爱过吗？"

"可能吧，可能爱过。"

"什么叫可能？"

她不吭声了。

"也许你从未爱过。"马骁歪着嘴，似笑非笑。

第四章

一

　　"一件事能不能做和怎么做，你想过其中的区别吗？判断一件事能不能做，更需要花时间和勇气，你得想，可实行程度有多大呢？这一想也许需要花掉三年、五年、十年。"

　　马骁把为"医生"打造的灯笼完成时，想起了董回音的话。这些话，是董回音啰啰唆唆地在他耳边讲的。她还告诉他，她同"医生"也讲过一样的话。也许正是这样的语言，敲开了那位科学家的心门。

　　这个世界到底被哪些人掌握着，是那些想问题的人还是那些解决问题的人？按董回音所说，解决问题花不了几年时间。那么相比之下，去长久地考虑一件事能不能做的人岂不是更胜一筹？

　　这轻轻松松、不负责任地说出来的误导性言论，让马骁感到后脑勺发痛。他本可以把董回音的话抛到一边，权当没听过一样，可他却记住了。这些话在他脑子里回响不绝，且让他心里发窘。因为他有某些想做的事，某些要花大量时间去达成的事。他既要想能不能做，又要想怎么做。

　　他频频地思量是否能成功地实现那有关艺术的重要的事。并且，会不会有人因他的成功与否而后悔自己当初的选择呢？想到这里，他打了个冷战，心头像被冰水浇过一般。生命并不是一件多么好玩的装置，人根本没法把活着的目的只建立在享受上。也许有的人是的，但他做不到。况且，他就算要享受，也总在获得享受的手段方面有重重顾虑。

　　眼前的装置——一盏灯笼，医生会享受它吗？飞虫的轻盈、烛火的炙热，还有舞蹈。来来去去，上上下下，像梦一样擒住别人的舞蹈。为了使这个"梦"被保护得好，马骁做了一个亮蓝色的玻璃罩作为灯笼的主体，玻璃上有星星点点的微裂片纹。他故意在玻璃的配方中提高了碱的含量，使玻璃表面呈现出这种白斑。

"泛碱现象！"当董回音看到灯笼成品的时候，立刻下了判断，继而又问马骁："为什么要这么做？碱的含量过高会导致玻璃质地松脆。"

"你替那科学家担心这个？他看了成品的照片可是喜欢得不得了。泛碱现象在他看来像满天星辰。"马骁凝神看着自己的作品，又加了一句，"这正像他一心要探索的宇宙。"

"是啊，像宇宙。"董回音低语着。没过几秒钟，她感到遽然一阵震颤。她看到马骁脑中浮现出隐约可辨的影像：玻璃罩被砸得粉碎。

她望着他，犹豫地说："你对有一层保护壳这个想法心存……"她忽然闭紧了嘴唇。

"你说出来。"马骁盯着她的眼睛。

"你是不是心存愤恨？你觉得凭什么人要拥有一层保护壳？人活着就该时刻准备被伤害吧！"她说完，唇间嘘出轻叹。

他在想什么，被她看到了；他的心情，被她猜中了。他有些局促不安，屏住气，冷着脸说："我只想借这个机会实践一下康熙年间宫廷造办处的特殊玻璃配方。"

"这种配方存在缺陷。我记得没错的话，乾隆以后造办处开始修改配方，就是为了克服泛碱现象。"

"你书读得多呀！"他阴阳怪气地说。

"你不也是？"她斜睨着他。

"我是为了生存，为了工作。你呢？你看那么多东西大部分是为了享受。"

她眼下可没工夫去理会他的刻薄。因为，一把大提琴的弓忽地从她眼前掠过了。接着，还有巨大的琴盒显现出来。马骁不能自已地想起以前的事了吗？仿佛是的！她不说破，只是多愁善感起来。享受，这个词从马骁嘴里说出来显得刺耳又凄苦。她自认为懂得他的伤，于是在心里连连叹嗟。

浓重的阴影，黑压压的，像要把人吞没。她又看到他脑中出现大片的黑暗，这让她心绪难平，一时间竟分不清好歹，忍不住想要提王蛟浔。然而她还是克制住了自己，没有直言，而是聊起大提琴来："我在英国的报纸上读过一则新闻，说是有人想利用大提琴的琴盒偷运一个孩子。不过，警察很快就发现了。警察仅仅是观察到背琴盒的人走路的费力程度就判断出这其中有蹊跷。"

"一把大提琴十四斤左右，一个幼童可能二十几斤，差别并不十分巨大。而人走路的费力程度也不一定与负重直接相关。警察只是运气好。"马骁的面容，看起来很阴冷。

董回音真希望自己没说刚才那一通不知所云的闲话。说到底，她想谈王蛟浔，却又不直接谈，因为她心里感到一阵不对劲，对王蛟浔的羡忌总也消散不去。王蛟浔，怎么就能把马骁这样的人给魔住了？她看着自己的鞋尖，心有所烦，且烦的不止一件事：马骁对她时冷时热的态度，陆一舟那些令人打不起精神的恭维，英国的学业，父亲……好像有一张破渔网在她心里罩着。她无法纵情，也不能放声大哭，也开不了一个像样的玩笑。

"那科学家有个礼物给你。"马骁见董回音的苦脸，像有了恻隐之心，便说件好事给她听听。

"你怎么才告诉我？"

"东西太小，我都想不起来。"

"是什么？"

"没什么，就一张卡片。"

马骁爬到自己的工作台上，翻翻找找，从一摞快递信封里抽出来一张明信片大小的卡片。

"看着像自己打印的。"马骁爬下工作台，把卡片递给董回音。

卡片上是一束绿光，除此之外，别无他物。

"这是你们之间什么情感交流的暗号吗？"马骁冷笑着问。

"绿光……"董回音思忖着。

马骁还站在她身边。一瞬间，她转头看着他。她看到他在夜里不开灯的工作室，独自坐在电脑前查着什么。查着什么？她的手一哆嗦，卡片从手里掉了下来。

"你查我……"她的眼神并不惊恐，却很悲伤。

"我每天都要查很多人。"他淡定地说。

"你还想知道什么关于我的事?"

"没什么,"他慢悠悠地说,"你很安全。"

"噢。"她想了想,"你最近为什么不严防死守了?"

"什么?"

"你故意让我看到你在想什么……看到你真正在想什么。"

"我没故意。"他斩钉截铁地说。

"是吗?"她哼了哼气。

"我……不知道。"他胡言乱语地应道。说完,他从口袋里摸出烟,点上一支。

"你真没意思!"董回音轻轻跺了一下脚,"给我一支烟。"

"你抽什么烟? 真要抽,抽自己的。"他说完,叼着烟,转身爬上了自己的工作台。

董回音尴尬地站在原地,微微发抖。这世界上,有的事为什么就那么难呢? 她就不能被一个男人爱吗? 等等。爱? 什么东西? 这东西能给予自己的存在以一种绝对价值吗? 能吗? 不能啊! 可她总想着这件事干吗? 她低下头,看着掉在地上的卡片。一束绿光。她眼睛亮起来,捡起卡片,几乎想跳跃。她不顾自己穿着细跟的高跟鞋,好不容易爬上马骁的工作台,额头都冒出了一层细汗。

"我告诉你这卡片什么意思。"她喘着粗气,面颊微红。

"表白吗?"他吸着烟,一脸的不在乎。

"对,"她眨眨眼睛,"这是个漂亮的衍射光谱,绿光的波长在520纳米附近。520,就是五二零,你知道什么意思吧?"

"行啊,还是有人爱你的。"他不屑地笑了一声,"你看看卡片背面,还有字呢!"

她愣了一下,把卡片翻过来,只见上面一行工整如小学生练硬笔书法般的字迹:"一切,为了对科学的热爱!"

"多崇高的爱,比浅薄的男女之情高出去不知道多少了!"他故意调侃道。

她不说话，只觉得心冷得快要冻成了冰。她直接从他嘴里把烟拿过来，想自己抽一口，却最终做不出这种她认为自损形象的事来。于是，她把烟递还到他嘴边。这动作有点儿暧昧。他的脸往后躲了躲，伸手接过烟，觉得她不失可爱。他用复杂的眼神看看她，轻声问："你被学校除名了？怎么了？你们学校艺术史系的博士生名单上，之前还有你的名字和研究课题，有一天忽然没有了。"

她一听，瞪着眼睛不吭声，求助般地看看他，似乎希望他别再往下说了。

"好吧，不说这个了。"他与她心有灵犀似的。

她感激地点了点头，忽然问他："你还觉得我是来骗你的吗？"

"我不知道。"他不看她。

"那我是来毁你的？"

"不知道。"他仍不看她。

他们互不言语了，四周一片寂静。良久，他才说："绿光的事又是从哪本书上读的？"

"记不清书名了，什么《科技百科事典》……大概是吧！反正是酒店房间书架上的一本书。行政套房的书架上装模作样地摆满了大开本的精装书。有《中国名园》《古钱币收藏与鉴赏》……"她撇撇嘴，无意说下去。

"阶层，这是对阶层性的愚蠢误解。住行政套房的人会看这些书吗？"他绷紧了脸。

"住行政套房的人，其实什么样的都有。的确，这里有些愚蠢的误解。"

"书架上还有什么书？有没有《防骗指南》之类的？"他歪嘴笑笑。

"不是谁都天天想着有人要来骗自己……"她声音微弱地说。

"也就你觉得没人要骗你。"

她像被他的话噎住一样，她发了一下呆，之后把话锋一转，说："也有客人留下的书。"

"你怎么知道是客人留下的？"

"各种公司的宣传手册、某某规划公司八十个精品项目选集之类的，我看就是客人自己留下的。我甚至还发现了一本'自由钟'精酿啤酒的册子。"她说完，嘴唇瑟瑟发抖。她说这个，简直就是自揭伤疤。

"你怎么还不去看你爸？因为不想让他知道你辍学了吗？"他见她都主动提起了"自由钟"，于是有什么话就直说了出来。其实，他对她这样说，心里也不是怀着绝对的恶意。

"我不知道。"她瞪了他一眼。

"'我不知道'这句话是挺好用的。"他抿抿嘴。他想到自己平常也没少说"我不知道"这类话，忽然觉得，他和她，还有些共同点的。他不由得去看她，看她那张苍白的瘦脸，仿佛见到了一件与王蛟浔有关的东西，这让他心绪纷繁。老实说，董回音这个人，很多方面的确是令他赞叹的……再说了，至今，她也没做什么把他伤得透不过气来的事，不是吗？

想到这里，他都觉得平日对她不够宽厚了。他于是低着头，不再看她。

而董回音呢，也许在刚才的对话中被马骁戳到了痛点，她表现出不愿久留的意思。末了，她连个借口也懒得找，只说想回酒店了。

"也好，她看着那么虚弱，那就早点休息吧。"马骁心想，怀着一点儿实在的怜惜。

董回音刚离开没多久，陆一舟出现了。他故意跟董回音错开来工作室的时间。在"医生"的那份订单里，大部分的工作都让他感到自己被排斥了。他又从马骁与董回音的相处中觉察出朦朦胧胧的暧昧气息，这让他意识到自己的处境未免尴尬。要是再赶上三个人在一起时，他一直插不进话，那感觉更是糟糕。因此他不大喜欢经常与马骁、董回音一同待在工作室里了。

"她怎么不在？"陆一舟假装失落地问。

"回酒店看书去了。"马骁随口一答。

"你怎么不去？去跟她探讨探讨专业问题不好吗？现在我越来越觉得你们是一伙儿的了，你之前居然还觉得我跟她是一伙儿的，想错了吧！"陆一舟挤眉弄眼地说。

"什么一伙儿不一伙儿，"马骁轻蔑地斜了一下眼睛，"一段关系的建立是需要时间的。我舍不得时间。"

"有时候建立关系也不需要多少时间。几分钟、几个小时……"陆一舟忽然眼珠转转，"你们现在关系不错，那你能花她的钱了吗？"

"我为什么要用她的钱？"

"现在有个新单子，最好赶紧买一台新的数控机床。"

"哪个新单子？过山车座椅那个吗？"

"对，就是过山车座椅，还粉红色的呢！"

"一个椅子而已，买什么新设备！"马骁没好气地说。

"你还想着在前女友面前保持风度，不靠别的女人呢！"陆一舟想让马骁难堪。他心里不舒坦，憋着无名怒火。他觉得自己在工作室的地位比从前低了。虽然他暗暗劝慰自己，他才不在乎在这里拥有什么地位呢！

马骁对陆一舟的讥讽无动于衷。他默默吸起一支烟，意在把陆一舟冷落一会儿。烟吸完了，他才问："你去董回音的酒店房间，看到她都读什么书？"

"太多了，就是那些美术啊，哲学啊，太多了。"陆一舟心不在焉地说。

"有没有不同寻常的？有没有跟文学、艺术、哲学无关的？"

"她不是也看科学的书嘛！"

"还有呢？"

"那我就想不起来了。"

"你好好想想。"

"我要是不想说呢？"陆一舟今天非得在谈话间占点儿上风才罢休。

"我知道，你不怕我辞了你。你从董回音那儿能挣到钱，可这钱能挣几天？你觉得还会有第二个董回音吗？有些人我们一生也就遇到那么一次。"

"哟，你是在说她不可多得吗？我看你还是喜欢上她了。"陆一舟的眼睛里闪过一道光，像是因捏住对方的什么把柄而有了快感。

"我没时间喜欢人。"马骁又点了一支烟。

"莎士比亚说过，爱比杀人重罪更难隐藏。"

"这是你瞎编的吧？"

"可能是……不对，我记得是谁教我的……"陆一舟突然间不说话了。女老师，他想起来了，这听起来的确像是编造出的名人名句，是女老师告诉他的！该死的，他怎么想起女老师来了！

"《君王论》！董回音看《君王论》！"陆一舟要强迫自己想点儿别的，总之，不能是女老师。

"她看《君王论》？这不会也是你瞎编的吧？"

"这我可没编！等我下次去赚她钱的时候，我帮你再看清楚点儿！你提醒我了，有些人以后可能遇不到了。钱，能赚就赚！"陆一舟狠狠地说。

二

　　董回音再次请陆一舟来酒店找她时，叮嘱他在上午十一点之前赶过来。

　　"酒店换了早餐厨师，他包的馄饨不错。"董回音在电话里特意说。

　　等陆一舟到了酒店的行政层餐厅，发现早餐的收餐时间是十点半，而眼下已经十点四十五分了。但是董回音依然叫厨师做了碗云吞叉烧面给陆一舟，她自己则吃了份煎蛋白卷，配香草烤蘑菇和樱桃番茄。

　　"看来您在这儿有特殊待遇。"陆一舟望着那位刚刚恭敬地把餐食端来的服务生说。

　　董回音的表情很麻木。她穿一条灰色裹身连衣裙，裙摆长及脚踝。她把餐巾布对折，平铺在膝上，无聊地用指甲在餐布上划来划去。

　　"骁儿最近总夸您，说您关于灯笼的那个想法绝了。"陆一舟想让董回音高兴点儿，便夸大其词地说。

　　"你不用说这些。"董回音一脸死灰，"你知道什么人最值得相信？就是你付了钱请他们为你服务的那些人。虽然他们的服务有好有坏，但基本上，他们不怎么骗你。"

　　"我没骗您。"陆一舟条件反射似的说了句。

　　"因为我在你身上也得花钱。"董回音看着餐巾布说。说完，她觉得自己这话说重了，赶紧补充道："我今天……有些事想说。我知道你会真心实意地听，对吧？当然，现金我准备好了。"

　　"说吧，我就是来听的。"陆一舟拿过自己面前的餐巾布，想文雅一番，用它擦嘴。然而那浆洗过的雪白的餐巾布，贴在嘴上的感觉可真难受，哪里有柔软的皮肤触感舒服。他到底还是把餐巾布扔到一边，用手背抹了抹嘴。

吃完早餐，董回音把陆一舟带回酒店房间。她斜倚在客厅的沙发上，拿过一个丝绒靠垫抱在怀里。陆一舟注意到沙发上有一本书，是马基雅维利的《君王论》。他窃喜，看来自己的记性还算不差。

　　董回音见陆一舟嘴角上扬，便凝视了他一会儿。然后，她伸手摸了摸那本《君王论》的黑色硬皮封面，问道："你跟马骁聊这本书了？你跟他说我看这本书？这有什么意义？他在乎吗？"

　　"您又知道了！他怎么不在乎？他对您越来越在乎！"陆一舟用着浮夸的语调，只为引起董回音强烈的反应。

　　他像看戏似的，等着瞧她露出渴念的神情。

　　然而，董回音今天消沉得很。她觉着陆一舟的话乏味极了，从中得不到一点儿宽慰。她出神地盯着那本《君王论》的封面，忽然问："我今天跟你说的话，你也会告诉他吗？"

　　"要是您愿意我告诉他，我肯定告诉他。"

　　她点点头，喃喃道："他竟然问我……爱过吗……"

　　"这么私密的事他都想知道。"陆一舟咧咧嘴。

　　"爱不等于……不等于什么……爱不等于称心。"董回音有点儿语无伦次。

　　"那是。"说到爱，陆一舟想起了女老师，一股沮丧翻涌上来。他抓抓脸，居然也像董回音一般语无伦次起来，"您……那个……要不然，说您的事吧！"

　　董回音抛掉靠垫，乱翻起《君王论》。她不看上面的字，好像只是为了听翻书的声音或是让双手不闲着似的。她一边翻书，一边低声细语地跟陆一舟讲起以前的事。

　　她二十一岁那年的冬天，从一位为她拔过三颗智齿的牙医那里弄了张假条，向学校请了假。

　　她去了纽约。她记得纽约市上西区七十七街的积雪没过了她的鞋面。街上湿漉漉的，狂风把行人的头发都吹得乱乱的。刺眼的阳光和黑压压的阴云总在一日之间反复交替着出现，让人感到迷幻。

　　为了美，即使下雪天，她也只是在羊驼绒大衣里穿条单薄的连衣裙，配过膝的长筒靴。

两天之后，她就患了重感冒，鼻塞、头痛、晕眩、咳嗽、耳鸣同时折磨着她，而她不觉得这些症状难以忍受。最难以忍受的，从来都是来自别人的记忆。

她住的酒店在七十七街的一家法式面包店附近。她在那里待了七天，每天的行程几乎一模一样：早起不吃早餐，只喝水，边喝水边翻几页书，再做几行笔记。然后出门，去法式面包店吃一块乳蛋饼。之后，乘出租车去大都会博物馆，在那里看画、记笔记。中午回酒店，吃一份烟肉三明治。简单的午饭后，步行到酒店对面的药店，买橙子味的止咳糖浆、小盒维生素软糖、一些五花八门的感冒药和止疼药。从药店出来，回酒店整理笔记。继续看书，再做更多的笔记。天黑时，打开床头柜上的收音机，调到古典音乐频道，把音量放大。然后开着浴室的门，伴着收音机里传来的音乐泡澡。泡完澡，淋浴，再把头发吹干。之后接着看书，做笔记。直到凌晨，喝几瓶盖的止咳糖浆，随意服几片止疼药和感冒药，试着睡一会儿觉，如果睡不着，就再去泡澡，听音乐，翻书，看笔记。

她就这样在全世界的人都来探奇、追梦和求生的大都市过了七天，主要是为了看拉图尔的一幅画——《算命者》。还有两周，她就得交那个学期末的一份美术评论作业，而她决定写《算命者》。

《算命者》以一种极冷静的方式刻画了欺骗。画中的五个人，都显得十分镇定：想要知道自己命运的年轻贵族脸上没有一点儿对未来的憧憬；面容苍老枯黄的吉卜赛算命人也没做出故弄玄虚的鬼脸；另外三个年轻的女子，一个正割着贵族身上斜挂着的长长金链，一个在偷拿他红色裤袋里的钱包，还有一个，也许准备帮她的同谋们收好赃物吧。

董回音从这幅带着道德谴责意味的画里没看到紧张，反而看到了安详——做坏事时的安详。那么这幅画真的存在道德谴责吗？也许它表达的是：偷盗是件稀松平常的事。接受它。随时接受它。接受被偷盗，接受失去。

是这样吗？

带着这份疑惑，她回了国。

与以往的每个学期末一样，她在学校附近找了一家酒店住下，专心写作业，温习功课，准备考试。

　　就在考试的前一周，她遇到了高鹤。

　　高鹤，他有一对剑眉，眼睛不大。他的睫毛又长又直，总能遮盖住他的瞳孔，让人看不清他的眼神。他朴实又健康，手臂修长，手腕很粗，指甲干净。他的头发理得短短的，穿一件轻薄的绿迷彩色羽绒服，里面是灰色的高领毛衣，配深蓝色的运动裤和黑色运动鞋。

　　她记得很清楚，尤其他的手指。他的手指，指间有一股呛人的香烟味混合着海盐鼠尾草香调的香水味。

　　烟是他自己买的，所以是便宜的劣质香烟。香水，是一个爱慕他的女孩子送的，不廉价也不名贵，只是合适。那香水适合他。

　　"凡事你得想想合不合适。爱其实是一种合适。"

　　这是高鹤跟她说过的话。

　　她碰到他，是在酒店对面的一家卖烟酒的便利店。高鹤那时正在买烟，而她的感冒回国后一直没好。她披着一件毛领黑色长外套，晕晕乎乎地走进店里，冲动地想买一瓶威士忌，认为那可能是晚上写作业时最好的安慰剂。便利店的收银员是位大姐，听不懂她说的"单一麦芽"是什么意思。她不怪大姐，只怪自己来错了地方。她垂头丧气、步履蹒跚地离开。高鹤跟了上来，问她是不是不舒服，需不需要帮助。她记得高鹤镇定的表情，一点儿没有跟陌生女孩搭讪的那种羞涩。为了让她放心，他拿出学生证给她看。她摆摆手，只瞅了一眼学生证的封面：航天大学。她相信他，或者说，她想要去相信他。她也不知道自己为什么会那么想要去信他。也许是因为，他的镇定。

　　他镇定，如同拉图尔画中的人。她觉得他好亲切。

　　她于是在他的护送下回了酒店。他自然地走进她的房间，为她烧了一壶热水，帮她调了空调的温度，教她怎么打开她以为是被封死的酒店窗户。

　　"你好安静，你为什么那么安静？"

　　当她一言不发地望着他的时候，他这样问她。他不知道她究竟在看什么。

　　她看到一个圆脸、大眼睛的卷发女孩送给他香水。她看到女孩坐到他的大腿上。她看到他推开女孩。她看到他在宿舍里拿着数位板画画。她看到他在雪地里玩单板，他玩一会儿，抽一支烟。他一个人，自得其乐。

"你在看什么?"高鹤问她。

"你在画什么?"她反问。

"你怎么知道我画画?"

"我是美术学院的，我喜欢假设每一个人都爱画画。"

"你运气好，我是爱画画。"

"你还没回答，你画什么?"

"我不告诉你。"他笑笑，笑得如同他说话时一样镇定。

"你读什么专业?"

"我还是不告诉你。"这次，他没笑。

她追问。他淡淡地说，是工业设计。她知道他没说真话。她看到他上课的课堂，看到他学的教材，看到他的考试卷子。流体力学、航空工程材料、飞机零件……他是……学飞行器制造的。

"工业设计。那你设计出什么了吗?"她故意这么问，想看他如何回答。

"一个收音机。"

"收音机? 现在很少有人听收音机了!"她感到欢欣，想起在纽约夜夜听收音机的那几天。就算他不诚实，她也要迷上他的假话了。

他们坐在酒店套房客厅里灰绿色丝绒软垫的靠背长椅上。高鹤从手机里翻出那收音机的照片给她看。

"这是蓝牙收音机，有复古的外形。"他说。

她看到形状如蔡司双筒望远镜的收音机上还有个拨号盘，于是问他，这是不是意味着这台收音机与旧式收音机一样，需要通过转动按键来转换频道。

"这个设计为的是带给人一种虚假的感觉: 使用者会觉得这不是一台互联网收音机，他们不是通过屏幕扫描去发现音乐。"高鹤兴致勃勃地说。

"但其实它还是一台互联网收音机。"

"是的，不过不像。"他神气地说。

他们你一言我一语地讨论着虚假的积极意义。她虽然看到了，他根本不曾设计过这样一台收音机。那些照片不过是他从网上下载的一个德国工业设计展上的作品图例。然而，她遏止不住自己想要听他说谎的欲望。

她那时正好在读黑格尔的《美学》。当黑格尔谈论列那狐的故事时，提出列那狐那些狡猾的行径显现给人们的是一种关于世事的普遍意义：原来世间事就是如此，到处是欺骗。欺骗的含义在邪恶之上具有了严肃性。

她从高鹤说谎的姿态中感觉到了别具一格的情致：他说谎，他那样镇定、从容地说谎。她认为他表现出一种惊人的才能——通过绝对忘我、把自己沉没在谎言里，使说谎忽然间变得庄严而崇高，同时也把个人从令人窒息、焦虑的现实中解救出来。一个人说谎时的徜徉自得，兴许代表了其内心的极大自由，这种自由可以对付周围世界强加给人的种种不幸。

她当时就是这样，控制不了对他的偏袒，且一味地从他的瞒骗中体会有关感人的、优美的、诗意的这类感受的线索。

高鹤又告诉她，他日常光顾哪些潮牌店，曾经上过哪间重点中学。他说，他有一位喜爱收集欧洲古董的母亲和在一个重要的政府部门任职的父亲。她知道那全是假的。然而，她觉得他以一种特别的方式进行自我观照，把真假进行转化。"只有心智十分坚强的人才能做到这样吧！"她心想。

更重要的是，她感觉他们相爱了。

"怎么个爱法？"陆一舟听到这里实在很想笑。他想发出那种面对又傻又疯又不幸的人的嘲笑，可是他不能。他怕自己一笑，使她的心碎了，今天的钱就不好拿了。

"他要走了我一枚黄金戒圈的红宝石戒指，那是我在西班牙买的。"董回音不断地眨着眼睛，"还有一枚在纽约淘来的银质麋鹿造型的别针，他要，我也给他了。他还拿走了我的一条真丝睡裙和一双长筒丝袜……噢，还有一些零散的美金。因为他说，他喜欢收集各国的钱币。对了，他还拿走了一本意大利文的《十日谈》，羊皮封面的。我后来再也没能买到那样一本《十日谈》。"

"您在说什么？我问的是他如何爱您。"陆一舟忍不住用胳膊肘推了她一下。

"我说的就是这个。"

"哪个？拿您的东西？拿您的东西说明他爱您？"陆一舟歪起了嘴。

董回音不吭气了，她开始扯自己的发梢。

"那他给过您什么吗？"陆一舟抱着一丝期望问。

"当我碰触你的灵魂，我便知道如何画你的眼睛。"

"我问的是他给过您什么。"

"他给过我这句话。"

陆一舟听了，有些错愕。同情、气恼、怜悯和幸灾乐祸，在他心里混乱地搅和在一起。戏剧中的任何创造性想象此时都不及董回音可笑的情感认知中被滥用的浪漫主义。他听着她所谓的"爱情故事"，只觉得自己更恶心钱却也更爱钱了。

"那个送他香水的女孩呢？"陆一舟气哼哼地问。

"应该是他的女朋友吧……我想是的。也许他不是那么爱她，但是他们常常在一起，很亲密。我看到了那些画面。当然，他不会告诉我这些。"

"您觉得他不爱那女孩？那您觉得他爱您？"

"你觉得不是吗？"

"看来您根本不知道爱情的滋味……他跟您说过什么真话吗？"

"阿美迪欧·莫蒂里安尼，那是他最喜欢的画家。这是真的。"

"那画家的画怎么样？"

"我没办法评论。20世纪初的'巴黎画派'，这从来不是我研究的领域。我只能说，我不太喜欢这个画派的作品。总之，我觉得我们相爱过，但是没爱成，因为我们不合适。我们喜欢的东西，不一样的太多。"

"您竟然是这样理解的！"

"不就是这样？"

"这不是合适的问题，是爱存没存在过的问题！"

陆一舟撇撇嘴，不想再听她的故事了。她与高鹤两相情愿的肆意胡闹是对爱情最直接的践踏和诋毁。他不知说点儿什么来对此表示强烈的抗议。也许，不再听她说，就是最好的抗议。

"那……后来呢？后来怎么样了？"他还是忍不住要再问她一句。"唉，凡事总得有个最后一幕！"他心想。

"他离开了，不再找我。他不找我，我找他也是没用的。我们就这么结束了。"

"他没准是回头找他那个女朋友去了。他自知配不上您吧！他真的配不上！不过，您也太糊涂！"陆一舟自认为说的是公道话，他严肃地看着她。

"我们不合适。虽然，我那时候挺希望我能合适他。"她口气里有几分忧郁。

"怎么可能合适！"陆一舟拍了拍大腿。而后，他又想起什么似的，问她："你们这么搞了多久？"

"七天。"

"什么？"陆一舟大声嚷嚷起来，"七天就捞了那么多东西！"

董回音用极轻的声音说："就是七天，和我看《算命者》那幅画的时间一样。"

三

　　吴岩到马骁工作室的那天，气温骤降，窗外刮着呼啸的北风。陆一舟戴着一顶红色的毛线帽，在室内也不把帽子摘掉。打开门看见吴岩的一刹那，陆一舟还以为是董回音所住酒店的工作人员因为什么特别的缘故找过来了——吴岩穿着一身蓝黑色的西装，白衬衫上配着一条细窄的条纹图案领带。他的脸蛋儿大概是抹了不少护肤霜的缘故，光润润的。陆一舟暗自思忖，觉得这人的打扮挺像他在酒店里见过的某个行政层的值班经理。直到吴岩提起自己的英文名是Steven，陆一舟才想起，这不就是那个要定做粉红色过山车座椅式沙发的客户嘛！

　　工作室的事务，陆一舟最近不太上心了。他也不知是怎么了，自从董回音与客户们开始进行神妙的沟通，他就对自己越来越不满意。本来对他而言，观察日常生活中他所遇到的人，猜中人们行为背后那些见不得光的意图有着不可言喻的乐趣。然而，董回音随方就圆地从人们的大脑中把他须费挺大力气才能揣摩到的东西取了出来，这让他时常感叹自己能力的有限。他考察人，考察这个人，考察那个人，到最后，却发现与人们的间隔变大了。连马骁，他都越发地感到陌生了。以前他还能感到与马骁有共同的癖好，那就是窥探人心。虽说他们各自的目的不同，但他俩还算是互相帮着一起琢磨那些亦正亦邪的客户们心里的疙瘩。可如今，马骁与董回音之间像有了诸多默契似的，他竟在设计上都接受了她的建议，他也不似一开始那般对她格外防范了。"唉，女人啊！"陆一舟心里犯着嘀咕，接待起吴岩来也就难免心不在焉了。

　　"矿泉水我只喝斐济水。"吴岩对陆一舟随手递过来的矿泉水皱起眉。

　　陆一舟不确定吴岩说的是什么水，于是走到正在跟马骁一起翻着文件夹的董回音身边，小声说："这人我跟他沟通不了。他要喝什么斐济的水。"

　　"斐济水吗？真巧了。"董回音让陆一舟去她的皮包里找，"我包里装的那一小瓶水就是他要的那种，还没拧开。"

见陆一舟拉下脸来不愿意动，董回音想，这类小事大概无意间激起了陆一舟的仇富心，于是她自己迈着轻盈的步态，把水找出来给了吴岩。

吴岩瘦瘦高高，一张秀气的小脸上长着一张小嘴，嘴唇时不时嘟起。他眉毛弯弯，眼神飘忽，有女人的媚态。董回音把他领到窗边，在自然光下细看了他足足有一分钟。

"风真大啊！我受不了这种风，不像香港的风那么湿润。在南方待久了，来北方不习惯了。"吴岩脸上带着一半抱怨一半炫耀的神色。

"您在香港哪个区？"马骁抱着文件夹走过来。不等吴岩回答，他又问道："我有个客户平时也在香港，仨小西湾。他上个月刚办了个慈善展，影响挺大，您没准也去了。"

吴岩没接马骁的话，却暗中打量起董回音来：她穿一双尖头羊皮高跟短靴，一件紫红色天鹅绒连衣裙，领口处有一圈宽花边领子，一侧的领尖下别着一枚月牙形的红宝石胸针。

她的装扮，让吴岩看得心里骚动不宁起来，嘴巴嘟了又嘟。

"为了您要做的那过山车座椅，我们专门找了当年的生产厂家。他们没想到有人对二十年前的过山车还有这份情怀，激动地免费提供了图纸。图纸我研究过了，一共一百零九个零件，挺复杂。座椅您大概什么时候要？"马骁发觉吴岩的注意力净放在董回音身上了，不禁有点儿急躁，想尽快先把工作谈妥。

吴岩耸耸肩："给我妈妈的生日礼物，当然越快越好。"

"距离您母亲的生日还有一个月？"马骁记得陆一舟跟他说过。

"对。"吴岩漫不经心地应道。他还在看董回音，而董回音也在看他，这让他很是欣喜，同时又自信于自己的魅力。

"你听，风的声音。"董回音语调奇怪地对吴岩说。

"我在听呢！"吴岩有意拖着长音说话。

"这风的声音像什么？"董回音望向窗外。

"我猜，像你喜欢的一首歌吧？"吴岩来了劲，试图撩拨董回音的心弦。

董回音摇摇头："像Bf-109进行空袭时的声音。"

"啊?"吴岩听不明白董回音的话。

"第二次世界大战,德国的Bf-109战斗机飞过时发出的声音,据说像海妖在咆哮。二战,德国最后战败了。你知道吗,他们的空军与陆军的协作有问题。他们的空军指挥官叫赫尔曼·戈林,那个人问题也很严重,他鸦片上瘾,不值得信任。"

"德国车不错。"吴岩消受不了她的一席话,又不好被她看出来,只想赶快凑上句什么。

"奔驰。"她突兀地说。

"你喜欢奔驰?"

她又摇摇头,阴沉着脸:"Bf-109的发动机,我记得是奔驰公司制造的。"

吴岩接不了董回音的话茬,只好说:"你真有意思。"

"希特勒当时希望每一位第三帝国的公民都拥有一辆汽车,不过不是奔驰。他想好了,给平民的车应该叫大众。唉,以物质划分阶层,到底算什么……"董回音感觉憋着气,却又不能直接发泄出来。

"长得那么清纯的女孩子跟我聊打仗的事,不服不行呀!真可爱!"吴岩似乎觉察不到董回音的愤懑,只顾着夸她。说完,他使劲嘟了嘟嘴,好像在表明自己也是个可爱的人。

董回音觑看着吴岩,看到他脑海里闪过的画面:一辆黑色的保时捷跑车,驾驶座上的女孩有一头棕色的长直发,涂着厚重的眼影,手腕上的手镯和手表发出反光。在那些反光中,坐在副驾驶的吴岩的表情,变得不清晰。"不清晰……光……透视……这画面是虚构的吗?"她心头惶惑地想。

"你开保时捷吗?"她故意这样问。

"你好懂我。"吴岩的眼睛亮闪闪的。

"我下班后想随便逛逛,可是我不开车。"

"你几点下班?"

"你几点有空?"

"你几点下班我就几点有空。"吴岩凑到董回音耳边说。

马骁见董回音在跟吴岩调情,十分鄙夷。而后,他又意识到,自己鄙夷的不是董回音，而是吴岩。对董回音，他更多的是悲叹。他悲叹她根本不会与男人打交道。她调情的方式冰冷而生硬，没有一点儿性感可言。她的语言也许是在邀请一位异性，实际上却是在隔绝自己。她怀着一种敌意在对抗着什么。

这是何必呢？

马骁看不下去了，强行打断那两人的闲话，跟吴岩说起有关过山车座椅的正题。谈到价钱和付款方式的时候，吴岩不爽快，来来回回找着压低价格的理由，却不直接砍价。马骁对这种绕圈子的谈话没有了耐心，不想废话，便暂且做了妥协。他先接受了吴岩的定金，心里只想尽快把设计的事确定下来。

"得保证做得跟二十年前那过山车的座椅一模一样！颜色也要注意，粉红色噢！我妈妈的生日，在家族里不是小事情！"吴岩一张小脸绷着，声调挺厉害地说。

家族？这种煞有介事的字眼让马骁反感。他眯起眼睛，点了支烟。他给吴岩也递过一支烟，却被对方推开了。

"这不健康，"吴岩说，"我最近在调养身子。"

"那您早点儿歇着，我这边要抓紧时间干活儿了。"马骁吐着烟，对吴岩冷笑了一下。

吴岩离开的时候，是董回音亲自把他送出去的。马骁望见那两人在门外又扭扭捏捏地闲聊了好一会儿。

"怎么，你对他感兴趣？"董回音返回屋里之后，马骁立刻问她。

她没回答。

"我看是那小白脸对回音感兴趣！"陆一舟在一旁大声冒了一句出来。

"我就关心他最后能不能把钱付了。"马骁叼着烟，盯着董回音，"你看出他什么底细来没有？"

董回音还是不说话。

"没准是个专职小白脸呢！调养身子干吗？嘿嘿……"陆一舟故意说给董回音听。

"这个姓吴的，有俄狄浦斯情结。"马骁话多了起来，"给妈过生日，弄得挺隆重。什么家族，什么过山车座椅，什么情怀……他人娘里娘气的，估计从小黏着妈。"

"可不是嘛，又是妈宝儿又是公子哥儿！"陆一舟应和着，"我想起来了，他说自己小时候每个周末都要跟妈妈去坐过山车，所以要弄个过山车座椅放在家里当沙发。"

"当沙发，坐在上面反复回味小时候跟妈妈过周末的情形？"马骁自言自语。他琢磨了一下，问陆一舟："那他爸呢？他提没提过他爸？"

"家里的事人家没说那么细，"陆一舟抓抓脸，"反正他家里应该挺阔气的，他现在读着个学费上百万的MBA呢！"

"没有那么多。"董回音终于开口了。

"什么没有那么多？"马骁问。

"他刚才跟我专门聊了几句读MBA的事，也说了学费一百万。但是他说话的时候不自觉地想到了实际缴费金额。我能看到那张缴费回执……没那么多。"她吞吞吐吐地说。

"那是多少？"马骁瞪着眼问。

"几十万，大概吧。"董回音明显不想好好回答。

"你是不是累了？"马骁把烟蒂扔到地上，一甩脸，上工作台去了。

董回音是觉得累了。也不是累，那更像是一种突如其来的无力感。她心里不断冒出诸多令她忧烦的问题：戴面具的人会耻于摘下面具吗？戴假珠宝的人会害怕站在镁光灯下吗？行窃或计划行窃的人会在深夜里辗转反侧吗？谄媚者会独自在镜子前嫌恶自己的嘴脸吗？这些问题的答案仿佛都是否定的。保持镇定，而不是被剧烈的情感冲击。心态从容，而不是对有可能受到的谴责怀着畏惧。这些生存的技巧是美好的吗？一种技巧，只要能在哪怕一个对象上成功了，那就意味着它有值得被肯定的价值吗？也许，是吧。

她又暗暗对自己说："让一切回到画面上去吧！让一切回到我熟悉的、擅长的领域，让一切回到图像上去！"她使劲回忆着从吴岩脑中捕捉的图像……最后一秒，他又想到了什么？他离开前，柔声细气地跟她告别时，在想什么？他的脑海中出现了董回音和他自己，还有一些董回音在现实生活中不会购买的款式过于新潮的衣裙。还有什么？名贵的手表、跑车、手袋，还有……内衣。这些物的组合，在画面中出现了什么问题？它们的透视关系有问题。

她顿时悟到了什么。透视。透视可以是一种符号，透视可以是一种密码语言。透视错误有时是一种警告，警告人不要听从危险的召唤，警告人不要走近会伤害你的人。可她做不到。为什么？为什么她要去靠近伤害？因为伤害这种行为中有令她着迷的部分。她忍不住将自己放置于被伤害的处境中，因为这其中有满足。可是，到底是在满足谁呢？这看似简单至极的问题，她却一时答不上来。

她又非常害怕。她想起父亲，想起她需要走在寻求至善的道路上才能获得父亲的一份肯定，她越想越慌。真是讽刺，她不仅天生具有一种使自己病入膏肓的能力，而且，她做什么仿佛都要失败。她将被失败削弱、毁掉。这是她自怜自艾之下夸大了的幻觉吗？不是吧！她可真想有所依恋啊！她真希望有一种可靠的东西降临于她，翼护她，为她指路。

"在浩瀚的宇宙中，一定存在着我正寻找的那个完整的方法论。"——她的笔记本中至关重要的那句话，指向了她惶惶不可终日的原因吗？她的路程悠长，在道路上她又常常失去指望。她被隔绝、遗弃，她总感到自己比谁都可怜，这些懦弱的想法使她无法改善自我。她也理解不了究竟是什么在推动她不断地行动，令她去追求那虚无缥缈的方法论，令她试图规范、系统地认识自己的能力。她的行动实际上往往是在自毁，并让她经受一种与真挚情感的分离。她的精神被切割了，她的情与爱在迸发出来之后总是偏离初衷。

多么艰难啊！所谓走至善之路，所谓找正确的方法论，不过是冠冕堂皇的借口吧？她万分在意的事，不过是与情和爱有关的事吧！不行，她不能承认啊！她这样想着，只觉得被无力感袭击了全身，可她又不愿在马骁面前失态，便不打算再说话了。她本想要陆一舟送她回酒店，后来又变了卦。她要一个人去医院输液，去补钾补钠，这才是实实在在的依靠。她勉勉强强地在心底暗示自己："哪有什么精神慰藉，治疗我们的，是可见的物。"

四

电解质紊乱，意味着血液中的钾、钠、氯、钙的浓度低于或高于正常值，其中，低于正常值的情况更常见。这种情况下，你会感到心律不齐、四肢僵硬、嗜睡、发热、胃痉挛、腹泻甚至小便失禁。

这样的医生，那样的医生，他们坐在你的对面，经过你的身边，触摸你的身体，跟你说话。他们表示他们正在关心你，了解你的病情，希望为你提供有效的治疗方案。他们让你相信他们的结论是具有权威性的，是根据丰富的临床经验而得出的。但是他们怎样能知道你的知觉呢？他们对你的知觉进行探究，可他们真的能对此做出解释和确定解决方案吗？知觉是流动的东西，虽然它也许从属于固定的东西，但是知觉在流动，流动的东西如何服从于可能的、经验的条件？如何服从于任何能以词语来表达的那种经验的条件？

在医院里，董回音一边输液一边在心里跟自己较劲："你被封闭在词语中了，你被封闭在定义里了。你要努力，你要努力将自己敞开，不要被某人某物压迫住。你要拥有自己的权利。但要拥有自己的权利，前提是你要理解自己为何要有那种权利以及你要用它去做什么。"她越想越乱，最后大脑中反而一片空白。她只得暂时放弃了思考。

从医院输完液出来，董回音回到酒店，第一件事就是去浴室，把浴缸放满热水。她蹲在浴缸边，翻翻手机里收藏的音乐，听了一会儿理查·施特劳斯的《玫瑰骑士》。等到浴缸里的热水已经开始变凉，她不卸妆，也不脱裙子，直接就躺入水中去了。

她那样躺着，感觉想吐。她认定自己做错了什么，十分后悔同吴岩交换了联系方式。她想跟马骁说话，想跟他说工作的事。不对，她其实想跟他聊聊美术。不对，不只是这样，她还想跟他谈谈人的向往、追求，谈谈什么是崇高的，什么是卑鄙的。不对，她还是不够坦诚……她想跟他聊聊，随便什么都行。她想听他说善与恶，如果他说他在善恶之间没有行为准则，她也不会绝望。她就想听他说话。况且，她不相信他是没原则的人。

水真冷，她脸上的脂粉融在水中，使水变得浑浊，水面渐渐浮起油汪汪的一层油脂。她还是想吐。

她的手机响了。她一下子来了精神，怀着莫大的希望赶紧去看，看到的却不是期待中马骁的来电，她于是不想接。是啊，马骁为什么要打电话给她呢？而那个陌生的电话，一遍遍地响着。她愣了很久，最终还是接了。电话一接通，她便听到吴岩的声音，又轻又飘。

她假装颇有兴致，好像真的要寻欢似的，接受了吴岩那些像是捏着鼻子说出来的美言——内容无非是他觉得她多么美丽、高贵，与她相遇让他产生了被上天赐福的激动，等等。吴岩说话有时用中文有时用英文，中间不时掺几个蹩脚的法语单词。她一边听，一边从浴缸里站起来。她握着手机，觉得手机那边的声音不像是从一个真正的人类的喉咙里发出的，那是从什么东西里发出的呢？她想着，却被吴岩的问题打断了。

"怎么有水声？你在玩水？"吴岩问。

"我在浴缸里。"她并不避讳。

"啊！"吴岩造作地呻吟了一声，抱怨董回音是在引诱他。

听不到董回音的反应，吴岩便问她是不是害羞了。他又说她害羞的时候真可爱。

真可爱？董回音要吐了。她心想，吴岩要是真看到她的样子，还会这样说吗？她走到洗手台前，整个身子伏在洗手池上。手机被她放到水龙头旁边。她看着自己被水弄花了妆容的脸，觉得自己的五官好像都变形了。手机那边不时发出一种尖细的、尾音拖长的撒娇声。她闭上眼睛，想结束这一切，而她选择结束的方式却是让吴岩来酒店找她。

她给自己荒唐的决定找理由，但那些理由似乎比她的决定更要荒唐：她现在放弃使自己的行动与真理相符，却要给一种下流的行径以极大的自由，是因为她有一种期待，一种自以为正义的期待——她要让他人的行为与他人的自我相符。她之所以有这种念头，也是想要将一种被动性与一种主动性相连，不是吗？她不要受制于别人的哄骗，而是去伸手索要那份哄骗。这样，那份哄骗在被她索要的过程中兴许就不再被遮蔽得严严实实，而是变得坦荡甚至得体了。如此一来，那份哄骗也就被拯救了吧？

在放任自己瞎想了一通之后，她使劲掐了自己的大腿根部几下，让那里的疤痕显得更凸，颜色更红。然后她化妆，吹头发，再换上一条香槟色露肩的缎子连衣裙。她又翻翻行李箱，把一个镀银镶贝母的首饰盒拿出来。盒里有几枚胸针、几条细项链和一块大约20世纪70年代产的百达翡丽自动上弦手表。然而因为久不佩戴，手表还是停走了。她看了那手表几秒，联想起吴岩的脸和吴岩大脑中闪过的关于她的单薄形象以及那些奢侈品。她叹了口气，把首饰盒摆到床边的脚凳上，又把手表往枕边一丢。这一丢，恰好把她的视线移到了枕头堆里的那本《君王论》上面。

马基雅维利在《君王论》中批判了君王的慷慨。慷慨往往意味着君主要挥霍，挥霍之后君主难免会感到自己有所亏缺，于是又会生出去掠夺财富的念头。这一系列的连锁反应使本想靠慷慨被人拥戴的君主最后还是去行了恶，并被人非议。

她不是什么君主，她就是个可怜的没人管的孩子。她看这本书完全是因为父亲喜欢这本书。父亲喜欢看附着拿破仑批注的版本，她却看不下去。拿破仑对马基雅维利的观点不乏严厉的批判，她看到那些批判，有时会心惊肉跳，觉得像被父亲责骂了似的。唉，父亲！她想起他，垂头丧气，胸口憋闷得不行。她咬着嘴唇，把书往枕头下塞。她的手机一直在响，她全然没听见似的。直到酒店前台给她的房间座机打了电话，告诉她有位自称Steven的先生要拜访她，她才回过神来，想到今晚的事，可不算容易！

她连外套也没有披一件，就直接出了房间。她一下电梯，就看到穿着卡其色风衣并把风衣领子竖起来的吴岩站在那里。他高挑、皮肤白皙，倒是引人注目。然而她走近他，总觉得他身上散发出什么让她又想吞咽又想吐的气息。

"海盐鼠尾草?"在电梯里，当她按下最高一层的按钮时，看到吴岩含笑的双眼，她微微皱了一下眉，唐突地问他。

"啊……"吴岩又发出他所擅长的那种轻叹，好像女孩的娇嗔。

"我说你的香水。"她挤出一丝笑。

"你再说一句，我就要哭了。你是住在我心里吗？"吴岩说着，挪到她背后。她能感觉到他呼出来的气。

对了，就是那种气息！她又想吞咽，又想呕吐，因为她想起了高鹤。她知道吴岩跟高鹤用的不会是同一款香水，只是气味相似罢了。实际上，仔细闻闻，气味是颇有些不同的。唉，她也不能肯定，谁知道呢！她只知道吴岩为了让她高兴，不会对她所讲的话提出任何质疑。

"我就要哭了。"她轻轻重复吴岩的话。如果这是一句真话，那会美好吗？如果这句话并非出自真心，那么就不美好了吗？能镇定地做一个骗子的人，她敢说一点儿都不欣赏吗？镇定地侵犯她，这就是她想要的吗？

带着这种病态的情绪，她刚把吴岩领进门就与他拥在一起。她也分不清是谁先主动的，谁主动对她来说都是一样。总之，这当下的情形，难道不是她想要发生的吗？

当吴岩进了她的卧室，当他们的嘴唇碰到一起的时候，她睁着眼睛，看着闭着眼睛的吴岩，看他细腻皮肤上细小的汗毛。他啊，是个精致的男孩子，所以他做什么都可以那么镇定吗？镇定得像高鹤一样吗？

她心不在焉地与吴岩接吻，看到他脑中不断浮现出各种各样的嘴唇。是的，数不清的嘴唇。她来不及分辨那些嘴唇是属于男人的还是女人的，她只知道嘴唇太多了，多得她都看不过来！唇色深的、唇色浅的、擦口红的、没擦口红的、唇纹重的、唇纹浅的、唇部干裂的、唇部润泽的……有的嘴唇里的牙齿洁白整齐，有的相反……她真的要吐了，使劲地把吴岩推开，简直要流出眼泪。

吴岩误解了她痛苦的表情，以为她在紧张和激情中想保留些矜持，或者她仅仅是在缠绵之中想要故作脆弱。他于是搂住她，在她耳边用生硬的法语说着几句从电影上来的情话。是从电影上学的，她知道，因为她看到他绞尽脑汁在回忆那些台词。

她呆滞起来，像一个无神的木偶。

"当我碰触你的灵魂，我便可以画你的眼睛。"她看着他光滑的脸，一字一句地说。

"你的话，简直让我要去看医生了。"吴岩捂住自己的胸口，甜甜地笑。

"你想要什么？"她盯着他。

"想要你……"吴岩假装欲言又止的样子。

"什么？"她看到他在想什么。他在想那些奢侈品。奢侈品，那么多的奢侈品！她要疯了。

"我想要你快乐。"吴岩慢悠悠地答道。

她听后，忍住一股巨大的悲哀，闭了闭眼睛，一只手使劲抓住他的肩膀。他以为她在表达对他的渴望，赶紧再去吻她。她受不了了，只想跑到洗手间。去吐吗？大概是吧。她推开他的头，双手按住他的胸口，让他靠在床上。她睁大了眼睛，却不看他，偏开目光问道："为什么要做那个过山车座椅？你爱你的妈妈？有多爱？"

吴岩不说话了，他脸上挂着少见的、真正的严峻。她慢慢把目光移到他的眉心，发觉他想起了一个女人，一个看起来大约四十岁出头的女人，皮肤与他一样白皙光洁。她的手……她的手很白，但不漂亮。她的手指很粗，手掌过于宽厚。她的手被放大了。为什么她的手一直被放大？她在按摩，她在为别人按摩。她不断触摸别人赤裸的皮肤。她低眉顺眼，服侍形形色色的客人。她的手，在不同的人不同的皮肤上揉捏。

董回音怀着同情望着吴岩，迟疑地问了一句："那过山车座椅，是为了给妈妈过生日吗？"

这真是个没必要的问题，她后悔问出口。因为刚问完，她就看到吴岩开始想那个开黑色保时捷的女孩。那女孩，那女孩，那女孩，吴岩脑中全是那女孩。那女孩是他MBA课堂上的同学。那女孩，在派会上举着手机，拍照、拍照、拍照。她搂着吴岩，嘟着嘴拍照。那女孩……粉红色的过山车座椅，女孩……过山车座椅，过山车座椅……女孩，两个意象紧紧地连在一起。

董回音深吸了一口气。过山车座椅，原来与做按摩师的母亲无关。她难受极了，一头扎到枕头上。吴岩爬上她的后背，抚摸她瘦骨嶙峋的身体，问她是不是怕被伤害，好像他真的很在乎她一样。她止住呕吐感，翻过身，一只手在枕头边胡乱摸着，摸到了那块手表。她生硬地演着戏，瞪着眼睛说："哎呀，我忘了要给它上弦了！"

她差点儿就要吐出来了，为自己刚刚说出的话作呕。她知道吴岩在想什么。他在想手表，他在想伯爵、宝玑、劳力士，还有百达翡丽。百达翡丽……他真喜欢百达翡丽啊！这该死的巧合！

她抓住他的手腕，先抓住一只，再松开，再去抓另一只。他不戴手表。是的，见到他的时候，他为何都不戴手表？等等，回顾一下他刚刚所想的，再看看他现在正想的……她看到了，她看到他的母亲送给他一块配棕色皮质表带的欧米茄石英表，看起来简单而实用，看起来……一点儿都不会令他丢脸。你不该感到丢脸啊，吴岩！丢脸，她为何想到这个词？因为她看到，她看到他把那块手表藏到床头的塑料抽屉储物柜里。他愤怒，他的表情好愤怒。为什么他那么愤怒？因为他感到羞耻……他扭过头，不要看那块手表。只是一块手表啊，吴岩！但就是这件东西，丢了你的脸吗？她同时又看到香港的街景。远远望去，那些排列密集的细长形的高楼。她看到楼内窄小的房间、单人床的床头挂着的西装、地上散落的二手奢侈品店的宣传卡片。她看到，脏污的卫生间里被擦得锃亮的小镜子、有美白功能的护肤霜和面膜……这些画面，一帧一帧地浮现又即刻消失。这些画面被更多女人的面孔和她们身上闪亮的配饰掩盖了。

她默默想着：吴岩，你接触过那么多女人，你总是在看她们。你在看什么？你为她们脱去外套时留意外套的领标，你在她们睡着时偷偷地在她们的睡衣和内衣上寻找可以显示出品牌名称的字母。你越过了她们的身体，你看到自己的身体。这世界上最可爱的，是你自己。从某种意义上说，你与她们身体的任何器官其实并无交流，你从未建立过从身体到身体的传递性，对吗？答案，她不知道，她也不想知道。兴许她应该去知道、去思考这其中到底哪里出了问题，但是她太想吐了。在吴岩的手要伸到她的大腿内侧时，她逃也似的跑向卫生间。她不是在洗手池边，也不是在马桶边，而是蹲在浴缸边，她终于吐出来了。

"对不起，我今天不行，我不舒服，我太不舒服了。"她不知道吴岩是不是跟到了卫生间，只是自顾自地吐了一会儿，头也不回地对着浴缸说话。

"你可以先看看别的东西打发时间，"她继续对着浴缸说，"比如手表，还有我的首饰盒。你看着玩吧，你看看它们，看看它们……"

她像进入了距离吴岩十分遥远的另一个时空，对着应该与她更为亲密的对象不断地说话。那对象并不处于她的视线之内，但却是她所熟悉的、能够安慰到她的某人或某物。她一直说话，说到吴岩要离开了。谢天谢地，他要离开了！离开前，他走近她，不顾她嘴里的异味，深深地吻了她。她被吻的时候，还是睁大了眼睛。

他走后，她又开始呕吐。吐了一阵子，她跌坐在浴缸边，扭头看看浴缸里自己吐出的污秽物，它们散发出的酸味冲向她的鼻端。这些污物好像在质问她，她是不是忘记用她的喉咙来发声，却只顾着吐。她把自己丢失了，丢失在她本来趋向的那些要看、要触之物的外部，丢失在目的之外。她行为中的某些悖论开始了也结束了，或者说，她行为中的悖论开始过，又结束过，但是现在又开始了。

五

　　董回音连着五天没去工作室。陆一舟以为她病了，给她打了几通电话，想探探她的情况。她接电话的时候声音有气无力，并古怪地唧哝着，这让陆一舟不免忧急起来，要求去看看她。她先是客气地拒绝他来酒店，而后又小心翼翼地问，马骁有没有对她的无故缺席说三道四。其实不用陆一舟多说，她自己就能隐隐约约地猜到答案，那就是没有。况且，她根本没收到来自马骁的一点儿音信。

　　陆一舟为了让董回音心里好受些，就告诉她，马骁还是问起她的。她虽不信陆一舟的话，却又抱着一点点希望问，马骁有没有想要特别严厉地处置她。对她来说，马骁的任何反应都比没有反应要好。

　　"骁儿知道您身体不好，不会怎样的。"陆一舟在电话那边宽慰她。

　　"可他也没关心我。他没任何作为。"她的声音很低。

　　陆一舟没办法驳她，只好聊些别的。可聊来聊去，还是说起了爱啊，情啊这类董回音想避免的话题。陆一舟绘声绘色地讲起了拉辛的《费德尔》、卢梭的《朱莉，或新爱洛伊丝》。由于这两个故事里的主角追求爱情都没得到什么好结果，董回音气得说："你这是隐晦地想告诉我什么呢？"

　　"没什么，就是随便聊聊嘛！"陆一舟说完，又向她道歉。然而于事无补，她感到憋闷，没好气地把电话挂了。

　　爱情？唉！她提醒自己可别在爱情这件事上想太多了。可就算不多想，她眼下也安适不起来。她停止不了自己在心里愤愤地去怪马骁。马骁连个信息都不给她发，这对她来说是一种惩罚，或者，是嘲笑？她按捺不住心里的某些冲动。夜已深了。夜越深，她越想见他。她心怀侥幸，给马骁打了电话。电话一通，她心里怦怦猛跳，因为她真的害怕受到哪怕一丁点儿的冷遇。好在她运气不错，马骁正在工作室熬夜，而且没表现出抗拒她过去的意思。"天哪！"她心里激动地叹道。她赶紧化了个妆，又穿上一件宝蓝色低领连衣裙，裹了条奶油色羊绒大披肩就往工作室去了。

深夜的工作室格外沉寂。董回音一进门，只觉得一切都静得出奇，这更显得她心里的骚动在翻涌不断。

马骁随性地坐在工作室地上的一个红色方垫上，听见董回音的脚步声，他不急着循声找她，直到她都走到他背后了，他才回头看看她。看了她几秒钟，他歪嘴一笑，说她的妆没化好。她尴尬地想，自己的粉底大概没涂均匀，口红和眼影恐怕也过浓了。她拿张纸巾蹭蹭嘴，想反击他，便说："我是化不好，你要是女人或者化妆师，肯定化得好。因为你懂上色啊，大画家！"

这种话是伤不着马骁的。他没反应，任凭她发牢骚。她又问他画画时用什么墨水打底稿以及罩色的习惯。她的问题，他一概不予回应，只是低头点上烟。他站起来，退去几步，与她保持着距离，自顾自抽烟，偶尔看她一眼。

她执拗地念念叨叨，关于绘画、美术史、艺术观……好一会儿，她唠叨得自己都觉得乏了，才不再说话。

他已经抽了几支烟，此时不急不慢地又点上一支，然后走到她身边，示意她坐到窗边去。她见他可算有了要沟通的意思，便听话地由他摆布，老老实实坐到窗边的软垫椅上，还巴望着他对她关切些。

"你这两天应该跟那个什么Steven厮混呢吧？你就告诉我他有钱没钱，能不能付款。"马骁也不坐下，站在她对面，吐了一口烟。

烟熏着她。她耷拉着脸，一点儿精气神都没有。

"我以前给一个客户做过一套玻璃瓶子，为了一个慈善展，在香港。"见她不吭气，马骁便自顾自继续说起来，"要用到一千三百个玻璃瓶子。用这些瓶子，照着彼得·勃鲁盖尔画中巴别塔的样子搭起来。在展厅里用冷色调灯光交互，再请敲击艺术家通过轻击那些玻璃瓶进行表演，给人置身海底、从鲸鱼身边经过的感觉。"

"从鲸鱼身边经过？玻璃瓶子能敲出那种感觉吗？"她睁圆了眼睛。

"玻璃瓶子敲出的声音与鲸鱼发出的声音肯定不同。就像二战时德国的战斗机发出的声音和海妖的声音也扯不到一块儿去。"马骁忽然说了这么一句。他有意要把董回音第一次见吴岩时说的胡话给拉扯出来。

董回音记得自己所言，她难堪地笑笑，又问："那个慈善展是为什么做的？"

"为海洋环境保护，尤其为了倡导人们拒绝一切对鲸鱼的伤害。鲸鱼位于食物链的顶端，对海洋环境的整体健康起着重要作用。不幸的是，十三种大型鲸鱼中有六种被列为濒危物种。"

"你还有这样的客户……"她呢喃道。

"其实我并不相信客户真的要做慈善。就算是真的，我也不想花时间去判断。客户和他的同事告诉我，他们会在展览上售卖饮料。卖饮料得来的资金，其中的百分之十会用于支持一个反捕鲸公益项目。至于他们的说法有多真实，我不知道，我只知道客户的确参与了一个公益基金主办的活动。而一个基金，是需要维护和运转的。我的客户似乎觉得，他参与的事与那些一次性的筹款不一样。一次性的事没什么意思，重复做的事才有意思，你觉得呢，是不是这样？"他以一种奇怪的音调问她。

"重复做的事，才有意思……"她有些恍惚。

"不是吗？你心里没那么想吗？"他依然用古怪的语调问。

"可能是，我不知道……"她求助般地望向他，仿佛希望他能解救她于牢笼中似的。

"吴岩到底能不能付款？"他却冒出这么一句。

"什么？"她的眼神充满了困惑。

"他能不能付款？"

"为什么问我……"她的声音，轻得连自己都听不清楚。

"你顽固地重复，以为可以移情，"他的口吻严正起来，表情十分肃穆，"你被自己利用了。你重复创伤，重复一起伤害事件的过程，让自己受到惩罚和嘲弄，让一件事的终结走向你预判的情形。在这种自以为是的移情过程中，你重复着自己不堪忍受的情景以及痛苦的感受。你运用你的小聪明来使这些东西一次次重现，即便有人要干预你的重复也会被你打断，因为你一定要设法使自己感觉再度被蹂躏。现在我对你说话，口气再厉害些也无所谓，因为恰恰是你自己在迫使我对你严厉，这样我也就被动参与到一次伤害你的事件中，成为伤害你的一分子了。董回音，你挺无聊的。高鹤，这个名字我说对了吗？记得他吗？你肯定记得。陆一舟都跟我说了。那么，你还想让高鹤的事重演一遍吗？还是这次你要升级？高鹤让你产生过愉快吗？他满足过你吗？你并不想从高鹤的事中汲取任何教训，即使你再痛苦。反而，在某种强迫原则的逼迫下你感到身不由己，要再三重复类似的事件。然后你就可以说，你被厄运追随着，你被魔鬼控制着，你的人生是何其悲惨，等等。其实并不是你的命运怎样，是你安排了自己要怎样。你所有的人际关系都会落得同样的结果。你扔钱给别人，是为了被拿你钱的人抛弃，是不是？你好好想想。你要品尝忘恩负义的味道，你要保持自己可怜的处境，你要给人你一直在受罪的印象，这都是为了什么？"

"为了什么？"她抖着嘴唇问。

"你好好看看马基雅维利吧，或者问问你爸爸。"他瞪着她说。

"看来陆一舟真的什么都告诉你了。"

"关于马基雅维利吗？这没什么吧？我也会看《君王论》。"他歪嘴一笑，又绷着脸把话锋一转，说，"我再问你一遍，吴岩能不能付款？"

"我不知道。"她的瞳仁定定的，好像跌进什么深渊里去了。

"你怎么会不知道？难道他没去找你睡几觉吗？"他哼了一声，"你的能力，不会在某种情况下就失效了吧？想不知道某件事的唯一方法，就是让自己不愿意知道。"

她伸出手，犹豫着是不是要打他一下。他却似乎预见了她想做什么似的，也不躲，反倒是离她更近。见他离自己越来越近，还微微侧过脸，把脸颊凑过来，她觉得他在以这种姿势愚弄她，像是故意要给她打似的。她咬住嘴唇，闭住眼皮，甚至连头都不自觉地缓缓后仰。她难受极了，可同时又感到马骁心里有一股被掀起的怒浪，仿佛比她自己心头的恼火要严重多了。他为何这样生气呢？难道是担心她吗？他为何要担心她呢？难道他见不得她受苦吗？难道他比她的父亲对她还要好吗？她的父亲，是啊，父亲可是希望她在人世间好好地受苦呢！但是，马骁，他怎么可能比父亲还要在乎她呢？世上怎么会有这种事？

她睁开眼睛，怀着莫名的想望看着他，见他已经恢复了正常的姿势，直直地站在她面前。渐渐地，她看到了，她看到维特鲁威人的形象、达·芬奇的素描、练大提琴时要对着镜子的王蛟浔，还有松香、乐谱、塔斯马尼亚胡椒地面清洁剂……她低下头，万般失望。他没在想她，而是在想王蛟浔。

等一下，他在她面前松懈了！他又在她面前松懈了吗？他在她面前回忆、自由地回忆。

"马骁……"她寻不出什么完整的话来，只好唯唯诺诺地看他。

"我现在不去怀疑你来这里到底是抱着什么样的目的了，因为我觉得那目的可能从来就没具体过，你自己怕是也说不清你的目的。你的行为是不是必须和别人的行为叠加在一起，才会产生出目的？你真可悲。"他说着，望向那面胡桃木框的穿衣镜。

"是啊，真可悲。"她顺着他的话嘀咕。她在想，作为行为的主体，自己是否沦落到只拥有被动的经历？她的经历，是不断地遭遇到同一命运的重复吗？有什么神秘的动力可以解释这种循环式的"受害现象"吗？是什么呢？

是她愿意。

她愿意。"我愿意被蹂躏"这一原则在她的心理活动中霸占着支配地位。她想到这里，有一种奇妙的兴奋。她被蹂躏，却感到兴奋，因为她满足了。不对，不是她满足了她自己，是她满足了某个人的愿望。

她满足了父亲。

父亲希望她受苦。她在父亲的脑海中看到自己在受苦。即便经马骁提醒，她兴许能找出别人脑中画面里的透视错误或光影关系中的漏洞，可对于改变父亲厌弃她这一事实，也是毫无助益的。关于她的受苦，无论是父亲的白日梦还是幻想，都表达了要她活得不愉快这一可怕的愿望。她被诅咒了，她生来就被诅咒了。她做什么都难以得到父亲的赞许，因为她的生，意味着要他的爱人、妻子、精神伴侣去死。想起她，看到她，见到她鲜明地活着，父亲就会把这一切视像与死去爱人的记忆结合在一起。那么，父亲对她的恨意就不会停止。

他好爱她。她的父亲，一定好爱她的母亲。因为爱，所以会恨自己的女儿。因为这份爱，所以作为女儿，她无法在父女关系中寻获幸福。这亲缘中矛盾的情感像无药可救的疾病，让她永无做健康人的可能。她病病恹恹，使得人人都不要她，她无法被任何人真心实意地宠爱。

　　"你在想什么？"马骁用低沉的声音问她。

　　她抬头，狠狠地瞪他，心里怪他唤起了她试图置于沉睡状态的东西——她恐惧自己到死也难以被爱。

　　马骁显得极度麻木不仁，他再一次问："吴岩能付款吗？"

　　"你就知道你的生意！他能付款！有的是女人给他钱！"她不假思索，大声地对他说。

　　马骁轻轻笑了，他扭了一下脖子，好像在表示满意的同时又附带着一点儿不屑。她见他这样，咬着牙只想对他发作。她真想对他嚷嚷，可是，她又能对他嚷些什么呢？再说，他也并不是什么极恶的人，他甚至在她面前越来越放下戒备了，不是吗？他都直接回想起王蛟浔了……想到这里，她的情愫转移到了别处。她又想起马骁与王蛟浔、她自己与王蛟浔的过往。她的心像被揪着，不知怎么就说出一句："人都有自虐的本能。"

　　马骁像是没听见一样，只顾给自己又点上一支烟。她激不出他的话来，心有不甘，一时间也不知如何是好，于是问他要一支烟，没想到他爽快地给她了。然而，他没如她预想的那般主动给她点烟，只是把打火机递给她。她娴熟地点了烟，深吸一口入肺，扭头看看他，好像在向他无声地说明"谁还没有个烟瘾"这回事。可他那张脸，依然不动声色。她被他气着了，于是拧着眉毛、绞尽脑汁左思右想，过了一会儿才开口说道："有一些鱼类到了产卵期，要不远万里游到某个远离它们平常栖息的水域产卵。据说这是为了寻找它们的祖先曾栖息过的场所。生物所具有的某种保守性大概是普遍的。人也是。人总想要回去，为了得到归属感。回到一起事件、一种感觉中，不论是否有愉悦感，也许都能获得归属。痛感给人的印象深刻，所以给人的归属感更强。如果你有机会，你也会想重复什么事。"

　　她说话含沙射影，希望能引起他特别的反应。他却没马上言语，而是慢慢抽烟，然后缓缓地回了一句："说什么也别为继续自虐找理由了。"

　　她没刺激成他，反而又被他说得更难受了。她蹲下去，把烟按灭在地上。她差一点儿想把烟蒂直接留在地上，可终究还是没那么做。她做什么动作都显得硬生生的，脸色也难看透了。她捡起烟蒂捏在手里，说自己要回酒店了。

　　她临走前，他见她似乎因心中的痛苦而变得很狼狈——她一直捏着烟蒂，也不找个地方丢掉。她的脸一会儿发红，一会儿惨白，眼角和嘴角看起来甚至都有些歪。

　　看着她离开的背影，看着她走路的姿势都不似平常那般优雅，他深深吸了口气，又长长叹了口气。她头也不回，他有些庆幸，庆幸她没看到他在叹息。如果他在为她且只为她的事而痛彻地叹息，那最好，她不要看到。

六

　　人们应当怎样生活？人们实际上又怎样生活？善良而自持地活，对董回音来说，是停留在"应该这样做"的阶段还是已经成为实际？如果她与不善之人交往甚密，就应该学会适当地做些不良的事，以此来自保吗？她是不是连思考这个问题的资格都没有？

　　"有些事看起来是出于好意，但却招致骂名，甚至自取灭亡。"她想。"这大概是《君王论》里提到过的。"她又想。

　　与马骁不欢而散之后的第二天，董回音自然没去工作室。她找了间离酒店不远的书店，在一座有着弧形外立面的商业中心里。

　　书店里摆着不少英文版畅销书：有讲投资理财的，有讲时尚穿搭的，有讲瑜伽冥想的，有讲思维训练的。她读读这个，读读那个，试图让那些并不令她信服的内容暂时占领她的大脑。有本书的作者是个毕业于约翰斯·霍普金斯大学心理学专业的美国人，还是个"灵修大师"。她对于"灵修大师"这个称谓不甚明白，只知道书中页页在谈心理创伤。你受到了伤害，你产生了怨恨，你自然想要报复。但是，你真的可以去实施报复吗？那怎么行？旁人难免会因你的不道德而指摘你，那对你的心理健康更加没好处。况且，在复杂的现实社会，报复别人的过程往往不短暂，这期间你既要承担风险又不一定能实现你的计划。那怎么办？其实呢，好好弄清楚你大脑的运转机制，往别的方向发展一下你的能力。哪些方向？比如，怎么训练自己把幻觉当作现实。你若想伤一个人，你用脑子好好想象一番就感觉真的伤过他了。然后你可以训练自己淡化这个记忆，以便接下来通过想象再去伤他一遍。以此类推，你可以伤他一百遍。最终你会体验到一种鬼魅的、无穷尽的满足。你的身体在做什么、做过什么已经不重要了。你做什么、经历过什么，都可以通过思维训练，随时化为一团虚无或随时被重构。

这都在讲什么？这能解决个人的痛苦吗？董回音越看越丧气。她放下书，想找一本《君王论》。她其实不太指望能在这里找到《君王论》，只是凭着直觉走向角落的书架。她抬起头，看到书架高处有一排英文版的世界文学经典。作者呢，有托尔斯泰、狄更斯、梅特林克、萧伯纳、奥尼尔、莎士比亚……看到其中几个耳熟能详的剧作家的名字，她想起了陆一舟，想起他会引用剧本里的台词"数落"她，她倒是挺爱听的。她于是开始翻找架子上莎士比亚的剧作，翻到一本《雅典的泰门》。这部作品她没看过，所以更加好奇。莎士比亚的写作使用的是早期现代英语，很多词她看不懂，只好别别扭扭地读。读着读着，竟然读了很久。

她被这个故事刺激了。金子，什么是金子？金子是罪恶最好的诱饵。富有的泰门乐善好施，然而他并不愚钝，对依傍他的人们的真实嘴脸看得透彻。可他为什么迟迟不驱逐那些贪财鬼呢？他任由罪恶蔓延，他让人们啃食他，他把自己当作供秃鹫美餐的腐尸，他令自己受苦。

为什么陆一舟从未向她讲起《雅典的泰门》呢？这将财富与罪恶的联系做出生动阐释的戏剧，陆一舟不是应该常常念叨几句，尤其是面对她的时候吗？也许，陆一舟从未真正地痛恨过财富。

她苦恼地琢磨着这些，心静不下来。她不再阅读，把书插回架上，拿好外套和手袋往书店外走。

商业中心的外立面完全由镶嵌玻璃构成，连续的透明玻璃使视线没有遮挡。她往楼外看去，看路边的行人，看行驶过的车辆。她看到不断进出商业中心的人们，看他们体面的衣着，看他们安然的面孔。数不清的画面纷纷窜入她的大脑。别人在想什么？他们都在想什么？她知道，她总是知道。他们在想，我要这个，我要那个，我要，我还要，我继续要，我能得到，我已得到，那么我还能再得到……这个时代，人们的愿望被不断实现，新的希冀在一时的满足中被催生出来。这难道不是一个美好的时代吗？资本，这资本，那资本……总之，资本之类的，解决了人的痛苦，是吗？

她神经质地伸出一只手，绷紧了手背。她看着自己手背上面因为打吊针留下的瘀痕。她感觉自己的精神大规模地瘫痪了，或者说，遭到了削弱。

她听到手袋里的手机不断地响，她猜想那十有八九是吴岩要找她。是啊，能不是吴岩吗？的确，她后来又接受过他来酒店看她，只是没再让他进过自己的房间。她带他去行政酒廊喝酒，带他去酒店的餐厅用餐，听他编造的那些关于出席游艇派对、古董表拍卖会、名流的生日宴时遇到的趣事。每当要结账时，吴岩不是说自己粗心大意地只带了外币而没带人民币，就是说他的电子支付账户和银行卡出了点儿特殊状况。她自然明白他这些经不起推敲的谎话的弦外之音，于是，无论消费什么，到底还是挂在她的房账上。对此她并不介意，她对他由内而外的贫瘠心知肚明。他还跟她说了什么？还能说什么，不过是更多的谎言罢了。只是她不戳穿他，而是任凭他撒谎。

她又回味起刚刚翻过的《雅典的泰门》。泰门啊，你怎么就那么喜欢让别人占你的便宜呢？她凄然地感叹，又反观自己。她自己呢？她是不是把自己当作了罪恶的诱饵？她容忍吴岩，给他机会，给他空间。她明明见到他就产生一种不能自己的生理反应——呕吐，可她为什么还要给他便利来冒犯她，恶心她？马骁说过的关于强迫性重复的心理学理论，她听进去了吗？她要满足父亲，所以才要让自己受苦，这是一种合理的解释吗？她想着，情不自禁地捂住嘴，似乎要吐了一样。就算她已经如此不舒服，还是拿起依然在响的手机，接了电话——果然是吴岩打过来的。她闭着双眼，听吴岩在电话那边啰唆地谄媚。说了一会儿，他话锋一转，讲起她不理解也不想理解的一些事来：什么花三百万买的股权，什么一级市场，什么家里涉及二百个亿的房地产开发项目，总之，这一切目前都出了点儿麻烦，但那过山车座椅样式的沙发还是要做，母亲的生日还是要庆祝。

"你真的很爱你妈妈。"她勉强对他说，同时觉得自己居然能对一个职业骗子说出这般柔和的话，简直令人发指。

她强忍住呕吐感，脚步沉重地在商业中心里找卫生间。她的身体快要坚持不下去了，她无法再听吴岩胡扯。她礼貌地向他表达几分毫无必要的遗憾，说自己恐怕得挂了。末了，她竟还要安慰他几句，以一种保证的口吻让他不要担心过山车座椅的事。她告诉他，过山车座椅会做好的，一定会的。

挂了电话，她急不可待地继续找卫生间。一进卫生间，她就对着洗手池开始干呕。她最近都没怎么正经吃饭，因此半天也呕不出什么东西来。她只是觉得恶心。干呕之后，她一边做着深呼吸，一边慢慢站好。通过洗手池上方的镜子，她看到自己的头发乱乱地遮住了大半张脸。她理了理头发，愣愣地看着自己的镜像。她会是吴岩今后的一个玩物吗？她想让自己接下来的日子里多一个吴岩吗？那个开保时捷的女孩呢？那女孩，是他现在的玩物吗？

吴岩，你曾沿着你精心设计的道路走向了一个女人，一个拥有跑车、海外房产、家族企业股份、数不清的百达翡丽手表的女人，对吗？你要送她礼物，你要为她做一个过山车座椅式沙发，你要让她爱你。不对，她爱不爱你，不是你要的。你要分享她有的一切。你是财富忠贞不渝的追随者，你想以财富来捍卫自己的生命吗？你创造各种机会缩短靠近财富的路程，这是你宏伟的生命目标。在财富的保护下，你感到获得了一种类似永生的感觉吗？

有没有财富，我们的道路都不过是通向死亡。在抵达死亡终点之前，活着，是为了享受财富带来的舒适吗？在舒适中，人就能够给予自己的存在以价值了吗？真的吗？人真的能说服自己，这样的生存具有无边无尽的价值吗？吴岩，你真的觉得这一切有价值吗？有价值吗？有价值吗？

这些话，为什么她不能直接对着吴岩说出来呢？还有高鹤，为什么她不能直接与高鹤谈论一番关于获取财富的手段或者建立情感关系的动机呢？

为什么？

她凝视镜中自己的脸，只见那上面有泪水流了下来。她看到大颗大颗的泪珠滚落到领口。她低下头，看到泪珠滴到了她的裙摆、她的脚背和地面上。

她从洗手间出来，几缕发丝被未干的泪水黏在脸颊上，她不去理会。她就这么一副狼狈的样子，回到书店，买下了那本《雅典的泰门》。

她抱着书，走出商业中心。她穿着一双银灰色的细跟鞋，裸露的脚背被冷风吹着，寒意从脚传到头皮。她真想抽支烟。一支烟，一支别人递过来的烟，会给她莫大的慰藉吗？会吧。

她吸吸鼻子，拿出手机，给马骁打了电话。她不含糊，直接说起吴岩，说起他这几天的行径以及什么两百个亿的房地产开发项目，还有那过山车座椅式沙发并不是为了给母亲过生日。她一口气说完，马骁一点儿也不打断她，好像特别有耐心却又显得无动于衷。她对他的反应感到困惑。他沉默了很久。最终，他只是简短地表示，她道出有关吴岩的种种，说明她对工作室还算有责任心。

　　挂了电话，她木讷地在商业中心门口站了一会儿，任凭寒风吹。《雅典的泰门》，她紧紧抱着那本书，心中寂寥极了。她真希望他在身边。对，就是他，马骁。她不贪心，他不用陪她说话，只要给她一支烟就好。

七

连着几天都在下雨。雨声和雨水带来的潮湿牵连了人的情绪，让董回音感到心里的躁郁像一股强烈的涌流，这种情绪得不到宣泄，它总在激荡的同时又受到某种阻碍。

吴岩的殷勤问候日日夜夜地传达过来，通过手机，通过她酒店房间的座机。她找托词不见他，却做不到停止假装在一定程度上接受了他的虚情。她找不到恰当的举止来使自己从这份伪劣的示爱中隔离出来。

她收到了吴岩在网上订的一小束粉红色玫瑰花。酒店的服务员把花送到她的房间时，问她需不需要个花瓶把花插好。她扯着头发，像是要躲开什么散发出恶臭的腐败物一般，蹙着眉，连声叫服务员赶紧把花拿走。当那束花远离了她的视线之后，她眼神茫然，感到一阵虚脱。她缓慢地步入卫生间，找了个玻璃漱口杯，一下砸碎在地上。而后，她蹲下去，拾起一块稍大的玻璃碎片，再起身，挪了几步，躺进没有放水的浴缸里。

她无声地责问自己，怪自己为何这样笨拙，笨拙到无法反抗要侵犯她的人。她又为何要对欺骗者一再做出妥协，妥协到从未想过直接声讨对方，哪怕一句。

她看不起自己。也许对她来说，自我谴责才是宣泄情绪的最佳方式。她恨自己，这种恨在她显而易见的懦弱中变得越来越正当。于是她想割腿，想见自己的血，想要以自己肉体的痛来抵消精神的苦。她捏紧玻璃碎片，准备向自己的大腿根部划，可还没等她划开自己的皮肤，卫生间的电话响了。那刺耳的铃声使她在浴缸里剧烈地蹬了蹬腿，心中烦躁极了。她手捏玻璃片，一下子跨出浴缸，接了电话。她想着，不论电话那边是谁，都要对其大声斥责几句。然而，她竟听到了马骁的声音！她又兴奋，又紧张，又惊恐，不知他是否能迎合一丁点儿她此时对于关怀的渴望。没想到他只是淡淡地告诉她，快来工作室，给吴岩的沙发做好了。

"怎么可能？怎么会这么快就做好？"她不相信。

"就是这么快。另外，我想他应该私下联系你了。"马骁的口吻还是平平淡淡。

"你早知道他在私下联系我。"他的话让她过度反应，觉得就要以某种形式失去他一般。她承受不了这份臆想中的失去，开始做深呼吸。

"我的意思是，沙发已经做好，这事吴岩应该马上跟你通气。你是不是没看手机？我刚才打过你手机，你没接。"

"对，我……我没注意。"她支吾起来。她刚才一心想自残，还看什么手机！手机也不知被她丢在哪个角落了。

"去看看手机。如果吴岩要跟你一起来工作室，别答应他。你自己来，尽快出门，别费时间打扮了。"马骁吩咐着，声音听起来特别地冷淡。然而，他忽然又加了一句仿佛在关心她的话："你刚才在干吗呢？"

"没干吗。"她被正在一点一点失去他的感觉击垮了，手里的玻璃片掉到了地上。

"别浪费精气神了，赶紧出门，你有工作要做。"

"什么？"她气着了，这个时候他竟还要她工作。不过也是情有可原，他并不知道她现在心碎到了极点。她想让他多少了解一些她的难受，于是哑着嗓子说："你知道吗？我……"

"我们还有工作要做，"他打断她，"你得赶紧来工作。"

"是吗……"她从他冷酷又爽利的语气里感到一种奇怪的鼓励，她瞬间又不觉得他无情且苛刻了，甚至，她还莫名地感到心头一暖。

"是，快来吧！"他说完，挂了电话。

她呢，则抱着电话听筒，好一会儿才把听筒挂回原处。她觉得自己被振奋了，又觉得自己可真容易被满足。不对，应该说，她真容易因马骁的一点儿微小的举动而满足。马骁需要她，对不对？不，这想法太笼统，不准确。是工作室需要她，对不对？唉，无所谓了！总之她有了正向的动力。

她迅速地梳洗。她听马骁的，不把时间耽误在打扮上。她拿出第一次见吴岩时穿的那条紫红色连衣裙，不戴任何配饰，又随意地踩上一双黑色平底鞋，披着头发就往工作室去了。

到了工作室，她见陆一舟和马骁都在。那粉红色的、过山车座椅模样的沙发竟真的做好了，就摆在一进门的位置，真刺目，其廉价的质感在灯光下无可掩饰。她走近细看，发现沙发的造型与她印象中图纸上所描摹的过山车座椅的差别很大。这样的东西能用来打发谁呢？

"吴岩后来又付了一部分钱。"马骁手里夹着一支抽了一半的烟说。见董回音一脸困惑，他走到她身边，与她并肩站着。他吸了几口烟，问她："想抽烟吗？"

董回音还在纳闷，便没接他的话茬。她想了想，带着失望和不满说："沙发这么快做好了，所以说，钱是万能的？"

"钱是不是万能的，这您还不知道吗？"陆一舟在一旁笑呵呵地反问。

她本已经够难受了，见陆一舟咧开的大嘴，她不甘被调侃，便说："你怎么从不跟我讲《雅典的泰门》？你应该很喜欢那个故事。你恨钱又要钱，你就像剧中的那个哲学家。你能讲一万句话为自己贪别人的金钱去辩白，能创造一百种理论为自己不付什么努力就把钱拿了去开脱。"

见董回音明显要把一股气往自己身上撒，陆一舟脸上虽依然挂着笑，嘴上却厉害起来："您在咱们熟人之间还是个挺敢说话的人，但是啊，也得有胆子对付外面那些小鬼儿，比如……"陆一舟本想做个比喻把高鹤的事提出来，然而，看到董回音一脸憔悴，他到底不太忍心。他也明白，今天的好戏还在后面，现在不是跟董回音闹别扭的时候，于是说："骁儿准备了东西，赶紧看看。"

她一听，冷静了不少。她再看看马骁，见他已不再抽烟，而是往墙边走去，从一个杂物堆后面拖出一个双皮带扣的深褐色仿古皮箱，一直拖到她脚边。

马骁利索地打开皮箱，里面是一把铁黑色的短剑，没有剑鞘。

"罗马短剑！"她自认为没看错，笃定地喊了出来。

"知道你是有点儿古兵器知识的。"马骁脸上掠过一丝欣慰的表情。

"那是，"她微微扬起头，"因为兵器史也是历史啊！我没少看历史书。这把剑，是按照罗马短剑的样子做的。"

"对。罗马短剑是古罗马军队的标准装备，也就是说它是打仗时候用的。它长度不过半米左右，很好使，可以刺也可以劈砍。"马骁半眯着眼睛瞅着她，似乎在期待什么。

"嗯，它剑身宽、中脊厚、长度短，理论上说，使用起来会很灵活。"董回音脸上浮出欣快，对于自己熟稔的知识，她忍不住滔滔不绝，"这就是罗马短剑……你知道英文'gladiator'这个单词吗？意思是格斗者，也有精通辩论者、职业拳击者的意思。这个词是从罗马短剑的英文'gladius'衍生而来的。还有剑兰这种植物，英文叫'gladiola'，也是因为它的叶子形状像罗马短剑而得名。"

"别跑题了，你试试它。"马骁说着，把剑从箱中拿出，放到她手里。

"怎么试？"她十分意外，双手僵硬地捧着它。

"肩膀放松，用你平常习惯用力的那只手握它。你不是左撇子吧？那就用右手。不要去感觉它的重量，这是高碳钢做的，并不重。把它当作你的一部分，想想你要做什么？"马骁抚了一下她的右侧手肘。

"我要做什么？"她瞪着眼睛看他。

"你不是喜欢历史吗？结合历史想想。"

"历史……"她盯着手中的短剑，轻声絮叨，"公元前5世纪，希腊打败了强大的波斯帝国。后来，亚历山大统治了整个希腊。再后来，罗马帝国兴起……"

"对，想想罗马军团，他们怎么打仗？"

"打仗……他们非常血腥地打仗。他们用标枪远距离进攻。而近身作战时，他们的短剑能把敌人的内脏刺破，甚至能砍断手腕。鲜红的血，会顺着刀刃流淌下来……他们，能听到敌人的哀号。"她睁圆了双眼说。

"对，想想打仗，想想进攻，"他握了一下她的手腕，"你要进攻明白吗？"说完，他又推推她的肩膀，把她领到那粉红色的沙发前，问道："这沙

四楼的玻璃柱 | 225

发是什么?"

"是什么?"她愣着看那沙发,只觉得做工实在粗糙。

"是什么,你告诉我。你看到它有什么感觉?"

"它……会伤害我……"她的声音极低。

"一个沙发为什么能伤害你?"他的声音随着她的,也压低下来。

"它邪恶。"她忽然清了清嗓子,稍稍提高了音调,"定做它的人、想要它的人,一个人或者几个人,他们皆与邪恶不无关系。"

"为什么你这么想?"

"他们缺乏真正的情感。他们被物化了。"

"那么你呢?你被物化了吗?"

"我没有。我是人,我……我要生命有价值,我要有人格。"她的声音更大了。

"对。你得为了你的人格做些什么。你不能把武器对着自己,而要对外。你要消灭伤害你的东西,明白吗?"马骁握住她持剑的手。

她把着剑,动作笨拙,迟迟下不了决定。等一下,什么决定?消灭,消灭的决定。

"董回音,你要进攻。你有破坏欲,因为你感到愤怒,因为你知道自己被欺骗了。你的破坏欲要指向外部而不是内部,明白吗?你可以歇斯底里,你可以表达你极大的愤慨和敌意,你可以反抗,你可以拒绝,但这一切都需要你动手。你得动手。要对外,不要对内。你得让你的人格回到它应该在的位置上。你有权利,你要保护自己。"

"我得动手。"她看向他,不自觉地对他点着头。

"对,你得动手。"他也对她点了点头。

她绷着脸,表情峻刻,脑中如有噼啪声在作响。你得动手,我得动手,我们都得动手。我们可能在彼此身上看到了自己需要被怜悯或被原谅的渴望。我们自己实现不了,却希望对方替自己实现。这是一种投射,还是一种移情?你看到对方做了一件事,你感到是自己在做。她这样想着,感到自己不再畏葸不前。她走向那粉红色的劣质沙发,觉得一阵血涌上来。她猛的一下使足力气，把那柄短剑直直刺入沙发的靠背中。她眼见着人造革裂开了，填充在里面的一层薄薄的海绵露了出来。她又刺了一剑，把那层海绵也捅破，里面颜色不一的碎海绵块掉了出来。她继续刺，接连把几块碎海绵刺穿。

工作室的门被推开，有人走了进来。她听到推门声和脚步声，扭头望去。看到是吴岩，她一下子顿住，停下手里的动作，屏息盯住他。她忽略他的五官、表情、皮囊。她看到他脑海中诸多女人的面孔，其中，还有她自己的。她无法忍受自己被迫列入这支队伍中，成为其中的一分子。她不愿多看他了。她希望再也不用看他、看这类有着人的外皮却实则如蛆虫的生物一眼。她不顾一切，用短剑对着沙发的扶手劈砍起来。她一边砍，一边喊："有什么丢脸！当按摩师怎么了！为什么你要为自己的母亲感到丢脸！你应该为你自己感到丢脸！"

"董回音，董回音。"

不知过了多久，她听到马骁在唤她。

她全身发抖，回过头，看到马骁笔直地站着，手里夹着一支还没点燃的烟。她微微地张了张嘴。他与她心有灵犀似的，把烟点燃，然后走上前，放到她嘴里。

她使劲抽了两口烟，再去看看周围，见陆一舟正在一旁带着一副专注的、感兴趣的、略有些欣赏的表情，笑吟吟地看她。至于吴岩，早已不见了身影。

她把烟从嘴里拿下，问马骁："你出门送过吴岩了？"

"那不叫送，我说了他两句。"马骁面色平静地说。

"你说他什么了？"

"没什么，只是让他别觉得自己亲妈当按摩师就见不得人，他才见不得人。"

董回音听后，笑了。她的笑容在脸上挂了很久，却不言语。她无意去道出自己对吴岩的认识，她的认识，应该与马骁想的一样。她默默地正在为另一件事开怀：她看到马骁在回忆什么了。他在回忆做美甲师时的画面。他曾那样认真、细致地在客人的手指上描了一牙西瓜。

"你画了西瓜……"她还是忍不住说了出来。

"对，不仅西瓜，我还会画吸尘器。"马骁竟大大方方地接了她的话。

"不可能，什么客人会在指甲上画吸尘器?"她笑着质疑，伸手拨了拨自己的头发。

"我说的是画油画。"

她愣了一下，感到歉疚和惭愧，赶紧低头抽烟。

"我画过一幅画，就画吸尘器。我想的是，人得把自己当作一个房间，定期打扫。"马骁少有这样的坦白。

面对他此刻的坦荡，她反而不知所措，一时间说不出话来。

"金子? 贵重的，闪光的，黄澄澄的金子? 不，是神哟! 我不是徒然向它祈祷，它足以使黑变成白的，丑变成美的，邪恶变成善良，衰老变成年少，怯懦变成英勇，卑贱变成崇高。"

陆一舟在窗边，看着雨水形成的丝线，念着《雅典的泰门》中的台词，他似乎以此默认了自己就像剧中的哲学家。

董回音看看陆一舟，又看看马骁，一些画面闪闪烁烁地从她眼前排列而过。她走到陆一舟身边，想问个究竟。

原来，马骁前几天已查过了吴岩及其一众社会关系。通过一些社交网络上晒出的图片、一些辞藻堆砌的轻浮留言、一些用心地编写并公开示人的简历，马骁判断出，吴岩之所以要定做一个过山车座椅样式的沙发，是为了讨MBA班上一个女同学的欢心。那位女同学平常开一辆黑色的保时捷跑车。她的步入式衣帽间里，数不清的手表、首饰与一双双红底高跟鞋堆在一起。她一个月前在网上发文，说起自己小时候的过山车情结，表示想把儿时常坐的粉红色过山车座椅搬到家里来，坐在上面感怀念旧。吴岩由此动起了心思，主动揽下这份"差事"，以便从这位富家女身上捞金。

马骁和陆一舟聊起吴岩那些并不高明的手段，决定不接他的单了。

"我可不想花时间在这种下三烂又没什么利好的订单上。"马骁曾这样对陆一舟说。

听着陆一舟概略的讲述，再结合他脑海中的视像，董回音知道马骁是如何布置了供她发泄的"战场"：他在二手交易平台上找了个粉色的儿童座椅，简易改装。那柄仿古罗马短剑，则是他珍贵的收藏品，也是粉碎吴岩捞金计划的道具。是的，就是这样。她懂了。

她懂了，但是又不免忧虑。她碎步跑到马骁面前，问："你不担心吴岩会找工作室的麻烦吗？"

"一点儿也不担心。他那种骗子，活在被识破的惶恐中，一旦意识到自己可能要被揭穿了，他只会想逃走。"

她替马骁松了口气。

"你没被他骗钱吧？"马骁忽然问她。

"没有。"

"真的？"

"真的。"

"他后来可又付了一笔款，虽说今天之内工作室会把钱都退给他，可我得知道，那钱不会是你帮他付的吧？"他哼了一声。

"我可没有，"她上起火来，翻了个白眼，"那钱，是他跟哪个女人要的吧，他是有很多女人的。"

"那人呢？"他又哼了一声。

"人？"

"你人被骗了吗？你知道我在说什么。"

"没有。"她闭了闭眼睛。有些事，她可不愿回顾得太细。

"真没有就好。"

"真的没有。但是……我是不是做错了？我算是纵容过他行骗吗？"她怯怯地问。

"你没做错什么。其实，你做什么跟不做什么都是一样的。有些人就是坏，不管你怎么做，他们都是人渣。"他用冷眼瞥瞥她。

她听了，并不显示出感动，感动不足以来表达她受到恩惠之后的心情。何况，她又不能自已地分了神，去琢磨别的问题：马骁为何开始对她释放出越来越多真实的记忆？陆一舟要做的戏剧到底什么时候才能做呢？父亲喜欢的《君王论》她看懂了吗？对别人脑中视图的一整套解读系统能完善吗？曾经的罪、后来的罪、旧伤疤、新伤疤、失去的爱、从未获得的爱……我们行为中的那些转变、偏执、乞求、夺取、背叛、纠缠……这么多的内容，她梳理得过来吗？她不知道。

只是，不要诡计，不要偷窃，不要懒惰，不要病态的反应。除此之外，她还得去找，去找那些在生命最初期就天然具有的、此后又不断出现的、具有一千万种面目的、持久的禀性。"在浩瀚的宇宙中，一定存在着我正寻找的那个完整的方法论。"她得去找这句话背后的含义。

第五章

一

人类的生命是如何诞生的？

首先，精子与卵细胞在输卵管内相遇完成受精过程。之后，受精卵在输卵管内发育成胚泡，而胚泡会移入子宫，继而埋入子宫内膜发育成胚胎。胚胎用八周左右的时间发育成胎儿。

以上这些并不难理解。

你觉得你理解了，那么从网上下载一张胚胎即将发育成胎儿时的图片。

参考图片，将油泥捏成山楂果大小的人胚胎形状。细节处用小钢丝刀加以雕刻。

在细沙里加一点儿黏合剂。找张大一点儿的桌子，在桌面上将加了黏合剂的细沙堆起。把雕好的泥胚胎埋进沙堆里，十五分钟之后取出。沙堆里会留下胚胎形状的坑。这时，把液体锡倒进坑内。等到锡冷却成形，你就得到了一个人胚胎形的锡块。

相比熔点在上千摄氏度的不锈钢，锡的熔点很低，大约只有二百多摄氏度。把你获得的胚胎状锡块放到不锈钢汤勺上，再把勺子置于酒精灯上，锡块很快就会融化。你要抓紧时间，把融化的锡立刻倒入冷水中，就会得到一块异形的锡。

你得到的这个异形锡的形状是随机的、偶然的，无论它看起来多么奇怪，都象征着你作为一个生命，从被孕育到现在，一切经历的汇总。这个汇总，能带给你有关未来的启示。

你相信吗？

世界的一切似乎都围绕着相信与不相信。

你得到一块异形锡，它看着可能像残月，也可能像核桃仁。你不相信这些形状是毫无意义的。是啊，你的观看给了它们意义。你将如何解读这些形状？无论怎么解读，你的内心始终抱有种种偏袒和希冀，在这些偏袒和希冀的驱使下，你希望获得一个信号。

一些坑洞、一些隆起、一些曲线、一些轮廓，你希望这些能告诉你什么，它们就变成了什么。

你的未来有没有可能幸福？如果有，那幸福又会持续多久，与何人何事相关？

由锡块牵引出的问题，马骁默默问过自己多少次，他不记得了。他不记得，因为他觉得不重要。他觉得太多事都不重要，还耽误他的时间。可那些锡块所指向的问题，又似乎与他认为重要的事有些联系。什么联系？好像，他也不记得了。

"没关系。不记得，说明不重要。"他告诉自己。

清冷的秋夜，马骁把董回音和陆一舟都留在了工作室，教两人做胚胎状的锡块。

有个熟客，每年接近年底时，都要从工作室这边定制一批锡块，并要求各个锡块之间要有细微的区别，不要用模具做流水线似的玩意儿。有时，客户还会专门定制几个大块的。关于那用锡块预言未来的游戏，客户曾煞有介事地说给马骁听。

这游戏背后真的存在什么精致的寓言式解释技术？马骁在董回音和陆一舟面前显得对此漠不关心。他只是说，这单生意做起来还算省时省力，而客户本人，社会地位不低，出手又大方，工作室没有不接这活儿的理由。

做锡块这事的确简单易学，无论你手笨还是脑子不灵光，都能跟着做几个，质量及不及格另说，工作室偶尔也需要安排点儿有娱乐性的集体活动。何况泥胚都是马骁来捏，精雕细刻的活儿也是他亲自动手，剩下两人无非是凑热闹。

胚胎状的锡块被一个个做出。三人分别选了一个属于自己的锡块，丢入冷水中，形成异形锡。他们对着各自获得的异形锡议论起来，把这当作消遣。

"我这块儿像某种食物。"陆一舟手里的异形锡像一条蜷曲着的毛毛虫。

他盯着它，笑呵呵地。

董回音从他的脑海中看到了仿佛过春节时的场景：小孩在追跑和嬉笑，茶几上撒着花花绿绿的糖果，饭桌上摆着烤鸭、饺子、燢大虾。

"原来你喜欢燢大虾。"董回音瞅着陆一舟说。

"对，"陆一舟舔舔嘴唇，"你都看到啦！"

她羡慕起陆一舟，羡慕他能有这样完全放松的时刻。他憧憬的不再是舞台，也不是情爱，只是节日中的热闹与一顿美餐。能这样简单，真好。

她又看看自己手中的异形锡，像一枚丑陋的卵。它只是一块凹凸不平的金属，与艺术、神学和科学均无关系。

"这可能是德国巴伐利亚地区的古老传统。每到年底，那里的人们就用这种方法预测未来一年的命运。我得查查书，看看到底是不是巴伐利亚地区，以及这个习俗是从什么时代开始的。"为了免去自己会生出什么烦恼，董回音把整个算命游戏当作一个民俗学知识来冷静地看待。

"别让学问成为累赘，制约了你的想象力。"马骁对董回音说，"如果把太多博大精深的东西放到自己脑子里，你自己的想法为了给那些东西腾出地方就会遭到挤压。"

"灯，油灌多了反而灭。植物，水浇多了反而死。"陆一舟顺着马骁的话，念出诗句来。

"这是哪个剧本里的台词？"董回音问陆一舟。

"您没看出来吗？"陆一舟反问。

"你脑子里现在都是食物。"董回音僵硬地笑了一下。

"嗨，"陆一舟咧着大嘴，"刚才那不是台词，是我自己的创作。名句念多了其实也没意思了，还不如自己写的。"

"脑子里总是塞着别人写的东西，是会抑制自己的思想活动。"董回音开始反思，自言自语，"懂得多不意味着比别人更明白事理。当自己的记忆被知识装满，对事物的理解和认识却可能化为一片空白。"

马骁在一旁不吭声，他凝视着自己得到的异形锡：它看起来像一大一小两粒果实粘连在一起。

"骁儿，你觉得你这个是什么意思？"陆一舟把头凑过来问。

"双丰收吧。"马骁随口一说。

"你那么勤快，不混个名利双收就不公平了。"陆一舟这话倒是发自肺腑，没有讽刺的意思。

"名利是给别人看的。我自己想要的，很难得到。"马骁不屑地哼了声。

董回音听马骁说出这样的话，默默地看起他来，却看不到他对往事的追忆，也看不到他对当下的寄托。他的脑海中总是影影绰绰的一片：有光，有阴影，有色块，有模糊的人形，有工作时要用的模具和材料。唉，他不是应该慢慢地敞开心扉了吗？为什么还是看不清他呢？！

不过想想，自然界里哪有飞跃？我们都是自然界中的一员。你无法从一个状态一下子飞跃到另一个状态。好吧，她愿意等。况且，她怕他难过。他一难过，她就谴责自己。她一谴责自己，就少不了做些惩罚自己的行为。

见马骁和董回音的脸色都变得不好看了，陆一舟放下手中的异形锡，唠叨起自己的念想来："说到名利，我看不上那些瞎炫耀、乱吹嘘的人，还有那些表里不一、沽名钓誉的人。可我要是在名利场上没有一席之地，我就没资格说那些人不要脸。回音，你知道吗？做一个小剧场的戏，场地小点儿，舞美省点儿，演员少点儿，其实也就需要十几二十万。你想当出品人吗？当然，是在有一天我弄出个好本子的前提下。"

还没等董回音反应，马骁不想让陆一舟继续说下去，声音沉沉地截住他的话："一舟，你要诈骗别在工作室里骗。"

"我怎么诈骗了？"陆一舟挠挠鬓角，脸上还挂着笑。

"诈骗怎么定义的你自己查查。"马骁点了支烟，"你接待过的客户还少吗？客户里面正儿八经做事的人有的是，你没受点儿熏陶？"

"噢！"陆一舟又挠挠鬓角，瞪起眼，"是啊，咱们客户里还有大律师呢！我受熏陶，受什么熏陶？他们那些人哪个又真算得上是正经人？那么多人，我找不出谁是正直的！"

"好人寥寥，谁也无法为自己彻底地辩白。如果目的是善的，那么手段是否必须是善的，不一定，只是手段不能是愚蠢的。正不正经，跟愚不愚蠢之间的关系肯定是紧密的。而愚蠢的人是不少……其实这也不是我自己想的。我记得是看了康德的书，书里有这些想法。"董回音老老实实地说。

"还是回音说得好！"陆一舟赶紧赞同她，为了给自己鼓鼓气。

"康德的书，"马骁斜了一眼董回音，"你就没点儿自己的独立想法吗，女博士？"

女博士，这三个字真刺耳。董回音认为马骁是故意的。她能体察到他的烦躁。可他在烦恼些什么呢？一个太空人，一闪而过。她一惊，喜悦中裹着紧张。太空人……他在想什么？

然而她无法直接问他。她知道，他不想主动说的事，是不会松口的。

"还是说工作吧。锡块……巴伐利亚地区的传统……那个定制锡块的客户和德国人或者德国文化有什么不解之缘吧！"董回音心口不一，嘴上说着她自觉不会让谁为难的话。

马骁却不接她的任何话茬了。

那个晚上，三人倒也没有不欢而散，只是马骁叼着根烟先走了。他一走，董回音便问陆一舟，最近工作室还接了什么活儿。

"有个有钱人，要做个金的太空人模型。"陆一舟告诉她。

"有钱人……太空人……"董回音思量着，同时从陆一舟的脑海中看到一个女人：一个眼角微吊、穿直筒西装裙的女人。

"新客户是个女人？"董回音马上问。

"直接跟工作室联系的是个女人。网上能看到她的简历，名校毕业的才女，做过大企业的工程师，现在是什么金融科技公司的高管。不管什么人，假有钱人、真有钱人、金太空人、银太空人、出品人、制作人，还是那句话，那么多人我找不出谁是正直的。"陆一舟咧嘴笑笑，头却耷拉下来。

"善是客观存在的，"董回音轻轻地说，"如果一直无法发现善，也许是对善的认识不够。这还是认识论的问题。"说完，她仿佛对什么有所不满似的，用力扯了扯自己的发梢。

"幸亏您有意无意显摆的基本上都是学问，而不是吹自己出身于豪门还是什么门。"陆一舟又笑笑，却抬起了头。他还是喜欢她的。也许，该说得再准确点儿，他是喜欢她这类型的有钱人。可不是嘛，他还给她写过两句诗呢！她应该都没往心里去吧！想到这里，他的脑袋再次垂了下去，同时在心里愤愤地劝说自己应该去"喜欢"更多类型的有钱人。他不得不这样，不然前面的路，不会好走。

二

　　董回音躺在床上，脸朝下闷在枕头里。再夸张的事她都感受到了、经历过了。那活过的二十几年，对她来说总感觉像是几百年。

　　她昨晚做了个可怕的梦：人类某些不计后果的行为——肆意倾倒垃圾、大量排放废气、制造消费陷阱、贩卖个人信息、玷污感情、摧毁信仰——导致只要人类足迹遍及之地，其环境皆发生了巨变。海洋、大气、磁场，一切都变了。海平面忽而升高，忽而降低。大陆地壳不断地发生改组。人类在灾难面前渺小无助，竭力嘶吼，不情愿地接受被灭亡的命运。

　　她被梦中的灾难性场景惊醒后，发现时间尚早，天刚蒙蒙亮。她想振作起来，今天还要去工作室呢！然而早餐她是全然没有胃口吃了。就在她决定空着肚子出门时，马骁给她打了电话。这倒没什么太令她奇怪的，奇怪的是，马骁竟问她能不能打视频电话。

　　她犹豫了，原因是不确定自己要不要化个淡妆再换身衣服。毕竟，他是要看她的。她同时也忐忑起来，这暧昧的邀请很容易让人自作多情，走神分心。说到底，她从未与他视频通话过，这毕竟是件让她兴奋的事。于是，她答应了。

　　十五分钟。她仅仅用了十五分钟收拾自己，因为不想让马骁觉得她做作、肤浅，从而看低了她。她套了件浅蓝色丝质连衣裙，裙上有两条缝死的缎带，可以系紧来显出腰部的线条。然而她没那么做，只是把缎带松松地搭起来。

　　她坐在客厅的写字台前跟马骁连上了视频。她有点儿难为情，头微微低着，但又难掩欣快，不自觉地露出微笑。

　　马骁在手机屏幕里没什么表情。他点上烟，一边抽一边告诉她，今天远程办公就行了。

"陆一舟呢，他干吗去了？"她觉得他有种说不出的怪异，又不敢直接问，只好问了个寻常而不显得别扭的问题。

"他去跟新客户沟通了。去客户指定的一个私人会所，在一个四合院里。"

"是那个穿正装的女人吗？"

"看来你已经知道了，是，她要定做一个太空人模型。"

话说到这里，自然而然地，他们聊起了太空，谈到载人航天器、星系、人类对宇宙所怀有的恐惧和探索欲并存的矛盾心理。

"对宇宙进行探索时最复杂的心态其实是，作为人类，我们居然能理解并探索它。它如果能被我们剖析，那么它的真正奥义还存在吗？"马骁抽着烟，没有看镜头。

"这是你要为客户做太空人而进行的前期功课吗？"

马骁不回答她，继续一大段议论："要望向太空，就不可能跳过自己所在的星球。看看地球吧：一颗小行星的撞击结束了恐龙统治时代。还有你知道吗，地球上所有的黄金以及绝大部分重金属有可能源于一颗中子星的爆炸。想要离开地球，做太空人，却不去了解一点儿关于载人飞船的最新测试结果，实在令人无语。有的人总是从寻找捷径中获得喜悦。就像艺术，许多艺术家都中了简约的毒。我也可以玩简约，但是就算把简约美的规则玩得再熟练我也没有快感，因为我看到了太多人对简约美背后所存在规则的误解。他们以为简约美就是把东方的留白写意和美国的极简主义结合在一起。文化这东西跟消费互相勾搭，创造了多大的市场价值？太大了。大家又聊文化，又侃审美，又花钱买乐，觉得自己的眼光提升了，却忘了连眼光都不是自己的，而不过是迷信潮流被别人强加而来的。太空人，唉，还没认识好地球，连普通人都不珍惜，做什么太空人。"

她当然听出他的烦躁。他不点名道姓，却责骂了一众人。他责骂着一众人，却又像是专门攻击某个人。也许他自己都不清楚到底要申饬谁，汹涌的情绪使词语一经说出就偏离了本意。这样一番倾吐中，每个句子都不像他应当说的话，更不像他会对她说的话。

她凝视屏幕中的他，想看出些更深层的东西，然而一无所获。

"你看什么呢？"他冷眼问她。

"没什么。"她垂下眼帘。

"你是不是什么都看不到？你有没有寻思过，为什么现在这种情况下你无法得到我脑中的视像？"

她猝不及防，回了一句："我跟你，从来都很难。你自己知道怎么回事。"

马骁掐了烟，一眉一眼都像在训导："你没认真思考。比如手机是否会造成电磁干扰，使你的能力无法正常发挥。"

"手机、电脑，还有各种电子设备发出的电磁波如果对我造成干扰，那么无论我在哪里、遇到谁，都获取不了什么。每个人的手里或包里都免不了有这些东西。"

"你说得没错。先不说你跟我，你和别人打电话的时候能获取他们脑中的视像吗？"

她想了想才说："不能，我必须与那个人在空间上距离比较近。"

"你这才说到点儿上了。人体的记忆储存并不仅限于大脑。你看过不少书，你觉得记忆只储存在中脑和大脑皮层中吗？"

她领悟了他在诱导她往什么方向思考。回想自己渎过的那些七七八八的科研论文，她有了些底气，应道："记忆存在于人体的每一个细胞中。正因如此，当一个器官被移植时，器官中的记忆也被移过去了。这就是为什么有些接受器官移植手术的人在术后会出现与器官捐献者在行为或思维习惯上的相似。而且，如果我们虐待自己的身体，比如酗酒、滥用药物、节食、暴食，这些都会在身体的各个部位留下记忆。造成的结果就是，我们的身体会依赖这些行为，而纠正这些行为并不容易。"

"你不是不明白。"他似笑非笑。

"所以你今天不见我，还是为了回避。你在避免自己的记忆被泄露出来。"她不断地眨着眼睛。

"错！你想过没有，为什么你那么难以窃取我的想法？咱们近距离相处的次数也不少了。"他哼笑着说出"窃取"这个词。

"因为你训练自己篡改记忆，篡改当下所感所想，篡改一切。"她感到有些冤屈。她自认为，既然她早已告诉他，她的特异，那么她获取他脑中的任何信息，都还算是通过光明正大的方式。

"我本事有那么大吗？"他对着镜头，眼中竟有种不可思议的肃穆。

她不言语，在想他的话中是否另有深意，又想自己是不是疏忽了什么。

"我记得你走进工作室把那根玻璃柱送上门的样子。"他低沉地说。

"是吗……"她只觉得被他一路诱导着，他说什么，她就跟着想什么。她低着头说："反正我也看不到你是怎么回想我的。"

"说实话，我不记得你那天穿什么，我估计你会关心这个。"他撇撇嘴，一副看不起她的神态，"但是我记得，你是那么执着地要告诉我，那根玻璃柱多么有用。"

她觉得自己就是个失败者，叹息着说："有什么用……你反过来告诉我，根本用不着玻璃柱。"

"你太依赖工具了。你太依赖外物，你越依赖它们，越把自己与外界分得清楚。外是外，里是里。你太见外，你对自己都见外。你把自己也劈开，把自己的能力也视为外物，你不与它融为一体。你灵与肉分离，就很难做好什么。"他说完，被自己的话吓了一跳。这话真熟悉，有谁跟他说过类似的话？有谁提醒过他："你的肉身跟你的灵魂根本不匹配。只有当你让这二者有一天融合在一起，你才能做到那重要的事。"他被这样批评，现在他又拿同样的话去批评董回音，这么看，他和董回音似乎是一类人，这真让他不愿承认啊！

还好，董回音没盯着他看。她被他说愣了似的，眼神木讷。其实，她在回味他的话。她对受到的批评不免有些怨念，但随即觉得又酸楚又感动。她不觉得他在谴责她，只觉得他在帮助她。她因此没有产生为自己辩白或与他争执的欲望。她甚至认为他们的的确确建立了一种宝贵的情谊，在这份情谊中，无论他是否承认，他就是对她有一种出发点也许十分奇怪的渴望。只是，他这个人对情感排斥的时间太久了，他已不知该用何种恰当的姿态与自己所渴望的对象互动。他在抵抗自己产生的感情吗？而她，真认为自己具有多么非凡的魅力能使他花十足的力气来抵御吗？

"你对齐熙怎么没那么好？"她这么问他，是想找出点儿佐证，证明自己对他的判断不会错得离谱。

"怎么想起齐熙来了?"他淡淡地问。

"我觉得……你不是特别想帮齐熙。你对齐熙遭遇的事冷眼旁观,还利用她气我。我之前还挺恨你的,后来你开始帮我,我都不恨你了。"她说着说着,放松起来,根本不去字斟句酌。

"我没那么多时间和精力献爱心。你觉得我帮你?'他语速慢了,嗓音也挺温和,眼睛里却透出审慎。

"你肯定不愿意承认你帮我。"她不想拘束自己了。在他面前,她拘束得还不够多吗?索性,有什么话,她现在就要直接说出来。

"还记得齐熙后来跟我玩暧昧吗?"他倒也很直接。

"你不是说她要把力比多撤离,投注到其他对象身上吗?"她自然记得清清楚楚。

"感情很多时候都是个耽误事的东西。虽然说没有感情无以为人,但感情是怎么坏事的,你没经历过吗?你看不清我,真的是因为我能做到分分秒秒对你严防死守吗?我做不到。我是个人,人类共有的局限性我都有。为什么你觉得面对我什么事都那么难?你的嫌疑从来没被我完全排除,你跟王蛟浔必然有着什么联系。而你从王蛟浔那里知道的事,我想无非是情史。你怎么理解那段情史?情有苦衷或无情背叛?你觉得王蛟浔爱我还是恨我?你体会到她对我的感情了吗?你体会到了,不管与事实是否相符。你体会到了纠缠、远离、偏执地撕扯、嫉妒性妄想,你体会到的东西太多了。世上一对情人、一对曾经的情人,他们的恩怨干扰了你。不是什么外界电磁干扰,不是什么科技手段,是感情干扰了你。"他说了这一大通,戛然而止,对着镜头,却不看她。

"心理学就教会你这些吗?从心理学的角度看,你认为我和王蛟浔产生了共情心理:我把她的感情当作自己的感情来体会,所以我没法看清你,你就是这么理解的?"她忽然间觉得自己比他坚强许多,而他,怎么那么幼稚!

"我说中了吧!"他却显得自我感觉良好。

"我和王蛟浔根本就没联系了!你傻不傻!"她脱口而出。

"没联系了？看来之前联系维持了很久。"他嘲讽地笑笑，看她还能怎么解释。

"不是你想的那样！"

"那是怎样，你有胆量告诉我吗？你不就是来看看我混得怎么样，然后去给人通风报信吗？王蛟浔也够没劲的，自己躲在暗处干吗？她是觉得自己真做了什么丢人现眼的事吗？你呢？你就那么情愿给人当传话筒？还是你一不小心喜欢上我了？不过你懂什么叫喜欢吗？你跟那些男人的破事，足以说明你不懂感情为何物！"

她睁大眼睛，听着他批判她。虽然他臆想了太多莫名其妙的事由出来，然而他对她的批判也是应该。她的人生总也没什么实质性的进步，净是些倒退。她难道不应该被泼一盆冷水吗？尤其是被他这样的人。他有资格对她这样发话。为什么？因为她就是喜欢他！不对，她不是不懂什么叫喜欢吗？可这是他的判定。那么他这判定公平吗？她懂感情吗？也许，她并不懂。

"怎么了，你怎么不说话了？"他问她。

他竟还要她说话！她气得不吭声。她不知怎么与他吵架。对，吵架，那种毫无逻辑和理性思维的叫嚷，她没有这项技能。

"跟齐熙相比，你才是真正的受虐狂。"他挑衅地说。

"我想骂你两句。"她因忍不住心里的恼火而开了口，说出的话却干干瘪瘪的。

"骂啊！"他竟笑着说。

"可我不太会骂人。"她咬着嘴唇。

"这有什么不会的，随便说几句脏话，你不会吗？"

"说脏话有什么用？"她瞪着他。

"也是，要骂就骂对方最不想听的话、最接受不了的话。那你觉得我最不想听什么？"他此刻语调平缓，眼神里有几分鼓励，仿佛他不是什么恶人，而是要帮她似的。

他这人究竟怎么回事？她犹豫着，费力思索着，却忽然间听他吹起了口哨。他问她，知不知道他吹的是什么曲子。他问得很真诚，好像他真的不知道自己吹的是什么。

"巴赫。"她斜了一下眼睛，"你怎么会不知道你吹的是巴赫？"她觉得自己可算逮住机会反攻了。王蛟浔在他身边时，他必然没少听巴赫。现在他装傻，不过是拙劣的伎俩。

"我真的忘了。"他的脸，并不对着镜头。

他是真的忘了还是假装忘了？还是假装着，假装着，就真的忘了？这类质疑她没说出来，只是默默地想。她还想再跟他辩论几句，却被他无礼地关了视频。

她一开始还以为是他手误，或是信号出了问题，于是等他打回来，但是他没有再打回来。她呢，也不找他。她愣愣地坐着，意识到自己对他若有恨，也只是虚构。虚构的恨，背后是别的东西。可她不是不懂爱吗？那她对他的感觉能是什么呢？

感情是个耽误事的东西，又会对她的能力造成干扰。她倾向于相信他所说的。好吧！至少她能确定，她对他有信任。就是这样荒诞，一个篡改自己记忆的人，她却信任。

她还有工作要做，她还有工作要做。她对自己重复着，强调着：感情太耽误事了，而她还有工作要做。在浩瀚的宇宙中，她总也不前进，那就是辜负了她所拥有的能力。

三

陆一舟去四合院见过女客户柳琨之后，就受了刺激。他憋着一肚子怒气，来酒店找董回音。他皱着眉，说话粗声粗气，双手不停挥着。他情绪里冒出的一股稚拙与他的讲述结合在一起，总是词不达意。他讲那个四合院位于城里多么寸土寸金的地方，讲天井上的玻璃天顶以及玻璃上他看不懂的精巧纹饰。他说起院子里收藏的葡萄酒，来自波尔多的什么玛歌，他不确定自己记对了名字。他讲起与柳琨会面的房间里的假壁炉和不点蜡烛的烛台，还有那些风格互相冲突的贵家具。

"你怎么知道那些家具贵？"董回音问他。

"因为柳琨这女人每个眼神都在告诉我：贵！跟她有关的什么都贵！而她自己，更贵、最贵！"他正在气头上，说起话来语无伦次。

"你看不惯她作为财富的拥有者摆出的姿态。"

"谁知道她是不是真的拥有。"他觉得这个问题不需要辨别，只是柳琨这个人的存在，就足以使他躁狂。

董回音看到了。她看到了陆一舟与柳琨见面的地方，以深红色为基调的房间内那些代表着奢华的元素：金色的壁式烛台和借鉴16世纪意大利风格制作的壁炉。至于壁炉能不能用，她看不出来。实木家具上的褐色釉、桌子边沿的涡卷装饰雕刻花纹、落地式摆钟、体积庞大的枝形吊灯以及吊灯上的长铁链……

她又通过陆一舟看到，雕花的桌子上有一尊雕像，那是亚当·斯密吗？还有英文杂志，是《经济学人》？不一定，她看不清，因为陆一舟脑中的视像也有含糊的部分。等一下，那桌上还有相框，大大小小的相框。啊，有一幅被框起的马西莫·列斯德里的摄影作品。是复制品吗？她无法确定。其余的相框中，大部分是私人照片。是一家人的照片还是所谓上流社会新贵合影？

她不知道。但是，有张脸，她居然熟悉。她认识那张脸，她在机场见过，很久以前。

那是邵先生的脸。

"气死我了。我给那女人讲了唐璜的故事。拜伦的长诗版《唐璜》里的一段：在伊兹梅尔战役中，沙俄贵妇们想着，土耳其人要来侵犯我们啦！侵犯？为什么要侵犯你们？也不看看自己一个个长什么样子！"陆一舟今天的脾气大得接近于胡闹。

没错，她觉得他在胡闹。你仇富，你不能被财富打击。你脆弱，你见不得富人的一颦一笑。但是，是你先以贫富来将人划分，给自己的愤怒一个正当的理由。

"回音，你在听吗？"见她没给出一句支持的话，陆一舟更急了。

"听着，我听着。"她表情淡漠，不以为然，"拜伦的《唐璜》，讲的是发生在18世纪的事，现在人还借鉴什么？"

"这可不像你说的话！"陆一舟的脸和脖子都发红了。

那长发盘得利落、衬衫雪白的柳琨，吊起的眉眼以及说话时露出的一颗小虎牙，都入了董回音的脑。她可真希望把这些画面删除掉。然而她不是机器，并没有一个时时给她指令的程序，她又能向谁提出这样的请求？

邵先生，柳琨一定认识邵先生。怎么办？怎么办？她同时想到了马骁。她焦灼不堪，仿佛精神上已经支离破碎。她感觉自己正跌入一个充满了混乱情绪的深坑中。不能让马骁接这个柳琨的订单。为什么？她怕自己以前那足以被视为可耻的行径最终会败露吗？她怕被马骁咒骂吗？她怕失去他吗？可她从来就没得到过，还怕什么失去啊！马骁，他习惯于篡改。他的习惯中有极其夸张的情感结构，这使他不能把过去的经历按时间和空间的标记放入回忆的范畴中。他也许根本丧失了把"过去的视为过去的"这种最基本的能力。对他来说，过去就是当下，当下就是过去，是这样吗？那么从某种程度上说，他算是疯了吗？不，他没有疯掉。他精神的基底是那样清醒，他对事物的认识是那样深刻。他的人格没有被损伤。甚至，他如果落泪，他的泪滴都会是品格的结晶吧！

"唉，他有那么优秀吗？"她扪心自问。

她觉得他有。

天哪，他明明有巨大的人格缺陷，她竟还把他看得那么高，那么好！唉，她承认，她就是那么在意他，她就是不能让他伤心。王蛟浔跟认识没两天的青年俊杰邵先生跑了，对方坐商务舱，住哈斯勒，穿半饬驳领西装，这样的人能用自己手中的资本捧出一位未来的大提琴家。马骁如果知道这些，会有多难受呀！这个世界，处处是蛮横的、粗浮的、碎片化的成功学圈套，还有那些教人们看似前进、实则倒退的伪精英人生规划。

她这么义愤填膺地想着，觉得自己几乎是在替马骁去想、去体会、去控诉……人们简直返祖了：杀戮、撕咬、争夺。我控制你，你控制我。接近一个人，想方设法知道他想要什么、害怕什么，再从各个角度去打击他。了解一个人，就要先激怒他。激怒他，为的是知道他的弱点。做坏人，不做好人，伺机等待比你还坏的人出了疏漏，你就有机会了。这人间的游戏、角逐的规则，等等等等，她不是不懂。她不是没读过，也不是没见过。她只是想假装它们不在她的世界里。她自以为有个封闭的世界只属于她自己。可没有人是孤岛，别人嗜杀成性时你能独善其身吗？你，又有什么资格称自己为善？

"我们得见见那个柳琨。我是说，我得见见她。"她强压住内心剧烈的波动，尽量平静地对陆一舟说。

陆一舟还没消气，直接蹦出一句："跟她比比谁更贵吗？"

"别废话了！这事别让马骁知道。你要封口费吗？"她露出少有的冷峻。

"用不着！"他想也不想就回应，"行，你会会那女人。我倒想知道她凭什么那么傲，就因为她有钱？"

"一舟，你别急。"她越发地深沉，颔首说，"很多人都深谙游戏之道。真正属于人世间的游戏你会玩吗？人间的游戏与舞台的游戏是完全不一样的。前一种玩起来才是真的痛苦，比俄狄浦斯的遭遇痛苦多了。而那种痛苦之后，是没有谢幕的……"她眼神忽地异常哀伤。她面对着陆一舟，双目却不聚焦在他身上。她心头揪紧了，不自觉地想，马骁的心也会那么痛吗？

四

　　"你觉得什么是艺术家？"董回音问陆一舟。

　　决定见柳琨之后，董回音便预定了酒店里的一间小会议室。

　　陆一舟以工作室的名义约柳琨来酒店见面。因为这是背着马骁做的，目的中又夹杂太多私人的怨气，以至于他在电话里跟柳琨说话时舌头都打结了。对方不可能感觉不到他的异样，然而最终却也答应了。

　　"这就算是运气了。连马基雅维利都承认，运气是可以靠勇气来控制的。"得知柳琨会来酒店后，董回音这么想。她现在最需要冷静和信心。她特意选了与马骁聚过的那间会议室，看着室内椭圆形木块串联而成的屏风、深色橡木墙壁、黑玛瑙色的桌椅，她不陌生，也就理应会放轻松些。

　　不由自主，她穿了那条薄荷绿带银灰色翻领的裙子。这是在复制一个情景吗？当然不是，她今天要见的是柳琨，不是马骁。但是穿着这条裙子坐在会议室里，会让她隐隐约约地觉得，马骁仿佛也在场似的。

　　陆一舟和她一同等待柳琨时，她没多聊太空人模型以及那四合院里的会所，却问他什么是艺术家。

　　"就是青蛙游泳。"陆一舟答道。

　　"青蛙本来就会游泳。"她有点儿领会了他的意思。

　　"对！"陆一舟嘴唇抖着，颇激动地说，"青蛙本来就会。不像人，要专门去学怎么游。人要学换气，还要准备泳装、泳镜，这个那个。青蛙呢，它一下水就开始游。而且它只会游，不会在水里用别的法子往前挪。这就是艺术家。如果你是青蛙，你就是艺术家。什么意思呢？就是你有个触摸世界的唯一方式。你不会别的，你只会一件事，可以是闷头写剧本，可以是每天捏泥巴，可以是引吭高歌，但是只能是一件事。从根儿上，你觉得你就不会那么多。你是青蛙，你只能游泳。不游泳，你就活不下去。没选择，就是艺术家。只有一种方式，很单一。寻找一种语言，就那么一种语言，不用这种语言触摸世界，你就感到自己没了，你就死了。"

"那马骁不是艺术家，他会的太多了。"她忽然特别遗憾，甚至不愿接受。

"骁儿有机会做艺术家，但他非要开那么多摊子事。当然了，他聪明手巧，开的摊子多了，在混事由上成功率更高。但艺术家不是这么做的，这样不行，出不来。你说他算画家吗？一个画家如果能选择太多方式来表达，我觉得就不是画家，而是工匠……从根本上说就是工匠，因为这里面有太多策略和选择。如果一个画画的，他笔法好，但是只有一种表达方式，那在我看来就是艺术家。但要是一个画画的，虽说笔法不错，却天天选这个工具那个工具的，还搞得花样特别多，那就不对劲了。"陆一舟说完，咂巴咂巴嘴。

"你跟马骁一起工作，就认为自己很了解他、能评判他了？"她有点儿替马骁鸣不平，皱着眉说，"就算他现在匠气十足，就算他技术主义，就算他表达手段太多，可你知道他经历了什么吗？你懂他的苦衷吗？而且，先别说别人，你自己呢？"

"别着急啊，我刚要说自己呢！"陆一舟的确没要专门攻击马骁，他不过是有一股激进的情绪，使劲地想发表自己的认识。他咧开大嘴，继续说，"我和骁儿都有毛病。我俩其实都挺贪，都干点儿这个干点儿那个，什么都沾。沾得太多，就是工匠，就是想靠技术吃饭，而不是靠唯一的、根本的表达手段去触摸世界，心就不纯了，本心就特别容易丢。但我没法管好自己，所以我也难受得慌。想想那些大师，你说要让莎士比亚不写东西，他肯定也受不了。你说你让弗洛伊德不画画，那也不行啊！噢，我说那弗洛伊德……"

"不是心理学家，是卢西安·弗洛伊德，英国画家。"

"对，您真是专业的。"他点着头看她。

"你不是学美术的，然而跟了马骁那么久，他也把你带成半专业了。"她发现自己绕个圈子都要替马骁说话。

"反正我不想当工匠。可是命这东西，难说。骁儿可能命里就是不能按本心去活。他爱干的东西和他适合干的东西不一样，这就出现多种选择了，这就不本心了。"

"你知道他爱干什么?"

"画画呗!"

"是吗……"她声音很轻。

"您不知道?"他意外她在这个问题上显得如此犹豫。

"我不确定。但是一舟,你已经否认他作为画家的价值了,甚至否认了他作为一个真正的画家该具备的心理基础。可你呢? 你要当剧作家吗? 你要排话剧吗? 话剧,不是一个特别技术的东西吗? 它需要准备工作,策划、设计……这样,还能有你说的本心吗?"

"没错,"他使劲拍拍自己的大腿,"搞话剧就不是搞艺术,搞话剧就是戴个游泳镜游泳,不是青蛙。所以我跟骁儿在一起,长了别的见识,然后再想想,我就觉得我真得突破突破话剧这事。我虽然缺少正经的舞台经验,但是没事! 有经验的人,自己就把自己给类型化了。我到时候弄台戏,就要什么类都不像。我可能把一种技术弄到极端,狂热有力的极端,然后它就像自然之力一样了。起风了,发大水了,一种极致的东西出来了,要多深有多深,要多暗有多暗,要多难受有多难受。然后巨大的力量感也有了。我的人物,我的行动,我的结果……最后一切其实已经不是我推动的,也不是我设置的,而是自然的结果。我也参与了演出,我也是剧中人。人物的人称一直在变化,这是我要的。某个故事的开始,可能是艳俗的开头,但是它后面有极纯洁的东西作为巨大的驱动力。到时候,您啊,骁儿啊,大家啊,全都入戏了。尤其是您! 别人过日子混饭吃,你过日子玩命,那能一样吗?"

"你冷静些,我们还得跟柳琨谈事呢。"她看他说得激动,鬓角都流下汗来,于是给他递过纸巾,又抚抚他的手背。

"跟那女人说什么话都没劲。"他抹着汗,粗声粗气地说。

"你得克服自己的仇富心。仇富会影响你对生活的观察。要做好戏剧,得学会间离。间离啊,布莱希特,不是吗?"

"您真是什么都懂。"陆一舟可算又咧嘴笑了。

"我不怎么懂,我从你大脑中看见了布莱希特。"

"对,对,"他抓抓自己的脑门,"但是啊,您别把体力都耗没了,一会儿还得观察别人呢！"

"你放心。"她又抚抚他的手背。

"那女人离资本太近了。资本让人无聊。美的反面是什么？不是丑，是无聊。"

"我们都不可能离资本不近。"她把自己的手轻轻扣在陆一舟的手上，希望他能静下来。

她想，所谓党同伐异，大概就是现在这个情形。陆一舟把柳琨视为绝对的对立，一场讨伐估计是免不了的。人们就这么被自己的主观情绪所控制了，但是也无妨，这总比没有立场、见钱眼开要强。而且，如果柳琨跟邵先生的关系十分紧要，她自然要跟陆一舟一起对抗柳琨。

柳琨来的时候，脸上的表情简直冷得像冻了层霜。她穿一件灰绿色鸡心领的贴身薄羊绒衫，衣襟束进细千鸟格纹的过膝窄裙里。她的高跟鞋、腰带、手袋的颜色是几乎难辨色差的相同的驼色。她那样一丝不苟地坐在椅子上，姿态端庄得过分，连小腿倾斜的角度都不轻易改变。

董回音细细看了柳琨的五官：细长的双眼，内眼角尖朝下，外眼角微微吊起。这种眼睛本是可以显得格外妩媚动人的，然而在柳琨的圆脸上却不知为何看起来特别严正。她的眼神太警惕、太审慎、太刻薄了。

你被训练过了吗？你被辱没过吗？你也被伤过吗？所以你要这样防范吗？董回音怀揣着一连串疑问，继续看柳琨。陆一舟则在跟柳琨絮絮叨叨地讲话。他说那么多，是被迫的，因为柳琨一直咄咄逼人地问他各式各样的问题：马骁为何不在？有工作室不用，为什么要在酒店见面？工作室之前的客户如何，产品如何，甚至，竞争对手又如何？

"我们做的不是产品，是作品，是艺术家的设计。我们不怕什么竞争对手，我们接单子，都是客户瞧得上就做……"陆一舟好歹把一些心里话咽下去了。他本来还想说"瞧不上您直接找别人算了""别以为有几个臭钱就了不起"之类的话。

"您那太空人模型是为谁来定做的吗？"董回音打断他们，直接问柳琨。

"为什么这么问？"柳琨警觉地瞪向董回音。

"我们得理解客户。理解人，才能理解诉求，这样才能把东西做好。"董回音感到被她的眼神和气势汹汹的口吻伤着了，于是抱着些许委屈向她解释。

"你们只需要把太空人做好。这是个很简单的工作，不需要什么设计，但产品质量要好。镀金的厚度、模型的整体和局部的尺寸要求、细节部位的参考图样，这些我们都提供了。"

"我们不做产品，是作品。"陆一舟撇撇嘴。

"柳女士，您以前在五道口那边的理工大学学飞行器设计专业吗？"董回音冷不丁地问。

"为什么这么问？"柳琨双臂交叉，盯着董回音看了看，又盯着陆一舟看了看，再回过头来盯着董回音看。

董回音迎上柳琨的目光。

"您做过……好像是什么飞行可靠性考核试验？"董回音注视着柳琨，慢慢地说，"但是后来，您做的，是跟之前所学的专业无关的事了？那些事，需要一些人写电脑程序，还需要一些人做金融分析？您工作的地方，给客户提供的茶歇很高档，有柑橘形状的慕斯蛋糕，盛放蛋糕的餐碟上点缀着一圈可食用金箔……会客厅的视野开阔，摆了不少水晶花瓶和摄影大师的作品？您现在任职的公司，能赚很多很多的钱吧？"

"你为什么问那么多问题？"柳琨站起来，横眉对着董回音，"你做这些调查有什么目的？"

"您为什么不愿回答问题？"董回音也站起来。

"因为做一个镀金的太空人模型不需要回答你这些问题。"柳琨站到了椅子后面。

"您防御性这么强，为什么？"董回音莫名地叹了一口气，又坐了下去。

"你又为什么做那些调查？"

"您怕被调查吗？"

"你到底有什么目的？你想套取什么信息？你们这个工作室到底要做什么？"

"我们想做什么？是您找的我们啊！"陆一舟嚷嚷道。

董回音又叹了口气，问柳琨："您觉得我们是骗子？"

柳琨的薄嘴唇一撇，说："骗子基本就是你们这样，搜集点儿信息，然后虚张声势，为了套取更多的信息。我想我知道你们是个什么样的工作室了。"

"我们和你路过的每个地方一样，是个被你看不上的工作室。"董回音在桌面上支起双肘，捧着自己的脸。

"你们主管不来，我没必要跟你们做没必要的周旋。等你们主管来了，我会撤了这个订单。你们这种骗子，还没被人举报算走运了。"柳琨说完去拿自己的手袋，准备离开。

"我们没主管，我们只有艺术家！"陆一舟又嚷嚷起来。

"您看过马基雅维利的书吗？"董回音迅速起身向柳琨走去，想拦住她。

"为什么这么问？"柳琨见董回音走过来，立刻往后退了退。

"您看看《君王论》吧，挺好看的。我一直看不懂，可能是因为我没想过怎么打仗、怎么赢、怎么夺取。其实您应该看看，因为您需要。"

"你这不是故弄玄虚是什么？"柳琨清了清嗓子，"你们再继续，我要举报你们工作室。"

"您为什么要离婚？"董回音走到柳琨跟前，唐突地问。

"什么离婚？你为什么这么问？"柳琨的声音变得尖厉起来。

"谁把您给训练成了个复读机？"陆一舟咧嘴笑了起来。

"您曾经结过婚。"董回音说。她看到了，她看到柳琨脑中密集铺开的画面。那些画面中，净是柳琨纠结的表情。她看着，猜测着，思忖着，试图去理解这个一路走得辛苦的女人。她眨眨眼睛，对柳琨轻声慢调地说："您丈夫……跟您差不多，都是小时候埋头苦读的人。他是您的高中同学？后来，他跟您一样，也做了工程师？不过再后来，您的工作似乎更好？婚礼上，您腮红浓浓的，笑得很甜。可是您觉得婚纱照……您不满意？您觉得拍得不上档次？婚纱照您不想挂房间里，因为不想让别人拜访的时候看见吗？您嫌弃很多东西……也不是嫌弃，也许您追求更高。也可能，您觉得他不够努力？反正您离婚了。对，离婚证……您倒是收得好好的。后来……后来您训练自己，学习着装、用餐礼仪、金融知识。您有更大的抱负。那些航空航天业的巨头，他们的商业载人飞行器项目能挣多少钱？非常多吧？也许您不甘心，也许您会想，难道曾经那么刻苦学习就为了一辈子当个工程师？您有能力，您从来不缺能力。您从一个县城考到首都上大学，上全国一流的大学，读功课最重的专业。您有力量，您不能被压抑，您要做顶尖的人。现实中的尔虞我诈，还有那口蜜腹剑的社交场，四处是埋伏，您冒险参与其中。起风了，发大水了，自然之力的破坏，您儿时在家乡见过，这些您都不怕，凶险的人际关系当然也吓唬不了您。往上攀爬，每一个路过之地都是您的垫脚石，但是您问心无愧，对吗？可这些年，您被那些穿雪白衬衣的人的诡计伤过了，所以您不得不设防，是吗？您还记得真实可触的亲密感吗？放下边界，放下边界是创造体验的重要方式。把防线拆掉，暂时拆掉几天。去找和他人的共鸣，去看花瓶中的水多一点儿和少一点儿的区别，去想想不同物件之间的强大联系。打开边界，让理性与情感汇合。乔尔乔内的《睡着的维纳斯》中，性感的维纳斯与周围静谧的田园风光并不冲突。打开边界和您的抱负也并不冲突，去试试吧。"董回音说着，在柳琨眼前比画了几下，好像在画一个框。接着，她又比画了几下，好像在打一个叉。

陆一舟刚刚说的关于艺术家的种种，她自己人生经验中的感怀，她不断获得的柳琨脑中的视像与她自己脑子里乱纷纷的假设交融在一起。她说着说着，已不在乎对方的态度，只觉得有种莫名的动力督促着她，将自己的想法和盘托出。

"你疯了，你们，一定是骗子。"柳琨攥紧了自己的手袋。

"对对对，我们是。"陆一舟连声应道。

柳琨走了。陆一舟乐得呱唧呱唧地鼓了几下掌。他不担心怎么跟马骁交代流失了一个客户，只顾着打听柳琨的底细。

"这女人到底有几斤几两？"他凑到董回音身边问。

"挺好的。她应该是那种，从小勤奋刻苦、意志坚定、发誓不做大事不为人、靠自己本事吃饭的女人。她扔下曾经同行的盟友和爱人，大概是由于他们跟不上她的步子。这其中的对错，很难说。"

"您不是挺讲道德的一个人嘛，怎么说话那么圆滑了。"陆一舟没听到董回音对柳琨有更多的批判，觉得不过瘾。

董回音没再说什么，却安静地看着陆一舟。

"你小时候可不太勤奋刻苦。"她忽然笑笑。

"哎呀，我暴露了！"陆一舟有点儿慌神。

"我看见你在教室里睡着了。这没什么，我上数学课也睡觉。"

"我那不是上课睡着，是参加作文比赛睡着。我想起小时候参加作文比赛，是老师让我去的，我必须去。结果我写了几行就睡着了，醒来发现还剩半小时，我得赶紧编点儿东西出来。于是我就写：我在一个教室里睡着了，醒来发现别的同学都冻僵啦，变成了冰冻人。我走到大街上，还是只看到冰冻人。我还挺高兴，一下子觉得无拘无束了，再没有什么人能管我。我可以做任何事，随便出入任何场所，进商店拿我喜欢的东西而不用付款。可就算这样，我还是得不到满足。因为没人理我、没人看我、没人在乎我，我的心空落落的。就这样。我写了这么个东西，得了个一等奖。"陆一舟脸上浮现出满满的得意。

"你就是从那时候开始，觉得自己是青蛙的？"

"对！不过现在……我反而不知道我是不是青蛙。"

"你知道柳琨那种人强在哪儿吗？她不会想青蛙这种问题，所以她前进的速度就快。"

"您还挺愿意站她那边说话。"陆一舟走开几步，离得与董回音远了。

"打开边界，给谁都留点儿靠近你的机会。你得打开，把框拆了，让更多的人进入你的剧场，让他们入戏。"她念叨着。

"有道理。您有忽悠人的本事，怪不得她要这么防着呢！"

"嗯，我就是个骗子，"她的声音骤然发哑，"我真的是。"

五

　　柳琨走了之后，董回音心里涌上一股忧急，又掺着几分内疚。她让陆一舟早点儿离开酒店，至于是不是需要一五一十地转告马骁在酒店会议室里发生过的事，她没格外嘱咐什么。真相无非是自己坦白或由别人来揭示，哪一种更好，她也不知道，因为她不是对一个群体公布什么，而是对马骁一人负有责任。她觉得怪异，竟自认为对马骁负有什么责任，仿佛他们之间有种类似于亲缘关系的联结。唉，这属于幻想了！是一种幻想的锁链把自己和他的命运绑在一起。这个世界危机重重、布满陷阱。她觉得马骁比她更容易受害，更容易被物化的人和凶残的动机所摧毁。这大概乜是幻想吧，这就叫杯弓蛇影、草木皆兵吧！你怎能不给人性的善和美好留出大量的空间和余地？但是柳琨……对，也许世上还有十万个、百万个柳琨这样的人，他们有才有智，而他们的精神被一种对利欲的强烈渴求所裹挟。这种渴求是会伤到别人的，但这种渴求也是一种坚定的意志，它是能为自己谋福的，辩证点儿说，也能为群体谋福。这种渴求或许在一定程度上符合了社会发展的趋势。你可以对自己说，要不在名利场上获胜，要不就被淘汰且活得卑微。你告诉自己，这是社会的模式构成的个人的现实。

　　柳琨必须远离或者被远离。她应该做的事，就是让自己和马骁都与柳琨这样的人疏远。

　　夜里，将近凌晨的时刻，董回音还在焦虑地琢磨如何亲口告诉马骁有关柳琨的事，她的手机忽然响起。马骁竟又主动要求跟她视频通话了。

　　她先立刻跑到卫生间，在镜子前理理头发，又擦了点儿唇膏。手机一直在响，她怕让他多等，怕他在等待中失去耐心，于是厈冷水拍拍脸，也来不及换衣服，就穿着睡袍坐到卧室的一把沙发椅上，握着手机，接了视频通话。

她看到屏幕中马骁的脸，感觉整个心灵被一种说不出的力量吸引过去。她有些发愣，没有开口，只是等他说话。

"你给工作室出资买台设备吧。"他淡淡地说。

她觉得，他什么都知道了。

"没问题。"她垂下眼帘。

"怎么答应得那么爽快？"

"我把柳琨赶跑了，就得负责。"她咬了咬嘴唇。

"客户是跟我控诉你和陆一舟了。你知道这次真正的客户是谁吗？是柳琨的老板，比她年轻，一位姓邵的先生。"

"嗯。"听到邵这个姓氏，她闲着的一只手不停地搓动指尖，又想去扯自己的发梢。然而她控制住自己的动作，佯装镇定。

"你知道吧，关于柳琨的老板？"

"他们效率真高，那么快就告状。"她故意答非所问。

"你告诉我，他们公司是做什么的？"他在屏幕里冷眼瞅着她。

"这个我不太懂，陆一舟说，是什么金融科技公司。"

"那我来告诉你吧，"他歪嘴笑笑，"你可以不看我，用手机随时查一些关键词。"

"查什么关键词？你怕我听不懂你说什么？"

"我说到你觉得陌生的词，马上查一下就是了。他们公司做聚合支付服务。"

她真的查了查什么是聚合支付，但结合自己已知的种种，又不是特别赞同："他们的业务难道不是跟太空有关吗？比如商用航天器……柳琨的专业背景……太空人模型……"她念念叨叨地，心里一团乱麻。

"是吗？"他带着尖刻的语调说，"你从谁脑中看到了什么让你认为他们公司要做商用航天器？你永远在阅览图像，这让你思考的压力减少了。比起分析文字和数据信息，看图不那么费脑子。而且，你太相信你看到的那些视像了。"

"是吗？"她学着他的口吻，"我为什么不应该相信？因为人人都在脑海中虚构事实？所以我得多加小心地去甄别那些图像？"

"你看到表面，却看不到记忆的深井中其他的东西。"

她想彻底反驳他，便说："我不是看不到，只是人的记忆总在不自觉地闪避，这个你最清楚不过。"

他听了，无动于衷似的，平静地说："你还是查查什么叫聚合支付吧。算了，估计你查了也理解不了。你在网上买过东西吧？你在一个网店进行付款，付款给一个第三方支付平台，支付结果不能只有这个支付平台的服务器收到，还得让网店的服务器也收到。要让店家知道这个支付有没有成功，这就需要去完成一个支付回调。但是现在第三方支付平台越来越多，店家不只对接一个支付平台，而是对接若干个，这就有点儿麻烦。而且商家想花更多的时间在卖东西上，如果分太多精力在解决与支付平台对接的事上，划不来。于是有些人就想出个主意，由他们提供一种服务，帮店家解决对接多个支付平台的麻烦事。"

她听得挺认真，眨着眼问："那这种服务，就是解决技术问题啰？"

"一开始只是解决技术问题。聚合支付服务，就是把通过不同的第三方支付平台进行的支付都集中到一个新的服务器上，也就是把钱都聚敛到做聚合支付服务的那家公司自己的账上。那么如果商家赚钱多了，做聚合支付服务的公司，除了能从手续费上大赚一笔，更想好好利用账上的巨额现金，打个时间差、利息差，用这些钱去投资……如果能把现金流管好，就能赚更多的钱。所以这类公司，最后玩得大的，其实是在做投资。"

"又是钱。"她听到这里，心里不舒服。

"对，又是钱。"他冷冷地说。

"柳琨所在的公司很有钱，你怪我让你少了个金主吗？"她有意不去提邵先生。

"其实柳琨没那么重要，她就是个高级打工的。那个邵先生才是真正的金主。我上网查了查他们的公司，基本情况一目了然。邵先生是大股东，而法定代表人应该是邵先生的亲属……"他见她一直低着头，似乎不想听，于是把话锋一转，说，"你这个人，就是对真正的社会现实太不闻不问了。"

"不管是谁，就是找你做个太空人模型，又不是跟你谈公司业务。他们公司再怎么赚钱也跟工作室没关系。跑了这一个客户，你至于吗？"她听他提到邵先生，一时心虚，后脊背都发凉，只好赶紧说点刻薄的话来做掩饰。

"我至于。"他顿了顿，逐渐露出一副若有所失的神情。他一字一句地说："太空人的想法，其实是我自己的想法。"

她一愣，只见屏幕里的他，眼神定定的，瞳仁显得格外黑。

没等她回应，他又说："搞创作的人，有什么好的构思被外泄了，也不算多稀奇的事。但是这事太巧了，为什么会那么巧？"

"柳琨那类人，她所在的那种公司，剽窃一个设计方案不是很正常吗？他们的行为常常不受道德驱使。"她还是故意不提邵先生。

"我觉得不是柳琨，而是那个邵先生，"他皱了皱眉头，"太空人是邵先生从哪儿顺手牵羊得来的想法……"

"马骁！"她慌得要命，又感到有无尽的惶惑袭来。她十分没底气地劝道，"一个太空人模型的设计是很容易雷同的，你大概是太敏感了，其实不一定跟你的设计有关……"

"细节，"他抬高声调打断她，"很多细节都让我觉得太熟悉了。太空人、金色、蓝色……蓝脸……金子在地球上是宝贵的，在宇宙中却取之不尽……这跟我有关……"他呢喃起来。

她听不懂他在说什么，也不好意思去问他，也无法转移话题去聊些别的。这时候她还能说什么呢？既然涉及他作为一个艺术家的权益和尊严，她当然是想帮他一起分析邵先生的，或者一起探讨那太空人模型的设计细节。但是，她能告诉他什么？她敢告诉他什么？

"我在想，邵先生与我认识的人有关。"他拖着尾音说。

她屏住呼吸，不敢接他的话茬。

"王蛟浔。有可能，是王蛟浔告诉邵先生，关于太空人的想法。"他说完，呼了口长气。

她惊愕万分，感到心都提到了嗓子眼儿。她无法再看屏幕，可也不知此时该看向哪里合适。她只有竭力按捺住内心的澎湃，不断地眨眼。

"我得把这个太空人的单子做下去，我得知道王蛟浔到底要干吗。"马骁也不看屏幕。

"你过度推理了。你怎么确定……确定太空人跟王蛟浔有关？就算有关，你……"她思维时断时续，说不出连贯的话来。

"至少王蛟浔跟邵先生有关。"他深深地瞅了她一眼。

他只是看了她那么一下，她却感觉自己好像在发烧，头皮像要冒出热气似的，心跳得也越来越快。

"你想多了。"她闲着的一只手攥得紧紧的，手心在出汗。她咽了咽嗓子，又说，"而且，现在还怎么做这个单子？我已经把柳琨得罪了，你别指望……总之我是不会亲自去跟她赔礼道歉的。"

"用不着，"他冷笑了一声，"客户不一定解约。有的人遇到挑战就来劲了。你搞他，他就来劲，对你更感兴趣。这是富人思维。"

"什么富人思维？他们真的是富人吗？现在是常规的情况吗？"她实在不知道该怎么阻止他要做太空人的想法，只好胡乱地反问。

"你怎么那么反感我跟这次的客户打交道？"他忽然紧紧地盯着屏幕。

"我反感柳琨，陆一舟也是。"她又咽了咽嗓子。

"为什么反感？如果说陆一舟是因为仇富，那你呢？你反感她是因为她也是女人？你怎么了？你会妒忌这类女人吗？"

"哪类女人？"她瞪起眼睛问。

他歪了一下嘴，说："这类女人不算女人，是个有女人外表的计算器。"

"是吗……"听着他的调侃，她笑不出来。

他反而在屏幕里笑了笑，然后说："我更感兴趣的是会让柳琨去抱大腿的那个邵先生。"

"马骁！"她急了，不想他反复提起邵先生，可又无法直说，只得大声喊他的名字。

"你想说什么？别含糊了。"他感觉出她心里面憋着话。

"你别接这个单子了。"她叹了口气。

"为什么？"

"因为我喜欢你。"她脱口而出。曾经,她是不敢相信自己能够对他说出这样的话的。然而现在说了出来,却感觉普普通通,没什么大不了。

"噢,"他的表情没有一丝变化,只是从屏幕里盯着她,"我知道。"

"你……没感觉吗?"她还算平静地问。

"当然有感觉。不过你的喜欢不是常规的喜欢,我的感觉也不是常规的感觉。男女之情,对你、我都是个盲区。喜欢、爱,它们的词义对我们来说都发生了改变。而且这不妨碍我接太空人的单子。再说,你不用担心我对柳琨有什么兴趣。"

"是,你感兴趣的是王蛟浔。"她怅然地闭了闭眼睛。"太空人让你想起了王蛟浔。"她用极低的声音说道,是怕他听得太清楚。

"不是太空人让我想起王蛟浔,是只有王蛟浔才能让我恢复对太空人的记忆。"他格外深沉地说。

"我不明白。"她再次瞪起眼睛。

"你是不明白。只有我……不,恐怕,只有王蛟浔能明白。"

"明白什么?太空人?你以前的设计?你曾经的一个作品?"

"明白要省时间去做最重要的事。我最想做的、最理想的,是什么……我得让王蛟浔告诉我。"

她愣了愣,不自觉地歪着头,说:"马骁,你这只是创伤太深了。你得避免刺激过你的人和事,你知道吗?"

"你不懂。维特鲁威人、人造人、太空人……很多很多东西……有些想不起来的东西……我得跟王蛟浔谈谈。"他的口吻中充满了偏执。

"谈什么?我不懂,她懂?她都跟有钱人跑了,你还觉得她懂你?"她终于忍不住了,发泄般地大声说道。

"我没说她懂我。她应该记得我的构思。"他微微地点了一下头。他仿佛一点儿都不在乎王蛟浔当年离开他的原委。

"你可以跟我聊聊你的构思!"她急切地说。

他忽然皱紧了眉毛,说不出话来。

"你愿意讲多少就讲多少,讲一点儿碎片也好。你知道我是读艺术史的,我能理解。"她抖着嘴唇试图鼓励他，却力不从心。

他看看她，沉默了好一会儿才说："有个人，总去想象一件很难的事，就是离开地球。想了很久，他逐渐相信他能做到，他也会把一辈子的资源扔在这上面。他还以为他找到了一个也想离开地球并且愿意和他一起去冒丧生于太空的危险的女孩。遇到这样的人，这概率有多小？这其中需要依靠太多的相信了。去相信在大部分人看来异想天开、滑稽、疯癫的事：穿着金色的太空服，皮肤变化成蓝色，离开地球……有几个人会相信……"他忽然不说了。

"这是艺术构思？是个作品的观念？是一幅画还是一个装置？还是一个展览？"她觉得他没说清楚。

"你有疑惑是因为你不理解，因为你觉得这些不够合理、不够理性甚至缺乏道德。然而所谓的合理化大多是虚假的，还常常被意识形态所绑架。我在太多的合理化中，看到的净是些无聊或无耻的行为，感觉到的是不断地被剥削和压迫。我的独立被扼杀了，我的反叛更无可能。而你，董回音，你以为你了解人的本性和本质就能活得充实吗？理想、友爱、正义、仁慈等，人们应该为此努力、奋斗、付出一生的时间？真的是这样吗？你是在这么活着吗？如果不是，那你敢挑战或批判那些合理化的要求吗？我想你不敢。"

她安静地听着，也思考着，然而总也回不出一句完整的话来。他怜悯似的，最终对她笑笑，然后关闭了视频。

六

清早，陆一舟走进工作室的时候，马骁差点儿没认出来是他。只见陆一舟的穿着搭配少有地讲究：他外面套着一件短款墨绿色的风衣，里面搭配色度稍浅一些的墨绿色衬衫，衬衫的领口处还有不易看出具体图案的暗纹。

这是怎么回事？马骁不禁把陆一舟当个生人细觑起来：也许是受了某种情绪的影响，对方的眼角微微下垂，大嘴紧紧地抿着，下嘴唇起了一大片皮。再看看，又发现他往头发上抹了点儿东西，大概是定型液之类的。这可真是罕见。

"你多喝点水。"马骁叮嘱着，同时回过神，意识到眼前人不是什么别人，而是与自己一起工作的伙伴。

陆一舟好一会儿都没说话，喉咙动了几下，头慢慢低了下去。

马骁知道他欲言又止，却猜不出他到底在想什么。

终于，陆一舟蓦地抬起头来："骁儿，回音的玻璃柱，能给我做个差不多的吗？"

"玻璃柱？"马骁一时间觉得匪夷所思，"你怎么不直接跟董回音要去？"

"我给钱，你帮我做一个。这算个买卖。"陆一舟的声音发虚。

"你跟我做买卖？"马骁眯起眼睛看看陆一舟，笑了笑，"这事得避着董回音吧？你怕她看出来你要用玻璃柱干吗去？"

陆一舟又不说话了。他双手交叉背在身后，显得彬彬有礼却又做作。他踱起步，四下望望工作室：3D打印机、金属材料、光敏塑料、落灰的石膏模型、刻花的木板、玻璃碟子、小刮刀……工具，都是工具，都是实打实的物。如果只是物还好说，关于物的回忆，是一些嘈杂、一些灰尘、一些汗水。如果只是这些，倒也不会使某种抑郁在他心里积攒。然而除了物，这个空间里的回忆，还包括了见客户时的笑脸、每单生意背后的那些委屈和愤恨。他从来没想献身这种事业。做东西，做玩意儿，做艺术品。给客户做，给出钱的人做，给有话语权的人做。压抑，真压抑啊 他自己的戏呢？到底何年何月他才能做自己的戏？

"对。"他收敛起情绪，慢悠悠地说，"有的事还是避着回音好点儿。我要离开这儿了。"

马骁听了，没露出什么惊愕的表情。他点了支烟，抽了两口，问："玻璃柱是去新地方的见面礼？"

"没错。"陆一舟脸上的肌肉抽动了几下，"跟你，我没什么不好意思摊牌的。那个柳琨，让我去她那儿干活儿。"

马骁又眯起眼睛看了看陆一舟，说："噢，柳琨。你能给她干什么活儿？"

"她那儿是个大集团公司，旗下有个培训机构。她说给我搞个项目，戏剧训练营什么的。具体的还没定，我可以向她提我的要求。反正，我总得迈出第一步。"

"遇到伯乐了，咱们庆祝庆祝。"马骁叼着烟含糊地说。

"你就别寒碜我了。"陆一舟收起下巴。

"没那意思。其实你仇富的方式挺高明，去富人身边当吸血鬼。"

"人不能总活在戏本子里。现实是普罗克拉斯缇斯的铁床，我们都得削足适履，让自己能躺进那张床。"

马骁不接话了。两个人默默无语。

"骁儿，帮我做个玻璃柱吧。"过了会儿，陆一舟硬着头皮说。

马骁还是不接话，一个人闷头抽烟。

"咱们也算朋友一场……"陆一舟唧哝着，走到马骁身边。

"你去投靠柳琨，非得用玻璃柱当礼？"马骁瞥他一眼。

陆一舟被噎住了似的，喉结蠕动着，一时说不出什么来。

马骁把一口烟深吸入肺，看着陆一舟说："你是个倒买倒卖的小贩。别人的见识和本事辗转到你这里，就被你用来营养自己。看看你穿的这身衣服，你现在学会了怎么装扮自己。你也学会了跟人显摆你知道名画里隐藏的小机关。你学了装置艺术的皮毛，学了美术史的皮毛，学了那些客户所在行业的皮毛。你所谓的观察人物、塑造人物，都是虚的，找资本当靠山才是实的。"

受到了有失公平的批判，陆一舟哼了一声，回应道："骁儿，你以为我是服从了那些用名利诱惑我的人？你竟然还没看透吗？你不赢得你所鄙视的那种人的心，就没法践踏那种人。你不靠近他们，就没法攻击他们。你不先跟他们做做朋友，就不能有一天彻底地将他们视为敌人。你不看清他们脸上每个毛孔中的污垢，就不能有一天出去说，你知道他们是怎么粉饰自己嘴脸的。一切不过为了能够抛弃。"

"你这算忍辱负重的牺牲？科学的报仇计划？报资本的仇？你有那么大仇吗？报仇其实是最没用的，因为越报仇，越仇。要换看法。换看法你懂吗？看山是山，看水是水。看山不是山，看水不是水。看山还是山，看水还是水。"

"所以你就不仇富？"陆一舟咧嘴一笑，"我境界不如你。但是你被困在别的难题里，你还在等你那个前女友吧？"

马骁歪着脸，不看陆一舟："以前你可以这么跟我说话，现在不行了。"说完，他把抽了一半的烟丢在地上踩灭，而后双手叉腰望向穿衣镜上的维特鲁威人吊饰。

"骁儿……"陆一舟见他对自己视而不见的样子，反而心慌。此刻，他只想和和气气地聊几句。至于玻璃柱，眼前看来是不能再提了。

"那镀金太空人还做不做了？"马骁忽然问。

"那个，我没顾上那些……"陆一舟支吾道。他的确不把太空人的事放心上了。

"我倒不担心。这种客户，你越惹他们，他们越来劲。你看，人家对工作室多感兴趣，都要把你挖走了。"马骁实话实说，并没讥讽的意思。

"柳琨没定下来。要不，要不我帮个忙？"陆一舟打着磕巴说。

"你要愿意，为什么不？"马骁又踩了踩地上那半支烟。

天越来越亮，屋子里也不像早晨那般寒凉。两个男人，话里话外也不那么针锋相对了。相识一场，相处一阵，即使没有恩义的纽带维系什么情分，至少也别多了份得罪。友谊这件事，无法购买也无法消费，拥有几时，念及旧好，散就散了，谁也别演什么假好人、伪君子。

他们最后竟也闲适地聊起了天。马骁想再听陆一舟念几句台词，然而陆一舟不愿意。

"我在写剧本，不念别人的东西了。"陆一舟笑呵呵地说。

"那好啊！你写的什么？"

"剧名叫《对镜生》。你看那达·芬奇造的人，是你，是我，还是谁？咱们得照照镜子才看得见自己。但是找镜子也不容易，找个好的镜子更不容易。如果没找到镜子，就得靠别人告诉你，你是谁。所以大部分时候，还是找人，而不是找镜子。找个人，来反映自己。"

马骁撇了一下嘴。他不赞同，但也不觉得这是什么歪理。审时度势是个人的事，他不想教别人也不想被别人教。

"你要排戏，的确需要人帮衬。"末了，马骁说了这么一句。

"其实你也是，你做什么也得找人帮衬。"

马骁听了摇摇头，不再言语。

默默地把陆一舟送走后，见董回音还没来，马骁索性给她打了个电话，叫她这两天不用着急来工作室了。

现在，就他一个人，清静了。

陆一舟要写的戏，名字起得好——《对镜生》。一些尚在推敲的情节、一些还未定型的人物，陆一舟势必要不断调整剧本。那他马骁呢，需要调整吗？他要调整他的思想和判断吗？他想起玩算命游戏时自己获得的异形锡，两个连在一起的颗粒物象征着他与一个人的关系。

那些温馨的时光、点滴的乐趣、刹那的激情……他与王蛟浔曾经的相伴，不是指向今后长久的恬然安逸，却是盼着接近一个远大的目标。爱若想在充满蔑视、贫困、罪恶的现实中幸存，那么就要采取逆常规而行的办法。他不要把爱情当作爱情来维护，而要把爱情当作一个意外。这个意外骤然而至，令人无法习惯。他付出了，却不是为了使其长久，而是等其惨烈地消亡。

"人有自虐的本能。"董回音似乎说过这样的话。

恍惚，萎靡，混乱。爱情消亡时，他发现自己事先做好的千万次准备都失去了作用。他随时恭候一段关系的结束，可人离开了，记忆无法磨灭。他还是被情感奴役了。因为他不只是给了一个人情感，他给了一个人全部。他交出了他生活的每个部分，他分享了他酝酿的每个作品的雏形，他坦白了他对艺术、科学、阶层分化、社会构建、意识形态的幼稚批判。他的思想在疯狂地奔跑，他让她进入自己的自由意志，给她展示他粗野的智慧。他的每个部分，都与王蛟浔相连。

当他因为承受不了失去她的痛苦而决定磨灭自己的真实记忆时，他的一部分也开始枯萎直至死亡。这简直相当于一种自杀。在许多宗教中，自杀都被视为不可饶恕的重罪。但是，如果自掘坟墓是一种拯救，这就不算是罪。可无论有罪还是没罪，他早就不是一个完整的活人了。

维特鲁威人……人造人……太空人……他以前的种种想法……如果没有王蛟浔，他就想不起来他要做什么。他要做什么重要的事？清晰的目标，恍若隔世，仿佛遗失在很久以前。时间是幻觉，是一种理论，是蛮横的给予。然而记忆，原来是他必须要依靠的东西。省时间，去做很重要的事。可那到底是什么事呢？维特鲁威人……人造人……太空人……到底要做什么人？无论什么人，人都只是试验品。他到底要做什么？他真的想不起来了。

他能想起来的，净是关于王蛟浔的种种。他在心里呼喊着：王蛟浔你回来。你告诉我，我本来要做什么。你应该记得，因为我告诉过你。我爱过你。我为你赚钱，满足你也满足我自己。我愚蠢至极，以为爱情是短暂的刺激，而全身投入意味着主动接受刺激。我以为在刺激中自在地发挥，是对这种刺激最好的把握方式。刺激过后，我画我的画，你拉你的琴，我还是我，你还是你。可是遇到你之后，我不是我了。那么你呢？你还是你吗？现在你告诉我，我本来是谁？你对我的事是不是负有责任？

多愁善感的愁闷空气，在无法冷静的灵魂周围唤起旧日里闪过的火光、见过的烟雾和眼眶里的泪水。忧郁沁入心田，他的胸膛剧烈地起伏。他想着：以前我们被误解，也被理解过，但是这两种经验中都带有侮辱性的东西。你误解我，你以为我跟你一样吗？你理解我，你觉得我与你一样。我和你，其实是不一样的。与你等同，令我看不起我自己。是我让自己与你等同，那我更看不起我自己。是我毁了我自己。

七

　　水的声音和水流过皮肤的感觉，让人安静。在水里，你一个人，不用被谁处置，也不用处置谁。

　　董回音泡在满水的浴缸里，发现身上那层透薄的印度棉罩衫上有了一个破洞。她透过那个破洞，看到自己腿部的一小块皮肤。她忍不住，把手指尖戳进破洞里。破洞被撑开，变大。一个小破洞，慢慢变成一个大破洞。她透过洞，看到自己腿部更多的皮肤。

　　皮肤是人体面积最大的器官。她对自己的皮肤、皮肤上的疤痕、毛孔和汗毛都感到陌生。她一直无法对自己的身体所具有的效用做出精湛的说明。她试图对这具肉体，尤其是它所蕴藏的特殊能力提出各种各样的问题，希望能通过钻研、思考和实践，去解答那些问题。然而无论借助知识还是金钱，无论去鞭笞精神还是去反思欲望，这其中都解析不出一个令她信服的回答。

　　她想象着把自己从肉体中抽离出来，旁观自身。你的身体是个博物馆。你的身体里收集了那么多图画。观看图画的感觉怎样？有惆怅，有孤独，有厌烦，还有一种神秘的快感。这快感在于观看图画时，人仿佛在求知。一幅画，展示了某些事物的意义。画中的人身上发生了什么？某个人与另一个人的关系又是怎样？如果没有人在画面中，那么就观察画中的物体，它们很可能反映了经过它们的人、使用过它们的人有过何种感受。我们是通过自身去认识对象，每一个真正被我们接受的新的客体，就像在我们身上发现的一个新的器官。客体嵌入了我们，通过我们再次输出，它们就发生了变形。这种变形，往往具有艺术性。艺术，不是对实在的纯粹机械复写。即便描摹一棵树，这棵树的形态与真实的那棵树必然不同。被描绘出的那棵树，不得不在一定程度上为艺术的创造性留出余地。

　　艺术。想到这里，她眼前渐渐浮现出一个太空人。什么样的太空人？一个穿着金色宇航服的人。他的脸，或者她的脸，模糊不清，像被色彩涂抹了一般。准确地说，像是被克莱因蓝色覆盖了一般。她觉得自己是熟悉那张脸的，她也许在哪儿见过那张脸。一张奇怪的、被金色包围的脸，一张蓝色的脸。

她一阵头疼，继而又感到晕眩。她在恍惚中责怪自己：你收集的图画太多了，你大脑的内存不够了。你的自发性和创造力又不断地作为干扰因素，影响了你对图画的解读。你也想不起来每一幅图画的来源了。不行啊，你得想起来。想想马骁说过的话。太空人，似乎是一个构思。这是他以前的构思吗？还是他一个不为人知的、已经完成的作品？她无法确定。马骁，他总想省时间。省时间，去做最重要的事。他最想做的到底是什么？他不回答，却要让王蛟浔告诉他。维特鲁威人、人造人、太空人……他要跟王蛟浔聊这些吗？他真的是因为自己想不起来重要的事，所以要找王蛟浔吗？她希望是的，因为这样，说明自己还有某些机会。她又希望不是的，因为她怕自己惦记着某些机会，结果将导致欢喜落空。

唉，王蛟浔，那个追随了邵先生而扔下了马骁的王蛟浔。在邵先生的公司工作的柳琨一出现，有关太空人的构思仿佛一夜之间回到了它真正的主人马骁这里。所以，马骁认定了这次的订单背后躲着一个王蛟浔吗？如果是这样，那他会有多伤心和愤怒啊！不，他应该不知道王蛟浔是如何在意大利与邵先生在一起的，所以，他大概不会过于心碎。他心中更多的，也许是紧张和激动。他表面上说，他在乎的是那说不清道不明的构思，那股劲头就好像一个发明家要夺回自己的发明专利一般。实际上，他是给自己一个借口，去修复对王蛟浔的感情吗？是啊，他在盼望着什么。重温旧梦，失而复得，能让他感觉幸福不是吗？他过得太孤独了，而彻底的孤独是会让人精神错乱的。他的记忆，就像一个精神错乱者的记忆。

"你应该帮他。"她对自己说。

用"万能钟"员工的身份去找柳琨，要求见邵先乓。如果还是不行，就直接以董真北女儿的身份与邵先生的公司谈点儿合作。

想到这儿，她的心揪紧了，沮丧的情绪不断地冒出来。看起来是这样的：没有父亲，你什么都做不了。不对，你做了，你控制了一件事的发展。从机场遇到王蛟浔，发现世界上有马骁这样一个人开始，你操控起一件事。那么你操控得怎么样了？实在是不怎么样。你与马骁的关系，至今甚至无法成为一种你认为合乎人的本性的关系。因为你觉得你无法真的接近他。你怎么对接近这个人这么执着？为了你那伟大的方法论吗？对自己诚实一些吧！你对他有感情，有一种怪异的、深厚的感情。你为他而行动，可是你没法真的去喜欢他，更没法爱他。他说得对，你不懂喜欢啊、爱啊这些。爱需要模仿。你从小就没见过正常的爱，你怎么去爱他呢！你的方法论呢？你的能力，你的赎罪，你的善，那些都去哪儿了？那些去哪儿或者没去哪儿，对于爱一个人均无所帮助。

都怪父亲没教给她爱。父亲赋予她肉体，教给她知识也给她金钱，但是这些都没教会她爱。父亲无法真的爱她，那她就感觉不到什么叫爱。感觉不到爱，就无法用爱去交换别人的爱。爱只能用爱交换，就像艺术享受需要用艺术修养去交换一样。你跟人的关系，往往是同你意志的对象相符的、你个人生活的明确表现。

左思右想，想了那么多，她一直静静地泡在浴缸里。水冷了，她打起了哆嗦，又感到耳鸣。不，不是耳鸣，是放在盥洗台上的手机在响。她怀着对温暖的渴望，赶忙从浴缸里站起来，跨出去拿手机。她生怕错过了谁。其实她不是怕错过别的什么人，只怕错过马骁。结果，却是陆一舟的电话。

她无奈地接了电话。此时有个声音陪伴总比在孤寂中思忖要好。然而她很快便发现陆一舟的语气不一样了：他没那么逗趣，更少了恭敬和客气。她默默劝慰自己，这样也挺好，这样反而更自然了。只是，她不知道是什么让他发生了转变。

"回音，你那看画用的玻璃柱，就是你大老远从英国带回来，本来要给骁儿的那玻璃柱，能给我吗？"陆一舟在电话那边语调平缓地说。

陆一舟的要求让她倍感意外，于是问他："你要拿去看画吗？那幅画在伦敦，你知道的。其实那幅画，做个一比一的复制品就行，这样就不用大老远去一趟英国了。具体怎么做，比如怎么印刷，咱们可以跟马骁商量一下。"

"不用了，我要离开工作室了。"

"怎么了？"她吓了一跳，"你攒够钱做舞台剧了？"

"差不多够了。"

"是吗……这是好事。"她信任陆一舟，从他冷静的口吻中也听出了底气。她顾不上为陆一舟感到高兴，却担心起马骁来。

"那工作室以后……都没人了。"她轻声说。

"有我没我其实都一样。"

"你们是朋友，都富有创造性，你不觉得和他在一起能互相鼓舞和彼此推动吗？你不能继续留在工作室，同时做舞台剧吗？一段关系的发展有多不容易，你不会不知道。昨天还如兄弟，明天就各奔东西，这有些不近人情了。你不该是个不看重情谊的人。"她说完，想了想，觉得自己的话未免太说教了，于是换了角度，从陆一舟的立场去琢磨，再改口问他，"你跟马骁说过了吧？你准备去哪儿？做什么？"

"回音，我就想要那根玻璃柱。"陆一舟完全没有要回答她问题的意思，抬高了音调说，"用玻璃柱看画，这个挺巧的构思我想用到舞台剧上，也算是从你那收获的一桶金。"

她苦笑一声，说："构思……怎么你和马骁一样，都是说构思？好，你过来取玻璃柱吧！"

"我就不过去了。要不你放工作室吧，我哪天顺便去取一下就好。我要开始忙了，我们可能碰不到面了。"

"你没出什么事吧？"以前总与她促膝而谈的人，现在竟避讳见面，她不得不忧惧起来。

"没事。对了，谢谢你。"陆一舟说完，匆匆挂了电话。

她感到费解，想问个所以然出来，便再打过去，可他不接了。

大家都怎么了？一种愧疚和自责的气氛笼罩了上来。她在想，自己做错了什么？自从她来到工作室，带来的似乎都是厄运。这其中肯定有她的错。

父亲脑中的那些画面忽然出现了：她应该被惩戒，被鞭打，被问责。她什么事都做不好，甚至什么事都不能做。这就是父亲对她的看法吗？她与他的亲缘纽带在她的罪孽中断裂。她羞愧，她总是羞愧。她生来异样，生来就不配得到真爱。教育对她的高要求，是应该的。严厉的言辞，也是她应得的。亲人的冷淡和命运的嘲弄，对她，都是再正常不过的。

什么方法论?! 她与谁的联系都充斥着一塌糊涂的混乱，她与自然的联系也诡异莫辨，她的降生就是个错误，她还找什么方法论?!

她全身湿漉漉，直接走到卧室，从枕头下翻出湖蓝色硬皮记事本。她把本子打开，翻到那一页："在浩瀚的宇宙中，一定存在着我正寻找的那个完整的方法论。"她朗读了几遍这句话，同时狠狠地扯着自己的湿头发。忽然，她一下撕了这页纸，在手中抓成一团，扔到了地毯上。

八

　　傍晚，已看不到太阳的时候，董回音到达工作室。工作室里空无一人。

　　与陆一舟通完电话后的第二天，她又打电话联系了马骁。马骁的声音冷冷淡淡，听不出异常也听不到热情，就像他平常一样。然而，当听到陆一舟向董回音要玻璃柱的事，他倒是多说了几句。

　　"你打算把玻璃柱给他吗?"他挺大声地问。

　　"对，我今天就带去工作室，你在吗?"

　　他不回答，却劝她: "别随便施舍。你总给予，别人就会逐渐地无视你的珍贵。"

　　"我珍贵吗? 我珍贵在哪儿?"她一下子来了精神。

　　"你可能是深蓝儿童。"

　　"什么呀!"她在心里埋怨起来。她刚刚的兴奋感顷刻间消散，只觉得被他调侃了，于是说，"你开玩笑呢! 别以为我不知道你在说什么。俄罗斯的一些科学家认为地球上现在似乎存在一种新的人种——深蓝儿童。他们有超能力，可以看到灵异现象，能预测到将要发生的事情。据说，从人体能量摄影的图片中能看出，代表精神力的蓝色在他们身上特别显著，所以他们被叫作深蓝儿童。这是无稽之谈，你竟然相信。"她越发地感到他是在戏弄她，忍不住用鼻子哼了一声。

　　他竟莫名叹了口气，深沉地说: "就算深蓝儿童是个玩笑，但你好好想过自己的能力可能与哪些物质有关吗? 还有，科考队、玄武岩、电磁感应、电解质失衡、你的降生以及大脑神经元发出电脉冲，这之间的种种联系你严肃地考虑过吗? 玄武岩是强磁性岩石，在玄武岩密布的地区会产生强地磁反应……"

"别聊这个了，我最近不爱想那些了。"她打断他，心里怪他徒增她的烦恼。

"那你在想什么？"

"我在想咱们还是把玻璃柱给陆一舟吧！咱们……"她想想自己的用词似乎不合适，又改了口说，"我不能光想别人要拿我什么或者已经拿了我什么。每个人，曾经或多或少、有意无意地也给了我机会、给了我什么东西。只不过，要么是我错过了机会，要么是我没接受他们给我的东西，要么，是我没意识到他们给我的是什么。"话说到这里，她一下子噎住了。她猛然想起一身金色宇航服中露出的蓝色面孔。她见过这个画面，那是很久以前的事了。机场……王蛟浔……对！她从王蛟浔的脑海中见过！她顿时相信这真的是属于马骁的艺术构思：一个关于深蓝儿童、宇宙和飞行的构思。

"马骁，我现在去工作室。"她果断而急切地说。她得见他，她一定要见他。

"晚点儿吧，晚点儿你再过来。"他恢复了冷漠。

"什么时候？"

"天暗下来的时候。"

她老老实实听了他的话，即便他的形象、他的事、他与王蛟浔的事、太空人的事都在她的脑际回旋，快要爆裂的对他的复杂企求在她心头聚拢，她也忍耐着。沐浴、梳妆、选择衣裙，这些都显得是在做傻事，再精致的装扮也无法令她达到什么完美的境界。她要做的是与他一同做明智的事，谈过去，谈今天，谈未来。他们是一起的，"一起"指的是一起做事，一起做有绝对价值的事。马骁认定了什么是重要的，她就把那重要的也纳入到自己的生命中去。

太阳眼看着要往下落的时候，她准备出发去工作室。她束起头发，套一件长及脚踝的连衣裙，披一件薄外套。什么配色，什么鞋子和手袋，统统都变得无所谓了。她有事要做，有工作要做，有问题要探讨，有秘密要坦白。

"让我们相连的不是皮囊而是话语。话语是碾压器，把我们的情感延展出来，传递给彼此。"她心想。

至于玻璃柱，揣度了一会儿，她还是带上了。

她忐忑中掺杂着企盼，到达了工作室。然而，这里却没有马骁。没有他，没有其他任何人，就她自己。

她的目光，越过地上的红色坐垫，越过小方桌，越过软垫椅，越过瓶瓶罐罐，越过木料、玻璃材料、树脂材料，最终落在胡桃木框的穿衣镜上方那个维特鲁威人的挂饰上。

维特鲁威人并不一定是表现一个完美的人，而可以被看作是人造人。人可以被造，也可以被改造。那么，人，可以变得越来越好吗？这问题令人哀伤。人往往没有能力接纳那些太美好的东西。比起美好的东西，人更容易接纳不美好的东西。想到这儿，她觉得世界真可怕。而反过来想，也许只有可怕的事才与她有关联。

她自认为是有残障的，不仅肉体上，更是精神上。她故作善良，其中包括了一种羞耻。因为她的善良不纯粹。

而马骁呢？他纯粹吗？她不知道。但是她知道，他对她很冰冷。冰冷的人，不一定是铁石心肠的。冰冷的人，也许更加痛苦。

为自己的灵魂穿上盔甲的人也痛苦，他们正是因为怕，才穿上盔甲。马骁也属于这种人吧！他受过伤，那他的伤口愈合了吗？没有，不然他就不需要穿上盔甲。

她脑子里装满乱七八糟的念头，没有一个念头是美好的。她的惆怅绵绵无期，心里似有一片灰暗的天空。

她不受自己控制一般，走到胡桃木框的穿衣镜前。她看到镜子里的自己：嘴角旁经常保持的那种不快乐的表情，没有血色的皮肤，惨白如酒店床单的脸色，茫然的眼神。

她感到自己像被马骁抛下了。他不管她，让她一人孤单单地在这里。她怨着他，生出一股被忽视的屈辱感。她给他打电话，他倒是接了。她于是得寸进尺，要跟他视频，他拒绝了。她退了一步，马上妥协。见不到他，能听他的声音就是好的。

"你为什么不来?"她还是责问他了。

"董回音,你穿高跟鞋了吗?"

"没有。"她看看自己的双脚,一双圆头平底鞋。

"你爬到我工作台上,我留了东西给你。"

听他这么一说,她惶恐了,觉得这像告别的话,逆反的心情一下就上来了。她声音颤颤地说:"我还是等你来。你不在,我不想爬上去。"

"你不用担心会看到什么我的隐私,"他的口气认真又坦诚,"工作台上有一本书,是我收藏的一本关于历史的书。这本书用了特种纸和UV油墨。因为这本书要对一个历史人物的死进行解密,而秘密就是要被一层层揭开,不能一目了然,所以很多评语和脚注都采用UV平版印刷的方式,只能在紫外线光下才能看见内容。这样读者就获得了一种探索秘密的体验。这种特别的装帧设计让这本书获得了红点奖。你可以按照这本书的设计,去找个工作室,制作一本《君王论》,把你想隐藏的插图、额外添加的附言之类的也采用UV平版印刷的方式印上去。把这样的一本《君王论》送给你父亲,他会明白你的心意。"

她低着头在穿衣镜前走来走去,焦躁无比。她发作起来,大声说:"现在聊什么《君王论》!我们得谈谈太空人,谈谈金色的宇航服还有克莱因蓝的面孔!"

那边沉默了十几秒,才再开口:"董回音,我的事就是我的事,你的事,也就是你的事。你差不多该离开了,去看看你爸。"

"原来是逐客令……"她凄苦地笑笑,"让我走,还送我礼物。"

"你不能总是受刺激。陆一舟投靠柳琨了,我决定找王蛟浔。这些事,你了解得越细越不舒服。"他语速很慢,希望她能听进去。

她心里像被锐器刺着,痛感纷至沓来,一时间失去了语言能力。

"董回音,你看,你肯定难受,你都说不了话了。我是个男人,我知道你的心思,但是我给不了你想要的东西,我也不想让你看透我。我知道你对很多事好奇,那我就亲口告诉你。我承认,这几年我都活在想象中的注视下。我要成就,但我不希望自己的成功是靠别人,因为我总假设王蛟浔正从什么地方盯着我，所以我的成就必须靠自己。可是时间久了，我成就没成就，不敢妄谈，因为这该是由别人下的评判。更严重的是，我现在意识到，我已经想不起来这种为了引起王蛟浔注意而去成就自己的过程，其源头究竟是什么。我隐隐约约能想起来的是王蛟浔离开我之前，我有一个很大的作品要做，但那时我没有条件，没有资本，我的想法也还没成熟。我一直觉得有一个高于我们的文明在离我们并不太远的地方。我们可以离开地球去和那个文明聊一聊。那个文明有更多的仁慈与和平，因为地球的资源太少，而宇宙中那个文明的资源就丰富多了，所以他们个体之间不需要争抢，所以他们更加大义凛然。我呢，我就像个修行者，也许这个比喻不恰当，我是想说，我对地球上的种种欲求都变低了，我更想把高于我们的那个文明弄清楚一些。我们生活的这个世界，很多事是围绕因果在进行运转。每件事怎么发展，都像是被安排好的。比如第二次世界大战，它像是被其他的文明安排的。参与的国家还有参与的人，因不同的性格、目的被分类。不同的人群组织在一起，完成一个又一个事件，事件的结果都像是被预设过的。就像一点儿果汁洒入牛奶中，结果是一定的，结果就是牛奶的味道会变，但过程不确定，过程是果汁怎么融入牛奶中。而某个修行者，他意识到，我们这个世界可能会被高于我们的文明冰冻起来，冰冻之后可能被解封，但也有可能不会被解封了。因为我们这个世界，已经不能满足高级文明的研究需求了。我们满足不了一个充满仁义的文明的期待，所以他们要把我们的世界毁掉。这个修行者，他不想坐以待毙，他想与那个高级的文明建立联系，他想探讨是否有改善这个世界的可能，他想让所谓更高级的文明也体验一下做低劣之事的感觉……很多道理不是想当然的，不是绝对的，不是只在某一层面上才有意义的……这些，应该都是我曾经跟王蛟浔说过的构思，它们属于构思的一部分，可能只是很小的一部分。我想王蛟浔是理解了的，不然我不会乐于告诉她我的构思，也不会一而再再而三地跟她讨论我计划中的作品。维特鲁威人，其实象征着人造人。人可以把自己改造得更好，以便不被高于我们的文明、不被某种天启、不被浩瀚的宇宙藐视。俄罗斯的科学家提出了深蓝儿童，可能很荒谬，可能缺乏证据支持，但这也是出于一种美好的建设力。人不能放任自己堕落、退步，越变越差，越来越糟。群体和个体的异化问题层出不穷，那么艺术能做什么？艺术创作者能做什么？一个普通人能做什么？我从来不想回避，我喜欢迎接问题。我要做一件很大的作品，来回答我对世界的疑问，来表现我对现实的质疑。"

她听进去他所说的每一个字。她咬住下唇，耳边回响着叹息般的气息。她心痛、纠结、激动，一种她生平从未领略过的不可言喻的复杂情感萦绕着她。她鼓起勇气，想要吐出心底的话，然而，她又很不自信，觉得自己能够使用的辞藻是危险的工具，一不小心就变成泡沫甚至垃圾。她只好用发颤的声音，尽量简洁地说："无论怎样，马骁，你别接触柳琨，别接触邵先生，你会受刺激的。如果……如果王蛟浔要找个物质条件特别好的人，比如邵先生……我是说，如果王蛟浔是邵先生的女朋友，你受得了吗？"

"可是我查了，我通过社交网络查过了，邵先生，他已经换过女朋友了。"他淡淡地说。

"换过？你发现王蛟浔做过他女朋友了？"她错愕万分。

"对。"

"你……"

"这没什么。我经常查客户，这次也不例外。查别人就是得做好各种思想准备。"

"你……别太难过。"她的声音，轻得自己都快听不到了。

"王蛟浔那样做很正常，"马骁的声音也变轻了，听不出是对她说，还是对自己说，"我真的觉得，很正常。你想知道我的回忆吗？我真实的回忆……我现在就在回忆我与王蛟浔的过去：晚上我们在小公寓的厨房里煮土豆汤，还洗了一盘子黄杏和一串青葡萄。我煮了一碗白面条，沥干了水分之后，拌上豆豉酱。我们并肩坐在沙发上，各自捧着碗。我吃东西的时候总发出吸溜的声音，她不喜欢我吃饭的样子。我总让她难堪。我知道她没少恨我，因为我让她难堪，因为我被她尊敬的、送给她丹麦制造的琴弦的老师认出来，我在做着给人涂指甲的工作。因为她的同学们找过我涂指甲。而她告诉他们，我是一位画家。我何尝不想专心画画？只是画画挣不到那么多钱让她坐商务舱去罗马去柏林去维也纳……"

"她不恨你。"她截住他的话，此刻只想让他感到好过一些，于是开始凭借事实编造故事，"其实她知道你给人涂指甲，她觉得可惜，她觉得你应该画画。可是你告诉她，你就是愿意牺牲自己。她不知道怎么才能让你离开，她只能把要求一下子提高到你达不到的程度。她觉得离谱的要求不会让你觉得自己有错，有错的人，是她。可是你居然还是做到了，你挣了不少钱。她很惊讶，但并不真的欣喜，却是恐惧。她担心你把所有力气用在不适当的地方，担心你浪费才华。我在机场遇到她，看出了她的担忧，于是指给她看我们隔壁的男人，那个拥有财富的邵先生。是我告诉她如何去接近邵先生。偶然性发生了强烈的作用。我当时不确定结果，没想到结果确实是他们对彼此产生了兴趣，他们在一起了。马骁，她不恨你，你也……你也不要恨她，你恨我吧。"她说完，心跳得越来越剧烈。她企图用一种自伤的方式使自己与马骁联结在一起。

"我不恨她。我觉得我现在能肯定这一点。"他的发音，冷静而清楚。

她听了，一阵古怪的失望涌了上来。她费了一番心思和口舌，却只得到这淡淡的两句回应，还与自己完全没有关系。她颇不甘心，哪怕自虐也要激起他更多的反应，于是自顾自地说："是啊，也许你从来都不恨她。你为什么愿意牺牲和忍辱？你为什么有那么大的能量，可以用自己厌恶的方式去挣钱？因为爱，爱是能量。而我为什么要干涉你们？因为我想帮助别人，因为我有额外的能量。我爸说这些能量必须用来帮助别人，不然就是罪恶。罪恶有时候不是做了什么，而是不做什么。我小时候看到鱼塘的排水井有问题，但我没有说，结果有人在井下死去，这就是罪恶。从那以后，我爸更加恨我了。在他的想象中，我出现在各种残酷的历史场景下，我总是受到死亡的威胁。"

"董回音。"他低沉地叫出她的名字，又用少有的柔和语气说，"你观看的角度出了问题。这是习惯。你爸爸并非对你的苦楚一无所知。他不想让你再受苦。但你习惯于一种可怕的观看角度：折磨。这不是你的错，你生于折磨，可这不意味着你要死于折磨。"

她顿时愣了神，说不出话来。

他倒是继续用柔和的口吻说："我的记忆出了问题，这是我付出的代价。你呢，你也付出了很多代价。是时候改变习惯，改变观看的角度还有改变对时间的认识了。"

"也是时候去跟王蛟浔和好了……"她情不自禁地说出这句刺耳的话。

"你错了，董回音。"他严肃地再次叫她的名字，"真正的爱不是用来实现的。它不实现，就成为我审美世界中的一个映照，如果走近了、实现了，它就会消失。"

"马骁，我喜欢你。"她没头没尾地插话，而后松了一口气。对他的表白，到底这样普通而简单地说了出来。

"我找不到回忆了……"他似乎没听到她的话。

"你需要我再重复一遍吗？"她的嗓音嘶哑，几乎快要哭出来。

"不需要。"他可算直接回应她了。他沉默了片刻，说："我大概也喜欢你，但是不行，我有重要的事要做。而且王蛟浔对我的意义非同一般，她在我心里的位置，我必须说是你代替不了的。你听了这话别难过。"

她喜忧参半，仍然哑着嗓子："我不难过。我喜欢你，真的喜欢你。我错了，我拆散了你们。但是让我来喜欢你行吗？我对你好，帮你，不也是做好事吗？我觉得我们合适……"

"你不懂。"他打断她，"爱就不是用来实现的。而且，你拆不拆散我和王蛟浔，我觉得不是最让我介意的。我介意的是，我到底要做什么重要的事，要怎么实现我的艺术成就。我全忘了。王蛟浔也许记得，所以我得找她，我得问问她！"

"马骁！你……"她真不知说什么才好。

"董回音，你离开吧。爱不是用来实现的，真的。连你父亲对你的爱都难以实现，你好好想一想吧。他不是不爱你，但是爱里的误解是无尽的。你去找你的方法论吧，但是先跟你爸谈谈，谈谈你寻找方法论的事，别跟我谈爱……其实我应该亲自给你做个东西，做那本《君王论》。"

"别浪费那些时间了，"她哽咽着，心里却坚定起来，"省下你的时间，不用帮我做什么。你说得对，我要去见我爸，跟他谈谈。玄武岩、我的身体、我的能力……这些问题都需要跟我爸谈。人出了问题，就要先解决人的问题。感情、爱、误解……我要跟他谈这些。如果我走了，以后我们还会见面吗？

"不要问这种问题。"

"那我不问了。"她的口齿清楚了许多，声音也洪亮了，"希望你能想起你要做的重要的事，即使想不起来，你是个艺术家，还会有别的创作，这一点我从不怀疑。我走了，但愿你的回忆中有我和我对你的感情。"

她主动挂了电话。

也许马骁那最重要的事，不过是为了给与王蛟浔重逢的企盼打掩护。不然，他就不会放一面穿衣镜在工作室里。他怕自己真的完全忘了王蛟浔。

而她要寻找方法论，不过是为了遮盖她一直想要一份爱，却没信心去争取。以一根玻璃柱为理由，亲自来见他，自以为能与他建立某种超越男女之情的关系，其实，她还是想要他作为一个男人的感情。

我们都在骗自己。

她在心里告诫自己："没有玻璃柱，我也一样可以看画。我不能太依赖外物了。不纠正自己的视角，整个世界在我眼里都会是扭曲的。就算我能看到别人脑中的视像，也还是会对他人产生深深的误解。"

她离开那面穿衣镜，在工作室里慢悠悠地走了一圈，最后，决定把那根玻璃柱留在地上的一块红色坐垫中央。

她假设有个声音能够超越时空，消融她的不安与惶惑，告诉她："别太妄自菲薄了，你还是能读懂人心的，你还是能够找到那个方法论的；如果你又感觉迷失或无力了，你也还能回来看看，回来看看你的玻璃柱，顺便看看某个人。"

她不知道爱是不是像马骁说的那样不是用来实现的。她忽然意识到，至少爱不令人盲目，而是令人改变了看待事物的角度。所以她看某个对象时，会出现这样或那样的问题。那么，她看父亲的时候也是一样。你爱他，你反而不懂他脑子里在想什么。你需要一根玻璃柱来纠正变形的图案，你也需要什么东西来纠正你对你所爱的人的误解。

她想把这些领悟亲口告诉马骁，但是她又不想立即这么做。

她走到工作室的门前，一个人，吹着从门缝透进来的晚风，眼里噙着泪水，沉浸在自己对于浩瀚宇宙中艰难生存着的人类那一星半点的新鲜理解中，嘴角浮出了笑容。

ⓒ　张　叶　2021

图书在版编目（CIP）数据

四楼的玻璃柱 / 张叶著. -- 沈阳：万卷出版公司，
2021.2

　　ISBN 978-7-5470-5594-6

　　Ⅰ.①四… Ⅱ.①张… Ⅲ.①长篇小说—中国—当代
Ⅳ.①I247.5

中国版本图书馆CIP数据核字（2021）第007291号

出 品 人：王维良
出版发行：北方联合出版传媒（集团）股份有限公司
　　　　　万卷出版公司
　　　　　（地址：沈阳市和平区十一纬路25号　邮编：110003）
印 刷 者：中华商务联合印刷（广东）有限公司
经 销 者：全国新华书店
幅面尺寸：160mm×230mm
字　　数：300千字
印　　张：18.25
出版时间：2021年2月第1版
印刷时间：2021年2月第1次印刷
责任编辑：张鸿艳
责任校对：高　辉
封面设计：陈芳菲
版式设计：姿　兰
ISBN 978-7-5470-5594-6
定　　价：58.00元
联系电话：024-23284090
传　　真：024-23284448

常年法律顾问：李　福　版权所有　侵权必究　举报电话：024-23284090
如有印装质量问题，请与印刷厂联系。联系电话：0755-33609988